六人の嘘つきな大学生

浅倉秋成

角川文庫
23687

目次

もうどうでもいい過去の話じゃないかと言われれば、そのとおりなのかもしれない。

それでも僕はどうしても「あの事件」に、もう一度、真摯《しんし》に向き合いたかった。あの嘘みたいに馬鹿馬鹿しかった、だけれどもとんでもなく切実だった、二〇一一年の就職活動で発生した、「あの事件」に。調査の結果をここにまとめる。犯人はわかりきっている。今さら、犯人を追及するつもりはない。

ただ僕はひたすらに、あの日の真実が知りたかった。

他でもないそれは、僕自身のために。

波多野《はたの》　祥吾《しょうご》

Employment examination —就職試験—

1

「最終選考は、グループディスカッションになります」

思わずにやりと笑ってしまったのは、言わずもがな嬉《うれ》しかったからではない。嫌な顔をすれば人事に悪い印象を与えるに違いないと踏んだだけで、できることならため息をついて天を仰ぎたいところであった。

大丈夫大丈夫、最終選考まで進めたら、あとはだいたい役員に挨拶《あいさつ》して終わりってのが相場なんだよ。だから内定はもらったも同然。祥吾おめでとうな――サークルの先輩の無責任な言葉を馬鹿正直に信じていたわけではない。少し重めの面接がもう一つ、ひょっとすると二つほど用意されているかもしれない程度の覚悟はしていた。ただ最後の最後にグループディスカッションがあると言われれば、これは完全に意表を突かれたとしか言いようがない。さすがスピラリンクスだ。

他の学生はどんな反応をしているだろう。興味がないわけではなかったが、きょろきょろ視線をさまよわせるのは得策とは思えなかった。どんな些細《ささい》な所作が、今日まで地道に積み上げてきた評価を暴落させてしまうかわからない。僕が会議室に入ってから一度も頬をぽりぽりと掻《か》かないのは、膝《ひざ》に載せた握りこぶしをほどいて肘《ひじ》かけの上に移動させないのは、間違ってもよく躾《しつ》けられた育ちのいい人間だからではない。おそらく残り数メートルまでたぐり寄せた勝ち組への切符を、くだらない理由で手放したくないからだ。

人事部長の鴻上《こうがみ》さんは自由な社風を象徴するように、ネイビーのスーツにキャメルの革靴を合わせていた。選考が次のステップに進むにつれて鴻上さんのファッションがカジュアルに、しかし華やかに変化しているのは、たぶん気のせいではない。人事部が徐々に、僕らに対してスピラリンクスの内部を、実態を、日常を、開帳し始めているのだ。

鴻上さんは指輪の位置を気にするように軽やかに手を動かすと、

「ただし、グループディスカッションの開催日は、今日——ではありません」と上品な笑みを浮かべながら言った。「開催日は一カ月後の四月二十七日になります。メンバーは現在この会議室に集まっている六人。議題は弊社が実際に抱えている案件と似たものを提示し、それを皆さんならどのように進めていくか議論——というようなものにする予定です」

うんうんと、会議室の壁面に並んでいた鴻上さんの部下である人事担当者の一人が大きく頷《うなず》いてみせた。心なしか人事は一様に誇らしげな顔をしている。ある意味で彼らは僕らをここまで導いてくれたメンターでありながら、同時にこれまでの選考でねじ伏せてきた小ボス、中ボスたちでもあった。並んで立っている姿は、さながら今日までの道のりの険しさを象徴するダイジェストのようでもある。

　会議室は全面ガラス張りで、忙《せわ》しない様子で業務に励むスピラの社員たちの姿が目の前に窺《うかが》えた。まるでショーウィンドウだ。彼らが動いている気配を感じるだけで蕩《とろ》けるような高揚と、そこに絶対に加わりたいという情熱が沸き上がってくる。奥にはボードゲームやダーツに興じながら会議ができるという特殊なミーティングルームの姿が確認できた。一流コーヒーショップと提携しているというカフェスペースも、スピラの登録者数がリアルタイムで表示されるという電光掲示板も、すべてパンフレットで見たとおりのものが広がっていた。

　あとたったのワンステップ。たったそれだけで、ここに自分の席ができる。滲《にじ》んだ手汗をリクルートスーツのスラックスで拭《ぬぐ》う。

「安心してください」鴻上さんは低い声で続けた。「一次選考や二次選考で行うグループディスカッションとは本質的に意味合いが異なります。すでに我々は五千人以上の学生を落とし、あなたたち六人を選抜しています。あくまで最終選考としてのグループディスカッションです。ディスカッションの出来によっては、六人全員に内定を出すという可能性も十分にあります。ただ我々が望むのは、互いの特性も、経歴も、弱点も知らないまま、壊れ物に触れるように怖々と進んでいく会議ではないんです。

求めているのは、互いのことを隅の隅まで理解し合い、長所を最大限に生かし、一方で短所を補い合う、まさしくひとつの部署を、グループを、チームを結成して作り上げる、言うなれば『チームディスカッション』

鴻上さんは手元に広げていた資料を手早くまとめ、退出の準備を整えた。

「繰り返します。本番は一カ月後の四月二十七日。当日までに最高のチームを作り上げてきてください。内容がよければ内定は六人全員に出します。当日晴れてチームになった皆さんとお会いできることを、そして皆さんと一緒に仕事ができることを、心から楽しみにしています」

スピラリンクスのオフィスは渋谷《しぶや》駅目の前にある大型商業ビルの二十一階に入っていた。排ガス混じりであったとしても、社屋を出れば多少の解放感から空気はおいしく感じられる。いつもなら深呼吸ついでにネクタイを緩めて他の学生との談笑が始まるところではあったが、今回はそうもいかなかった。グループディスカッション本番前に顔合わせがあり、チームを作り上げることを要求される——異例の選考形式ではあるが、間違いなくここからが本番なのだ。

このあと皆さん時間大丈夫ですか、問題ないです、私もです、ちょっと打ち合わせしておきたいですよね、必要ですよね、どこかで少し話し合いましょうか、すぐそこにファミレスがあるんですけど、じゃそこにしましょう、というようなやりとりが何かのタイムアタックでもしているように、ものの二十秒程度で完了する。ここで後れをとれば致命傷になるのではないか。そんな強迫観念にせき立てられながらファミレスに向かって何歩か進んだところで、僕は六人の中に一人だけ見知った顔がいることに気づく。最後尾を歩いている彼女は、

「嶌《しま》さんじゃないですか」

声をかけられることをほんのり期待していたように控えめに微笑むと、「やっぱり、波多野さんですよね？　会議室に入ったときから、そうかなって思ってたんですけど、あんまりじろじろ見るのもどうかなって思って」

「ごめんなさい、自分の世界に入ってて全然気づいてませんでした。まだ内定式じゃないですけど、本当にまた会えるとは」

「ですね、なんだか嬉しいですね」

嶌さんとはおよそ二週間前のスピラの二次面接で一緒になり、終了後に小一時間お茶をした仲だった。五人ほどで近場のスターバックスに入り、内定式でまた会いたいですねと願望と冗談半分半分の台詞を残して別れたが、嬉しい再会となった。

僕は歩くペースを嶌さんに合わせ、他の学生にも少しゆっくり歩きましょうと告げる。嶌さんは申しわけなさそうに礼を言うと、鞄《かばん》から小さなペットボトルに入ったジ

ャスミンティーをとり出した。さらりと喉《のど》に流し込んでキャップを閉めながら独り言のように、

「ここまで来たら一緒に受かりたいですよね」

空を見ているのか、どこか遠くのビルの上階を見つめているのか。彼女の瞳《ひとみ》はどこまでも純粋に煌《きら》めいていた。

蔦さんは小柄で色白、日傘なしではお外は歩かないことにしてるんです——と言いそうな上品な雰囲気の女性なのだが、内に秘めたやる気や行動力、それから頭脳の明《めい》晰《せき》さは小一時間言葉を交わしただけで十分に伝わってきていた。誰もが判で押したように黒いリクルートスーツに黒髪で臨む就職活動だが、面白いもので突貫工事で体裁だけとり繕っている学生というのはなんとなく雰囲気でわかる。スーツ姿が不格好、黒染めが不自然、視線がうつろ、細かい特徴を挙げればきりがないが、とにもかくにも様になっていないのだ。

しかし蔦さんは違った。なんとも自然に、完璧《かんぺき》に、就活生なのだ。

言葉に作り物めいた嘘くささがないので、こちらも素直に本心を吐露することができる。

「受かりましょうよ、一緒に」

「ですね、夢みたいですよね」

信号に捕まる。先頭を歩いていたひときわ大きな体をした男子学生が焦《じ》れったそうに道の先を睨《にら》み、他の学生たちも早く前に進ませてくれとばかりに窮屈そうに小さく足踏みをする。僕を含めた六人全員の背筋が、日を一杯に浴びた青竹のようにまっすぐと、迷いなく伸びていた。

二年前――二〇〇九年にリリースされたスピラという名のSNSは、爆発的な速度で十代から三十代の若者の心を摑《つか》んだ。mixiにはなんとも言えぬ軟派な雰囲気を、Facebookには個人情報を丸裸にされそうな漠然とした恐怖心を抱いていた人々のニーズを巧みに掬《すく》い上げ、登録者数は瞬く間に一千五百万人を突破。後発メディアながら既存のサービスを模倣して終わりにはせず、コミュニティ機能を中心に日々自然とログインしたくなるコンテンツを見事にとりそろえている。そして何より企業のロゴから、トップページのデザイン、提供するサービスやコラボする企業に至るまで、徹底して先鋭的でお洒落《しゃれ》であることも魅力の一つだった。

そんなスピラを運営する株式会社スピラリンクスが今年、満を持して新卒総合職の採用を開始した。それだけで十分に刺激的なニュースだったのだが、彼らが提示した初任給は破格の五十万円。正社員数が二百人にも満たない新興企業ということもあって採用枠は『若干名』だったが、多くの学生が飛びついた。先ほどの鴻上さんの話によれば応募総数は五千人を超えていたのだから、選考のステップがあれだけ多くなるのも当然の話だった。

ウェブエントリーから始まり、テストセンターが実施され、エントリーシートを提出、ようやく一次集団面接にこぎつけ、二次も集団面接、三次の個人面接を経て残ったのは――

僕ら六人。

嶌さんが夢みたいと語るのも当然の話なのだ。

入社できれば文字どおり、それは誇張でも何でもなく、人生が、変わる。

「六人席はありますか？」

先陣を切って尋ねてくれたのは、そのまま俳優デビューをしても何ら問題ないのではないかと思うほど端整な顔立ちをした学生だった。順番待ちのボードに彼が「クガ」と書いたので、僕はその完璧さに立ちくらみを起こしそうになった。あのルックスで、名字が「クガ」。それだけで三十社は内定がとれそうである。

席に案内されると、クガ氏の「とりあえず何か注文しましょうか」に同調し、おのおのメニューと睨めっこを始めた。あんまり時間を使うと判断能力の低い人間だと思われやしないだろうか。パフェを頼むのはビジネスシーンに相応しくないだろうか。かといってドリンクバーだけを頼むというのもコスト管理ができない人間と判断されてしまうのでは。

「では、ドリンクバーを頼む人は挙手を」

クガ氏がそう言った瞬間、誰かがぷっと噴き出した。何事だろうと思って顔を上げると、先ほどから明らかに一人目立っていた大柄の男子学生が苦笑いを浮かべていた。意味がわからずしばらく呆然《ぼうぜん》としていたのだが、

「いや……俺たち、ファミレスで緊張しすぎでしょ」

言われて初めて僕は――いや、僕らは全員、まるで面接の順番を待つような強《こわ》ばった面持ちで居住まいを正し、メニューを賞状か何かのように大事に摑んでいたことに気づく。クガ氏がつられて笑い、

「ドリンクバーを頼む人は挙手してください――っていうのは、ないですよね」

「ないですね。国会みたいでしたよ」

全員笑った。笑って、ようやく自分たちが随分とおかしな精神状態にあったことに気づいた。

好きなものを好きなように頼みましょう。大柄の彼の至極もっともな提案を受け、それぞれ好きなものを好きなように注文することに決める。店員さんが笑顔で捌《は》けていくと、緊張感からいくらか解放されたクガ氏が自己紹介を提案し、皆がそれに頷いた。

「では僕から」

控えめに右手を挙げる仕草も、クガ氏がやると何かの映画のワンシーンのようであった。彫像さながら彫りの深い目鼻立ちに、少し太めの眉《まゆ》が凛々《りり》しさを演出。それでいて昭和のスターを思わせてしまう古くささはなく、どこまでも今どきの好青年に見えるのが感動的であった。クガは「九賀《くが》」と書くそうで、下の名前は「蒼太《そうた》」だというのだからいよいよ完璧だ。

九賀蒼太。完璧な名前を与えられたからこういう見た目になったのか、あるいは名前に見合う人間になろうと彼自身が自分を磨き続けたのか。

「慶應大学の総合政策学部で勉強をしています」あまりの完成度に拍手を送りそうになった。しかし彼がただ見た目と肩書きだけを買われて選ばれたわけでないことは自明であった。話し方、物腰、眼差《まなざ》し、どれをとっても爽《さわ》やかで、自然と耳を傾けたくなる。言葉の選び方の端々に高い知性が滲み出る。これだけ完璧な人間が現れたら多少は僻《ひが》みたくもなりそうなものだが、まったくそういった負の感情が湧いてこない。もっと彼と話がしてみたい、あるいは彼に認めてもらいたい、そんな風に思えてしまう一種の魔性を感じさせる男性だった。

時計回りで行きましょうということで次に自己紹介をしたのは、先ほど場の空気を和らげる発言をしてくれた大柄の男性——袴田亮《はかまだりょう》さんだった。

「袴田さん、大きいですよね。身長どのくらいあるんですか?」という僕の質問に対し、

「一応、百八十七あります」

五人から歓声が上がるとすぐに人差し指を立て、

「調子のいい日は、百八十八ありますけどね」

ごつごつとした岩のような見た目に威圧されていたが、実に笑顔のかわいい人だった。高校時代は野球部でキャプテンを務め、今はボランティアサークルで代表をやっているとのこと。厚い胸板は趣味のジム通いで鍛え上げたものだそうだ。

「明治大学に通ってます。気合いと根性は誰にも負けません――って言うと、筋肉馬鹿かと思われるかもしれないけど、ほどほどに頭にも色々と詰まっていると思うんでよろしくお願いします。チームの和を乱すやつは大嫌いなんで、そういうやつ相手にはすぐに手が出ると思うんですけど、愛のある暴力は大目に見てもらえると嬉しいです」

ひょっとすると本気なのだろうかとこちらが一抹の不安を覚えていると、

「いや、真に受けないでくださいよ」と熊のぬいぐるみのような柔らかい笑みでこちらの緊張感をほぐし「来月、最高のチームディスカッションをかましてやりましょう」

僕らの拍手が収まったタイミングで店員さんが現れ、生クリームがたっぷり挟まれたロールケーキを持ってくる。「あ、私だ」と手を挙げたのが、ちょうど自己紹介の順番が回ってきた女性であった。

「矢代《やしろ》つばさって言います」

目の前に置かれたロールケーキを見つめるような格好でお辞儀をし、耳より前に垂れてしまった髪を右手でするりと戻しながら顔を上げる。そんな矢代さんに対し、先ほど自己紹介を終えたばかりの袴田さんが恐る恐るといった雰囲気で、

「矢代さん、半端じゃなくお綺麗《きれい》ですよね」と、周囲に同意を求めるように口にする。

矢代さんは照れ笑いを浮かべたまま軽く右手で顔を隠しつつ、遠慮がちに「ありがとうございます」と返した。

いえいえ、私、全然綺麗なんかじゃありません――そんなことを口にした日には天罰が下るのではないかと思うほどの美人だった。九賀さんの格好よさもとびきりのものがあったが、矢代さんもまた別格だ。どこかの女性誌でモデルをやっていてもおかしくないと思ったのだが、「バイト先はファミレスです。ここととは別のチェーンですけど」とのことだった。就活生にしてはやや髪色が明るいが、地毛がこういう色なんですと言われれば、まあそんなものかなと思える絶妙な色をしている。

「国際問題に興味があって、今はお茶の水女子大学で国際文化を学んでいます。海外旅行も好きで、去年は二カ月かけてヨーロッパ五カ国を旅してきました。語学力にも自信があります」

就活期間は誰でも多かれ少なかれ自己紹介慣れをするものだが、彼女の喋《しゃべ》り方は今までの誰よりも堂に入っていた。喋りながら五人全員を平等に、順番に、躊躇《ちゅうちょ》なく正

面から見つめるので、自分の番がやってくると情けないことに赤面しそうになった。あまりにつけ入る隙がない。これは就活仲間にはなれても友達にはなれないに違いない。こちらが勝手な距離を感じていると、途端にはっとするほど劇的に相好を崩し、

「ってあれだな……ちょっと固いな、今のは。やっぱなしで」

親友に見せるような油断しきった笑みを浮かべた。そして隣に座っていた嶌さんの肩を軽く叩《たた》いて、恥ずかしそうに俯《うつむ》いてしまう。抜きどころまで計算してやっているのだとしたらそれこそ超人的な試合巧者なのだが、たぶんそういうわけではないのだろう。オンのときに見せる城壁が高く見えるからこそ、オフになったときの脇の甘さがこちらに安心感を与えてくれる。

彼女に拍手を送ると嶌さんが自己紹介を始める。彼女については以前、喫茶店で話を聞いたときとほとんど同じ情報が繰り返された。名前は嶌衣織《いおり》、今は早稲田で社会学を学んでいます。バイト先はプロントです。新規の情報が少なかった分、僕は持て余した時間で彼女の横顔をぼうっと見つめてしまう。節操のないことを言うわけではないが、嶌さんも間違いなく美人である。矢代さんがすらりとしたモデル風の美人であるのに対して、嶌さんはそこはかとないあどけなさを残す清純派女優系の美人だ。どことなく二人の間には姉と妹程度の年の差があってもおかしくないように見える。

嶌さんの次は僕の番だった。波多野祥吾という名前で、立教で経済学を専攻してお

り、街をたまにぶらぶらするだけの散歩サークルに所属していることを少しおどけて紹介する。これといって打ち込み続けている特殊な経験はないが、新しいものに挑戦する探究心は人並み以上に持ち合わせているつもりで、常々『普通にいい人』を目指して生きています。これまでの面接で感触のよかった言葉をモザイクアートのようにつぎはぎして並べ、淀《よど》みなく挨拶を終える。

最後の一人は森久保公彦《もりくぼきみひこ》さんという男子学生だった。見るからに賢そうな縁なしの眼鏡と鋭い目つきから勝手に東大生に違いないと踏んでいたのだが、一橋大学の学生とのこと。いずれにしてもとんでもない秀才である。ファミレスに来てから最も口数の少ない森久保さんだったが、自己紹介も最も簡潔だった。大学名、学部名、そして名前を告げ、よろしくお願いしますで締める。これ以上のやりとりをする気はありませんという様子で背もたれに寄りかかったので、誰も追加の質問はしなかった。空気が悪くならないよう、大柄の袴田さんと、美人の矢代さんが笑顔でちょっと大げさなくらいに拍手をする。

余談になるが、就活中に東大生に遭遇することはままある。集団面接で東京大学から来ました誰それですという自己紹介を耳にした瞬間に、なぜだかこちらには得も言われぬ緊張が走る。ただ東大生だからといってとんでもなく優秀というわけでは必ずしもなく、いざ話し始めると当たり前だが彼らも同じ人間なのだなといい意味で安心させてもらえることがある。

何でこんなことを考えたのかというと、五千人から選抜された僕ら六人の中に一人も東大生がいなかったからだ。学歴は所詮《しょせん》、学歴でしかない。スピラリンクスは本当に僕らの内面を見て最終選考に残してくれたのだと考えると、胸の奥からは感動が込み上げてくる。

皆さん先日の震災は大丈夫でしたかだとか、あれだけの災害があったのに意外に選考日程ってずれないんですねだとか、そういえばどこそこの企業の人事部が炎上してましたねだとか、当たり障りのない話題を経て、僕らはようやく本題に移った。

「ひとまず、スピラが持ちかけられている案件を事前にある程度把握しておくべきだと思うんですね」九賀さんは凛々しい眉を鋭角に整えながら言った。「当日どんな課題を言い渡されたとしてもいいように、議論の指針はきちんと持っておくべきだと思うんです。調べるのは簡単じゃないと思いますが、やっぱり情報がないと対策の立てようもないですし」

「確かに。ちょっとその辺をおのおの調べて、また集まるっていう方向がよさそうですよね」と袴田さんが太い腕を組み、

「そうしましょう」と矢代さんが頷く。「私はいっそ定期的に集まる日程を決めちゃったほうがいいと思うんですけどどうですかね。例えば毎週日曜日の午後五時に集ま

る――とか」

「いいと思います」と残りの三人が同意したところで、メーリングリストとSNSのスピラ上での小規模コミュニティを作成することになった。全員が集まれない日があることも想定しつつ週二回、火曜日と土曜日の午後五時に対策ミーティングを行うことも決まった。

議論がもたつかずに、決めるべきことがするすると決まる。日頃あまり体験しないスピード感に感動しながら、僕はやはり彼らが残るべくして残った候補者なのだなと実感する。

「みんなで、同僚になりましょう。なれそうな気がします」思わずこぼれた僕の言葉に、

「やりましょう」九賀さんがやはりとんでもなくハンサムに頷く。「あまりにイレギュラーな最終選考の形式なので言われた直後は戸惑いましたし、学生のプライベートな時間を使わせるやり方はどうなんだろうと思いもしたんですけど、よくよく考えればそれはエントリーシートを書かせる作業だって同じ。事前にグループディスカッションのメンバーを教えてくれる――これって実はものすごく『フェア』なやり方だなと思い直しました。しっかりといいチームを作り上げて、全員でスピラの同期になりましょう」

最初の集まりの日、誰よりも多くの資料を持ってきたのは、誰よりも言葉数が少なく、ともするとスピラへの入社意欲はさほどではないのかなと思われた森久保さんだった。

「基本的にスピラの収益の大部分は有料会員である『スピラプレミア』の会費です。次に多いのが広告費。バナーとして表示される簡易的な広告から、コミュニティ機能を生かした集客系の広告まで多岐にわたっているみたいです。調べられる限り調べて印刷してきました」

時間がなくて一覧などにはできていないのですが――とつけ加えたが、この短時間でここまで情報を揃えただけでも表彰ものだった。A4用紙五枚分しか情報を用意できなかった僕は、森久保さんが用意した厚さ三センチに及ぼうかという紙の束にただただ驚嘆した。

上野《うえの》に一時間五百円で借りられるレンタル会議室があるという情報を持ってきてくれたのは九賀さんだった。大きなホワイトボードが一つ、照明とコンセントがあり、机と椅子が置いてあるだけの十畳もないスペースだったが、僕らには十分すぎる設備だった。

「私はスピラについてはそんなに情報を手に入れられなかったんですけど、代わりに――」そう言って矢代さんも鞄から資料の束をとり出した。「海外のSNS事情を調べてみたんです。実際に現地の知り合いから情報をもらったりもしました。役に立つかどうかはわからないんですけど、一応、和訳してきたんで読みやすくはなってると思います」

「すごいなぁ」と袴田さんが心からの驚きの声を上げ、

「こう見えて真面目なんで」と矢代さんが笑顔で返す。

「普通に真面目に見えますけど、実は真面目じゃないんですか？」と僕が笑うと、

「さては私、余計なこと言っちゃったな」

笑い声が温かく会議室を満たすが、すぐに緊張感のある空気が戻ってくる。団欒《だんらん》が目的ではないことは誰もが自覚していた。九賀さんは机の上に並んだ六人分の資料の束をしげしげと眺め、考えるように顎先《あごさき》を指でつまんで、

「持ち寄った資料を一旦《いったん》まとめたいですね。矢代さんの海外の資料は最後のプラスアルファとしてかなり有用そうな情報ですが、ひとまずはスピラの受注案件に的を絞って整理したい。となると……」

「一時間くらい資料を読み込む時間をとりましょうか」僕は提案をする。「分担して読み込んで、概要を抽出してホワイトボードに箇条書きにしていく。案件を網羅できたら、今度は見えてきた傾向に沿ってカテゴリわけをして対策を練っていく。どうでしょう？」

九賀さんは力強く頷くと、反対意見がないことを確認。僕らはスターターピストルの音を耳にしたように、迅速に作業にとりかかった。まずは自分が持ってきた資料の概要をそれぞれホワイトボードに書き記し、続いて森久保さんが持ってきた資料を六人で分担して精読していく。手に取って数枚めくったところで思わず膝を打った。株主総会の資料、会社四季報のほんの小さな記述、創業者と親交の深い人物の著書、一見無関係に思えたエンタメ系雑誌の記事——情報の源泉は至るところに存在していたのだ。何とも言えぬ敗北感を抱きつつも、それ以上に森久保さんの手際とスピラリンクスに対する秘めたる情熱、執着に胸を打たれてしまった。一朝一夕で集められる情報量ではない。以前から地道に収集していたのだろう。

負けていられないなと勢い込んで資料をめくったところで、

「波多野さん、少し資料もらいましょうか？」

嶌さんの声に思わず顔を上げる。驚いた。まだ読み始めてから二十分も経っていないというのに、嶌さんはすでに自分にあてがわれていた資料すべてに目を通し終えていたのだ。焦って少々雑な仕事をしたのでは——そんな失礼な疑念を吹き飛ばすように、ホワイトボードに並んでいる要約は見事にわかりやすい大見出しに続いて、丁寧な詳細まで端的に綴《つづ》られている。

「……すごいスピードですね。速読ができるんですか？」

「いえいえ、そういうのじゃないんですけど、昔からこういうのは割と得意なんです。情報の見極めというか、本質を抜き出すような作業というか。洞察力があるんです——なんて言うと、ちょっと偉そうですけどね」

提案に甘えることにし、僕は手持ちの資料のいくらかを嶌さんに回した。結局嶌さんは他の四人からも少しずつ資料を引き受け、一時間を予定していた作業時間を四十分に短縮させた。さらにホワイトボードに無秩序に並んでいた情報に補助線を引くようにささやかな手を加え、見事にスピラリンクスが受注した案件を「商品販促型」「大規模イベント型」「情報収集型」「簡易バナー型」の四種類に分類してみせる。

あまりにも手つきが鮮やかだったため、さすがにまだ考える余地があるだろうと腕を組んでみたのだが、

「『大規模イベント型』をさらに細かく分類してあげてもいいかもしれないですね」

というのが僕にできる精一杯の提案だった。

「確かに、ボリュームを考えたら、そこはもう少し丁寧にわけてあげたほうがよさそうですね」九賀さんが僕の意見に同意し、「こうやって見ると、グループディスカッションのネタになりにくそうな『簡易バナー型』の情報は多少軽視して、他のジャンルに対する情報を厚めに収集しておいたほうがいいかもしれないですね」

「ですね」森久保さんが話を引き取る。「ちょっと足りないジャンルの情報をまたし

っかり集めてきます。特に『商品販促型』は明らかに薄い」

「『大規模イベント型』についてはカになれるかもしれません」と矢代さんが綺麗な瞳を大きくして微笑み、「イベンター系のお仕事をしている知り合いの方なら何人かいるんで、たぶん生の声が聞けます。なるべく早くコンタクトをとってSNSとタイアップした実績があるかどうかヒアリングしてみますね」

皆が頷き、それぞれの手帳の上に忙しなくペンを走らせる。ホワイトボードには新たな文字がいくつも書き加えられ、誰かの提案がまた別の誰かの画期的なアイデアを誘う。ひとつ、またひとつと新たな指針が固まっていく中、冗談だろと思うほどあっという間に会議室の返却時刻がやってきた。

「おいおい、まずいだろ」

資料から顔を上げると、袴田さんが厚い胸板の前で腕を組んでいた。時計を見つめていたのでてっきり時間の話をしているのかと思ったが、急におどけたように苦々しい顔を作って、

「……今日の俺、何の活躍もしてねぇぞ」

慰めより笑いを欲している表情だったので、誰もが遠慮なく笑った。

確かに初日の袴田さんの活躍度合いは、他のメンバーに比べるといくらか控えめなものだったかもしれない。しかし三回目の集まりの日、彼の真価が遺憾なく発揮され

ることになる。

トラブルや、揉《も》めごとと呼ぶほど大げさなものではない。ただグループディスカッションの課題として提示されそうな「商品販促型」と「大規模イベント型」の二つのジャンルに絞って対策を進めていくべきだとする森久保さんと、それ以外のジャンルについてもしっかりカバーしておくべきだとする矢代さんの間で少しばかり意見が対立する瞬間があった。さすがに取っ組み合いの喧嘩《けんか》が始まることはなかったが、互いに一歩も譲らずに尖《とが》った言葉をぶつけ合う展開が続くと、何とも言えない崩壊の予感が漂い始めた。誰かがブレーキをかけなくてはいけない。しかし九賀さんが冷静に冷静にと促しても二人の議論は熱を帯びていくばかり。僕が額の冷や汗を拭った、そんなときだった。

「まとまらないなら、力業で解決するしかねぇか」

焦れた様子の袴田さんが首の骨をぱきりと鳴らしてから立ち上がった。大柄の男性が勢いよく立ち上がればそれだけでとんでもない威圧感がある。侃々諤々《かんかんがくがく》の議論を続けていた二人も、思わず瞬間的に黙り込んだ。喧嘩両成敗、ともすると鉄拳《てっけん》制裁があるのではないか――失礼ながらそんな予感を抱いてしまったのは、たぶん僕だけではないはずだ。

袴田さんは会議室の端に置いてあった自身の鞄の中をまさぐり始める。中から出てきたのはしかし棘《とげ》のついた銀色のメリケンサックではなく、可愛らしい包装紙でくるまれたプレゼントらしき細長い物体だった。数にして一、二――合計五つある。

「突然だけど、袴田賞の発表を始めさせてもらいますよ」

「……袴田賞？」

僕の言葉に頷くと、袴田さんは賞の詳細もろくに説明しないまま、

「まずは九賀さん」袴田さんは持っていた包装紙にくるまれた謎のそれを九賀さんの前に差し出すと、「袴田賞『リーダー部門』の受賞、おめでとうございます。これは抜群のリーダーシップを発揮し、チームをうまくまとめている人物に与えられる賞です。おめでとうございます」

九賀さんは状況が把握できていないまま、小さく会釈して賞品を受け取る。

「続いて波多野さん。袴田賞『参謀部門』の受賞、おめでとうございます。これは常に全体を俯瞰《ふかん》し、チームの指針を巧みに見定めている人物に与えられる賞です。おめでとうございます」

手渡された賞品は想像していたよりもずっと軽かった。その後、袴田さんは『最優秀選手部門』の嶌さん、『データ収集部門』の森久保さん、『グローバル部門&人脈部門』の矢代さんにそれぞれ賞品を恭しく進呈した。

「本当は今日の終わりに賞の発表をしようと思ってたんですけど、ちょっと繰り上げ

させてもらいました。賞品は皆さんのことをそれぞれイメージしながら、日本橋《にほんばし》髙島屋で買ってきたものです……まあ、そんなに高価なものでもないですけど、よかったら開けてみてください」

誰もが袴田賞の意味合いを把握しかねていたが、開けた包装紙の中からうまい棒が出てきたとき、全員が呆《あき》れたような笑い声をあげた。それぞれに違う味を用意している芸の細かさもあっていよいよ会議室は脱力し、気づくと先ほどまでのぴりついたムードは一掃されていた。

「何なんですかこれ?」笑いながら僕が尋ねると、

「普通にみんなで食おうと思って持ってきたんですけど、なんとなく気分が上がっちゃって」

「包装は?」

「それはあれですよ。茶目っ気ですよ」

僕がまたいっそう笑うと、袴田さんはからりと笑ってから少し真面目なトーンを作って、

「俺は正直、対策するジャンルを絞るっていう点においては森久保さんに——いや、森久保に賛成だよ。でも矢代が言うように他のジャンルの対策も怠るべきではないと思う。だから思い切ってどんなジャンルが来ても対応できるような汎用《はんよう》型の対策をマ

ニュアル化しておくってのはどうだろうか——ってのが俺の意見なんだけど、どう？」

絶妙なタイミングで放たれた彼のアイデアに、皆が素直な気持ちで頷くことができた。

「『フェア』な折衷案だと思う」

九賀さんが——いや、九賀くんが太鼓判を押したこのときを境に、僕らは一斉に敬語を使うことをやめた。ひょっとすると僕らの中で最も全体の空気が摑めているのは袴田くんなのかもしれない。僕は久しぶりに食べるうまい棒の味に舌鼓を打ちながら、そんなことを考えた。

休憩中にトイレへと向かい小便器の前に立つと、ほとんど同じタイミングでやってきた森久保くんが僕の隣に並んだ。彼は壁に向かってぼそりと、

「さっきは、袴田に助けられたな」

僕は思わず横を向いてしまう。森久保くんはどちらかと言えば口数も少なく、表情の変化も乏しい。無愛想というよりはただ真面目なのだろうと合点していたのだが、あまり人を褒めるタイプだとは思っていなかったので、僕は小さく微笑んでしまう。

「持ちつ持たれつでしょ」

「グループディスカッション」と森久保くんは壁を見つめたまま、どこか遠い目をして言った。「過去に何度かやったけど、結構クラッシャーみたいなのがいるんだよ」

「実力もないくせにマニュアル本だけ読んで、変に仕切りだしたり、何の意味もないのに『一旦まとめますね』なんて言って、他の候補者の意見を馬鹿丁寧に復唱したりして時間だけ消費するダメなやつ。いるだけで場の空気をぶち壊して、全員を落選に導くからクラッシャー」

「クラッシャー？」

「へえ……知らなかった。でも確かにいるね、たまに」

「こんな洗練されたグループ、本当に初めてだ。初めて他人が煩わしくない」

おそらくそれは、森久保くんにとって最大級の褒め言葉だった。彼はそれ以上わかりやすい言葉は使わず、それの滴を振り払う動作をスマートに完了させると、

「あんまりわちゃわちゃ騒ぐのが好きじゃなかったから、今までちょっと感じ悪かったかもしれないな。悪かった。俺は死んでもスピラに入りたい。内定──みんなでもらうぞ」

笑ってしまうほど格好よくトイレを出て行った森久保くんの背中を見つめながら、僕も彼とまったく同じ気持ちであることを改めて実感する。みんなでスピラに入りたい。いや、僕はこの時点でほとんど確信さえしていた。

どんな課題が来ようとも、多少イレギュラーな事態に遭遇しようとも、何も問題はない。僕らは今や最高のチームを形成しつつある。きっと、いや、間違いなく、僕ら

全員に内定が出る。

回数にして四回目の打ち合わせとなった、四月十二日の火曜日。

矢代さんは例のイベンターの知り合いにインタビューをするため、森久保くんはどうしても外せないアルバイトがあるためにそれぞれ集まりを辞退していたので、僕らは四人で打ち合わせを行っていた。決めるべきことがあらかた決まってしまうと、袴田くん、九賀くんの順番に帰途につき、気づくと会議室は僕と嶌さんの二人だけになっていた。レンタル時間が残っていたのでどうせなら他社の選考に向けたエントリーシートもここで仕上げてしまおうと、僕は『居残り勉強』というよりは『残業』気分で紙にペンを走らせていた。

そして誤字がないことをたっぷり三度確認して顔を上げたとき、嶌さんが机に突っ伏して寝息を立てていることに気づいた。体力の限界が訪れるまで作業に没頭していたのだろう。空っぽになったジャスミンティーのペットボトルが彼女に押し出されるようにして倒れている。横にはスピラリンクスの新卒採用案内が記載されたパンフレットの姿も確認できた。『スピラリンクスが提供するフィールドで、あなたは【成長《Grow up》】を超え、新たな自分へと【超越《Transcend》】する』。中身はそらんじられるほどに熟読していた。嶌さんも先ほどまで読み直していたのだろうか。

なぜだろう、途端にどうしようもなく熱いものが込み上げ、僕は自分でもわけがわからないまま瞳が潤んでしまいそうになる。不安定な情緒が我ながら滑稽《こっけい》だった。感動する代わりに自虐めいた笑みだけをこぼし、床に落ちていた嶌さんのブランケットを拾い上げる。時刻は午後七時を回っており、三階にある会議室の窓からは煌々《こうこう》と照る半月の姿が確認できた。利用時間は午後八時までなのでそれまでは寝かせてあげようと思い、簡単に埃《ほこり》を払ってからブランケットをそっと肩に載せる。

相当慎重に載せたつもりだったので彼女が目を覚ましてしまう可能性をまったく考慮できていなかった。必要以上に驚いた僕は壁際まで後ずさりしてしまい、

「ごめん、ただブランケットを肩にと思って」

一度顔をあげた嶌さんは寝起きの顔を隠すようにすぐ俯くと、夢うつつといった様子で、

「……お兄ちゃんかと思った」といささかドメスティックな言葉をこぼす。

「はは……」暴漢だと思われていなかったことに安心しながら「ごめんごめん」

「いやいや、こっちこそ気を遣わせちゃって……今、何時だろう？」

「七時……二十分だね」

「わぁ……だいぶ寝ちゃってたな」

嶌さんは再び顔をあげると、自身の進捗《しんちょく》を確認するように手元をしばらく見つめた。

おそらく他社に向けた履歴書やエントリーシートを書いていたのだろう。いくつかの紙を持ち上げては裏面を確認し、また別の紙を持ち上げては確認し、やがてすべてをまとめて机の端に寄せた。

「他社のES？」

「……うん、いくつか自己PRの欄を埋めておこうと思って」

「『洞察力には自信があります』でしょ？」

「茶化してるでしょ？」蔦さんは恥ずかしそうに笑うと、「自己分析は得意だから、書くことには困らないんだけどね。自分がどういうときに、どういうことをしちゃうのか。どういうときにどういうことができないのか。それはよくわかってるんだけど、いざ書こうと思うとなんとなくためらいが生まれちゃって」

眠気の残滓《ざんし》を振り払うように思い切り伸びをすると、蔦さんは窓の外に目を向けた。

「月が綺麗だね」

漱石《そうせき》のエピソードを借用した愛の告白なのかもしれないという浮ついた予感が一瞬たりともよぎらなかったのは、事実として本当に月が綺麗だったからだ。

「すごい綺麗な黄色だよね」と僕も窓の外を見つめながら返す。「まっ黄っ黄」

「なんでだか、昔からなんとなく好きなんだよね、月」

「へえ。確かに何か惹《ひ》かれるところはあるよね」

「表側しか見せてないんだよね」

「何が？」

「月──地球からは絶対に裏側が見えないって。それを聞いてから、意味もなく考えちゃうんだよね。月の裏側ってどんなふうなんだろうって」

「確かに興味深いね。どんなんなんだろう」

「どんなんなんだろうね。月に住んでみないとわからないのかも」

嶌さんはそう口にしてからまるで淡雪が溶けていくように、ゆっくり、ゆっくりと、笑みを薄くしていった。彼女の顔が窓から差す月明かりのせいでうっすらと黄色に輝く。

そうして無言で月を見つめ続ける嶌さんの顔が故郷を想うかぐや姫のようにあまりに郷愁の色に満ちていたので、ご出身は月のほうなんですかという冷静に考えればさして面白くもない冗談を口にしようかと思ったところで、嶌さんは唐突に涙をこぼした。そしてそのまま涙に飲まれていった。

「ごめん、なんか……違うの。全然、ほんと、波多野くんまったく悪くなくて、なんかこう、わってなっちゃって」

顔を隠した彼女にハンカチを手渡し、僕は揺れる肩を黙って見つめた。

もちろん涙の理由はまったくわからない。突然の展開に動揺が微塵《みじん》もなかったと言えば嘘になるが、それでも過度に慌てふためかずに済んだのは僕もまた同様に時折泣いてしまいたくなるような精神状況にあったからだと思う。

大学三年の後半になれば就職活動が始まる。就職は当然しなければならない。だから頑張らなくちゃいけない。しかし、やるべきことの指針は悲しいほどに曖昧《あいまい》だった。何をしたら内定が近づき、何をしたら内定が遠ざかるのか、何もわからない。

一方でそういった曖昧さに救われている側面があることも完全に否定はできなかった。小さい頃から突出した何かを持たずに、勉強もスポーツもそこそこ、なんとなく気さくで、それなりに気が利くいい人――通知表を何一つ賑《にぎ》わすことのなかった僕に対する周囲の評価が、初めて採点対象とされる。就活は苦行ではあったが、たぶん不得手ではなかった。学科やバイト先のコンビニ、散歩サークルのメンバーの話を聞く限り、どうやら僕は他の人よりはまずまずうまくやれている様子だった。しかしやっぱり『どうやらうまくやれているらしい』という以上の手応《てごた》えはなかった。透明な銃で透明な敵を撃ち続けていたら、思いのほか悪くないスコアが手元に表示されていたというような話で、そこに喜びはあっても具体的な根拠や確信は存在しない。そして往々にして理由の提示されない勝利の喜びよりも、無慈悲に突きつけられる敗北の痛みのほうが、ずっと胸に深く残り続ける。

誰だって全戦全勝とは行かないのが就活だ。スピラリンクスの最終選考に残りながら、同時に僕は多数の企業から不採用の通知をもらっていた。それはおそらく嶌さんだって同じはずだ。

この会議室の中、六人で語り合っている間は根拠のない自信が細胞膜のように心を優しく守ってくれるが、ひとたび落選の通知——いわゆるところの『お祈りメール』を受け取れば、人間性をまるごと否定されたような心地になる。

根拠のない自信、根拠のない安心感、そして根拠のない不安。

何一つ根拠がないふわふわとした精神状態の中、おそらくは自らの人生、向こう数十年に影響を与えようかという一大イベントに直面している。冷静でいられるはずがない。

「不安になるよね、色々」

僕の言葉に返事はできず、それでも俯きながら何度も頷いてくれる彼女の肩を、そっと優しく抱いてあげることができたなら。それが弱っている女性を前にした刹那《せつな》の下心ではないと気づいたとき、僕はやっぱり彼女にどうしようもなく惹かれていることを自覚した。

嶌さんのことを他のメンバーと同様に素晴らしい人材だと認識している。彼女の頑張りに感動し、おそらくは彼女が抱えているであろう苦悩に身勝手に共感もしている。あらゆる部分に対して確かな尊敬の念を抱いている。でもそれだけではない。他の四人に抱いている以上の感情を、僕は嶌さんには抱いてしまっている。

僕は涙の彼女に断りを入れ外の自動販売機へと向かう。何を買おうかと一瞬だけ迷ったが、ジャスミンティーを見つければ迷う必要はなかった。あれだけいつも飲んでいるのだからお気に入りに違いない。自分用に温かい缶コーヒーを一緒に買って会議室の扉を開けると、彼女は目を赤く腫《は》らしながらも気丈な笑顔を見せてくれた。

「さっきは何だかごめん。ぜひ、ここだけの秘密にしてもらえると……」

僕は了解と言ってジャスミンティーを差し出した。

秘密にする代わりに、今度二人だけで遊んでもらえないかな——そんな軟派な台詞は、たぶん彼女がサークル仲間だったら飛び出していたのだと思う。幸か不幸か、就職活動が本格化する昨年十月頃に、僕は恋人との一年三ヵ月に及ぶ交際期間に終止符を打っていた（いや、打たれていた）。嶌さんに声をかけるのは何ら不誠実な行為ではない。でもそうしなかったのは、彼女が僕の中ですでにビジネスパートナーのような認識になっていたからに違いない。

これが大人になるということなのかもしれない。そんな的外れなのかそうでないのかもわからない予感を抱きながら、僕は微糖の缶コーヒーに口をつけた。

初めて甘すぎると感じた。

「皆さん、改めましてスピラリンクス最終選考に向けた準備、お疲れ様です。今日は軽くお食事をしましょうという話でしたが、あれは嘘でした。今日は飲み放題です。お酒を飲まないやつにはかなり厳しい罰則がありますので、しこたま飲むように！　ではでは乾杯！」

面接があるので遅れると言っていた九賀くんを除き、店に集まった全員が私服であった。

リクルートスーツを脱げば就活生はただの大学生で、大学生が居酒屋に集まればそれなりに騒がしい飲み会が始まるのはよくある話だ。開会の言葉を述べた袴田くんが体育会系らしくものの数秒でジョッキを空けると、まるで吸い込むように矢代さんがグラスの白ワインを飲み干した。森久保くんは酔うと卑屈になる質《たち》のようで、反省の弁らしきものを誰にともなくぶつぶつと唱えていた。ほろ酔いの僕はそんな森久保くんを見て笑った。袴田くんも笑った。やがて自分で自分が可笑《おか》しくなったのか、森久保くんも笑い始めた。

打ち合わせ続きだと息も詰まるし、どこかのタイミングで懇親会をやろう。九賀くんが提案したところ、ならオススメのお店がと言って手を挙げたのが矢代さんだった。「ピザとクラフトビールが美味しいお店があるんだけど、どうかかな？　あそこなら座敷席じゃなくてテーブル席だし、何よりお料理が本当に美味しいから」しかし彼女のプレゼンとは裏腹に、テーブルに並んだピザをはじめとする料理の売れ行きは芳しくなかった。断じて味が悪かったわけではない。みんな、飲むことに忙しかったのだ。

下戸なのでお酒は日頃一滴も飲まないと言っていた嶌さんの前には、まもなく大きなデキャンタがやってくる。まるで誕生日ケーキの登場かと紛《まが》うような拍手が沸き起こる中で、

「お酒飲まないんだろ？　無茶はいけない……俺のせいなんだから。俺のために無茶をするな」と森久保くんが真剣な表情で言うと、また場はいっそうの笑いに包まれた。

どうでもいい話だが、僕は笑い上戸だ。お酒が入ると平生なら微塵も笑えないものに大笑いしてしまう。

「今日だけは酒豪だから、衣織ちゃん」と矢代さんがどこか自信ありげに頷くと、ね、と嶌さんに対して念を押した。「ジャスミンティーばっかりじゃグループディスカッションを乗り切る体力もつかないから、今日は私が責任を持って飲ませます！　このデキャンタはたった今から衣織ちゃん専用になったので、最後まで飲みきるように！」

嶌さんはグラスに移した最初の一杯をどうにか飲みきると、弱々しいVサインを見せた。

闘争心に火がついたのか袴田くんもビールをもりもりと食べるようにして飲み込み、口元の泡を乱暴に拭う。

「袴田……明日、面接って言ってなかったか？　いいのかそんなに飲んで？」

袴田くんは心配そうな森久保くんの肩を力強く抱き、

「気にするな！　どうせみんなでスピラに行くんだから、他の面接はどうでもいいんだよ！　こんな楽しい日に酒を飲まないやつは死刑だ、死刑」

「よっ色男！」矢代さんが景気のいい合いの手とともにおしぼりを差し出す。

拭い切れていなかった泡を拭った袴田くんは、興が乗ったのか大きな声で歌い始めた。それが数カ月前に薬物使用で逮捕されたばかりの相楽《さがら》ハルキという歌手の曲だったので、笑い上戸の僕は反射的に笑い転げてしまう。

「よりにもよってそんな歌やめろ、やめてくれ」と森久保くんが笑いながらも釘《くぎ》を刺すのは当然の話で、相楽ハルキは今や嫌われ者の代名詞であった。何年か前に運転中の不注意で交通事故を起こした――という話がニュースになったときから怪しげな雰囲気が漂っていたのだが、先日の薬物使用でとうとう完全にとどめを刺された。バラードを歌いこなす実力派であったのは間違いないのだが、甘いマスクを前面に打ち出したアイドルまがいのプロモーションをされていたことも手伝い、イメージダウンに伴う世間の失望は大きかった。

試したことはないが、おそらくGoogleの検索ボックスに相楽ハルキと打ってスペースをひとつ入れれば、ネガティブなワードのみがずらりとサジェストされるに違いない。

袴田くんの相楽ハルキがサビを迎えたとき、嶌さんがぐいっと勢いをつけて二杯目のグラスを空けた。彼女の飲みっぷりを称《たた》える僕らの拍手が消え去らぬうちに、さらにもう一杯。四杯目を煽《あお》るコールが響こうとしたところで、スーツ姿の九賀くんが店員に案内されてやってきた。

僕らが想像以上に砕けた様子で騒いでいたことに驚いたのだろう。九賀くんはジャケットを脱ぐのも忘れてしばらく呆然としていたが、やがて調子をあわせるように笑みを浮かべると嶌さんの前に置かれたデキャンタを見つめ、

「……嶌さんって飲めないんじゃなかったっけ？　大丈夫？」

四杯目が喉につかえて小さくむせてしまった嶌さんに代わって矢代さんが頷き、

「今日は衣織ちゃんといえども飲まなくちゃいけない日だからこれで大丈夫なの。九賀くんもたくさん飲んで」

くれぐれも無理だけはしないようにねと気遣いながら九賀くんは席につき、矢代さんからメニューを受け取る。ろくに目も通さずにとりあえずコーラでの一言に袴田くんは少々突っかかったが、九賀くんは申しわけなさそうに笑って許しを求めた。

「家帰ってから普通に大学の課題やらなきゃいけないから今日は勘弁……ところで森久保、この間の本ありがとう」

「本？」酩酊《めいてい》していた森久保くんはとろんとした目つきで、「……本って何だった？」

「マッキンゼーのあれだよ。貸して欲しいって言ってる人が一杯いるって……そろそろ読み終わると思うから、もし暇なら二十日あたりには返せると思うんだけど、会えるか？」

「あぁ……」森久保くんはずれた眼鏡を直してから手帳をとり出し、「あれだな……十五時から神奈川のほうで面接が入ってるから、そうだな……十七時以降なら」

「じゃあ、どっかで会おう」

どうせ二人が会うなら、打ち合わせの日を二十日にずらしてはどうかと僕は提案する。僕自身は二十日に関しては終日これといった予定もないし、もしみんなの予定が合うならそちらのほうが勝手もいいはず。しかし手帳に視線を落とした袴田くんが二十日はNGだとつぶやき、その他のみんなも軒並み予定が埋まっていたためスケジュールの変更は見送られた。

九賀くんのコーラが到着する。みんなが乾杯をし直そうと言ってパタパタと手帳を閉じる中、袴田くんだけはそのまま手帳を感慨深げに見つめ、ひとつ洟《はな》をすすった。酒のせいで頬が赤いゆえの錯覚かと思ったのだが、どうやら本当に涙腺《るいせん》が刺激されているらしかった。

「いやぁ……真っ黒だ、手帳」

袴田くんは手帳を閉じてから労《いたわ》るように表紙を二度ほど叩くと、

「俺たち、結構いいチーム作れてるよな」

急に真面目なトーンに転調したことにそこはかとない滑稽さはあった。しかし笑い上戸の僕とて、それを指摘してからかうほど野暮ではなかった。誰もが照れ笑いを隠しつつ頷き、それぞれが胸の中で今日までを振り返る。

「内定、とれるよ、全員」

最もそういった台詞を吐きそうにない森久保くんが言ったのがまた妙に感動的で、先ほどまで笑いの方向にばかり作用していた酔いが急激に目頭を熱くし始める。まだ本番まで一週間以上あるのに何やら総決算の気配が漂い始め、僕も少しばかり舌が回ってしまう。

嶌さんは勤勉で、袴田くんはいつも明るく、矢代さんは誰よりも視野が広く、森久保くんは本当に優秀、そして九賀くんのリーダーシップは類《たぐ》い稀《まれ》なるものがある。絶対にみんなで同期社員になろう、いやなれる。少々熱のこもった演説をしながらいささか恥ずかしい真似をしているなという自覚はあったのだが、結局、誰一人として僕の演説を笑うことはなかった。誰もが深く頷き、それを見届けると袴田くんが、

「では、全員の内定を祈念して改めて乾杯を」

九賀くんがコーラを掲げると、再び僕らは先ほどまでの楽しい飲み会の空気へと戻

っていった。酔いが加速した袴田くんは先ほどの僕のように全員のことを褒めちぎり、褒めちぎり、それでも足りないといった様子で褒めちぎった。褒められた僕らも謙遜《けんそん》が追いつかなくなってくると、今度は揃って袴田くんのことを褒めちぎる。照れ隠しなのか、褒められた袴田くんは褒められた分だけ周囲に酒を勧める。

嶌さんが押し込むようにして何杯目かの赤い液体を喉に流し込んだとき、拍手の中で九賀くんが僕の肩を叩いた。

「……波多野、ちょっといいか」

何か大事な用事を思い出したのだろう。神妙な面持ちでトイレの方向に促されたので立ち上がると、それを見た袴田くんが僕らを指差した。

「あれを見ろ――」みんなの注目をこちらに集めてから、「自然に連れションにつき合う、これこそが本物の絆《きずな》だよ」

さほど面白くなかったが、けたけたと笑ってしまったのは、僕がやっぱり笑い上戸だったからだ。

夜風を浴びながら数分歩くと適度に酔いも覚める。

同じ路線で帰宅予定だった嶌さんと矢代さんと一緒に改札をくぐり、次の電車の時刻を確認するため電光表示を見上げる。終電まではまだ何本か残されていることもあり、メトロの構内は比較的空《す》いていた。さすがに飲みすぎたのだろう、お手洗いに消えていった蔦さんの背中を見送ると矢代さんが、

「好きでしょ、衣織ちゃんのこと」

九賀くんのトイレでの与太話と、先ほどまでの酒が中途半端に残っていたのがよかった。ほどよく鈍麻されていた頭で言葉を嚙《か》みしめているうちにようやく意味がわかる。理解するまでにタイムラグがあった分、動揺を表に出さずに済んだ。

「そんなに態度に出てる？」

「衣織ちゃんのこと話題に出しすぎなんだよね、波多野くん。いつも横目で追ってるし。でも衣織ちゃん本人が気づいてるのかはわからないね。他のみんなは気づいてないんじゃない」

「なるほど」

「いいんじゃない。入社前から社内恋愛。気も合いそうに見えるけどね、二人」

今日、最も酒を飲んでいたのは明らかに袴田くんだったが、次点は間違いなく矢代さんだった。袴田くんはさすがに終盤になるにつれて酒に飲まれていったが、矢代さんは十分後に面接ですと言われても何ら問題なさそうなほどに凜《りん》としている。顔色に変化もない。飲み会の最中も全員の飲み物の残量に気を配り、注文も率先してとっていた。酒の注ぎ方もどこか板についたものがあり、歴戦の猛者《もさ》を思わせる。僕もこの

くらい酒席で上品に立ち回りたいものだとそんなことを考えていたところで、嶌さんが戻ってきた。

車内は混雑こそしていなかったが、空いているのは優先席だけであった。仕方なくつり革に手をかけたところで、矢代さんが三席ある優先席の真ん中に腰かけた。

「二人も座んなよ。どうせ空いてるんだし問題ない問題ない」

堂々とした振る舞いに少々面食らいつつ、互いに伺いを立てるように嶌さんと苦笑いを浮かべ合う。別の誰かに席をとられることを危惧《きぐ》したのか、矢代さんは綺麗な足を滑らかな動作で組むと、空いている座席に自らの鞄を置いた。薄茶色をした本革の鞄。ブランド品にも鞄にも疎い僕であったが、HERMESの読み方がハーメスではなくエルメスだとわかる程度の教養はあった。実物を見たのは初めてかもしれない。

「波多野くんもそれ重いでしょ、座らないにしても席に置いちゃいなよ」

矢代さんがそれと呼んだのは、僕が持っている大きなビジネスバッグだった。確かに尋常ではなく重かった。というのも中には僕らが今日まで活用してきたあらゆる資料がすべて詰まっていたからだ。

果たして今後、集めた資料はどこに保管しましょうかという問題が立ち上がったのは最初の打ち合わせのときで、僕は自ら荷物係を買って出た。就活用に小さい倉庫をレンタルしてるんで、もしよかったら僕が持って帰りますよ——そう言った瞬間に一同はお金持ちですね、すごいですねと騒いだが、謙遜でも何でもなくお金持ちではなかった。おそらくガレージか厩舎《きゅうしゃ》のようなサイズのそれをイメージされているのだと思うが、実際はコインロッカーに毛が生えたような代物にすぎない。レンタル料は月々二千円ポッキリ。実家暮らしなのだが単純に自分の部屋が狭いため、気軽にものを置いておける場所が欲しかったのだ。生活に余裕があるから借りたのではなく、空間に余裕がないから借りざるを得なかったというだけの話だ。

本当のお金持ちは僕ではなく、たぶん――優先席のエルメスが電車の振動で微かに揺れる。

ビジネスバッグが重たかったのは事実だが、かといって座席の上に載せることには抵抗があった。そんなに重くないから大丈夫だよと強がったとき、僕ら三人の携帯が一斉に震えだした。三人全員が同時に受信するメールということは、誰かがメーリングリストにメッセージを流したということだろう。そんな予想はしかし、あっけなく裏切られた。

メールの送り主は株式会社スピラリンクスで、その内容に僕ら三人は面白いほどわかりやすく、絶句した。

【四月二十七日最終選考内容、変更のお知らせ】

株式会社スピラリンクスの採用担当鴻上です。

先日は、当社までお越しいただき誠にありがとうございました。この度は、四月二十七日(水)に予定しておりました、グループディスカッション(最終選考)について、選考方法を変更することになりましたのでご連絡いたします。

先月十一日に発生いたしました東日本大震災(東北地方太平洋沖地震)による被害、当社の運営状況を鑑《かんが》みた結果、残念ながら今年度の採用枠は「一つ」にすべきという判断が下りました。これに伴い、当日のグループディスカッションの議題は「六人の中で誰が最も内定に相応しいか」を議論していただく、というものに変更させていただきます。そして議論の中で選出された一名に、当社としても正式に内定を出したいと考えています。

直前のご連絡になってしまい大変申しわけございません。

ご理解とご協力のほど何卒《なにとぞ》よろしくお願いいたします。


言いたいことは山ほどあった。六人で協力してチームディスカッションをやって欲しい——そう言われたとき、すでに震災が発生してから二週間は経っていた。ならあの時点で、少なくとも選考方法が変わってしまう可能性を示唆しておくべきだったじゃないか。あるいは採用枠が一つになったところで、何も自分たちで誰が相応しいか選ばせるような議題を用意する必要はないじゃないか。グループディスカッションをやめて普通の面接を再度実施すればいいのだ。こんな馬鹿げた選考方法、聞いたことがない。あまりに不誠実だ。

腑《ふ》に落ちないことばかりであったが、それでもやがて反論する気持ちが究極的には消失してしまうのは、僕らが社会のことなど本質的には何も理解していないただの『就活生』であり、相手にしているのが日本で最も先鋭的でトリッキーなスピラリンクスという会社であったからだ。目に映る異常なものの数々は、すべてが大人の世界では、あるいは日本最高峰のＩＴ企業では常識として通る、普通の話なのかもしれない。

携帯の画面から顔をあげたとき、矢代さんはもう優先席に座ってはいなかった。まるで先ほどからずっとそうしていたような顔で、エルメスを肩にかけ、つり革を掴んでいた。僕と嶌さんはしばらく顔を見合わせ、そこにいるのがすでに仲間でも味方でもない、ただの敵であることを認識し、それでもそんな事実をまだ受け入れきれないといった様子で苦笑いを浮かべた。

「参ったね」と僕がこぼすと、

「参ったね」と嶌さんも頷く。

「私、ここだから、じゃあ」と、あまりに素っ気なく矢代さんは電車を降り、僕らはそんな彼女の背中を、呆然と見送るしかなかった。

この『呆然』は、そこから実に四日ほど続いた。落ち込んでいた、あるいは怒っていたというわかりやすい表現がもうひとつ自分の中でしっくりこないのは、とにかくそれが初めて経験する種類の感情であったからだ。強引にコンセントを引き抜かれたようにすべてが唐突に終わりを迎え、手元には行き場を失った言いようのない熱量だけが残っている。あの日々は、僕らが積み上げていたものは、いったい何だったのだろう。

傍《はた》から見ても僕は随分と腑抜けていたのだろう。母親と妹にそれぞれまったく異なったタイミングで「就活は終わったのか」と尋ねられた。いやいやとんでもない、まだまだこれから——そんなふうに答えながら、しかし胸に穿《うが》たれた大穴のような喪失感は偽れなかった。

そんな僕の呆然が図らずも終焉《しゅうえん》を迎えたのは、四月の二十一日の木曜日だった。

あそこは地味だけど、地力のあるいい会社だよ——そんなふうに父が太鼓判を押していたとある中堅の化学繊維系の会社から、僕はありがたいことに内々定をもらうことができていた。つきましては内定承諾書にサインをしていただきたいのでご来社ください。久しぶりにリクルートスーツに袖《そで》を通し、電車に乗り込んだ。

上石神井《かみしゃくじい》の駅で降り、新しくはないがよく手入れのされている清潔な三階建ての社屋に足を踏み入れる。いかにも人のよさそうな五十手前と思われる人事担当者に笑顔で迎え入れられ、中学の多目的室のような匂いのする会議室で、内定承諾書と対面する。

「おそらく弊社の他にもいくつかの選考に臨まれていると思います。ただ弊社としては、ぜひとも波多野さんに入社していただきたいと考えておりますので、承諾書にサインをしていただけたら、ですね。他社さんの選考は辞退していただく形でお願いしたいと考えております」

内定承諾書にサインをした後に内定を辞退してもいいのか否か——というのは、就活生の間で度々議論の対象となる話題のひとつであった。結論から言うと法律的には辞退しても問題ないというのが大勢の意見で、僕自身もとりあえずここはサインだけしておこうと考えていた。サラリーマンとしてはそれなりに優秀であるはずの父も認めている企業だし、滑り止めには十分に違いない。

しかしペンを握ったその瞬間だった。この会社に入り、毎日この社屋に通い続ける自分の姿の欠片《かけら》がイメージできた。同時に、爆発的に様々な思いが脳裏に去来した。

本当に行きたい企業はどこだったのか。もちろんそれは、ここではない。スピラリンクスじゃないか。そしてスピラリンクスの選考は今どうなっているのか。まだ落ちてなどいないのだ。六人で入社できないなら意味がない——そんな馬鹿げた執着を抱いていたのはいつからだったのか。まだ何も終わってなどいないじゃないか。そして行きたい企業が別にあるのだとしたら、わずかでもこの会社に迷惑をかける可能性があるとするならば、いくらそれが法律的に正しかろうとも、道義的に正しい人間であることを優先すべきだろう。

気づいたとき僕はペンを机の上に置き、

「辞退させてください」

僕は再び就活生となり、翌日、また別の会社に内定辞退の連絡を入れた。

スピラリンクス最終選考のグループディスカッション前日、袴田くんからメーリングリストでメッセージが届いた。

「久しぶり(というほどでもないけど)。どうせなら、みんなで渋谷駅に集合して一緒にスピラに行きませんか？」

断る理由はなかった。

玉川《たまがわ》改札を出ると、すでに四人の姿があった。森久保くんは他社の選考の関係で先乗りすると言っていたそうで、僕が集合場所に現れた最後の一人だったようだ。

「まさかこんなことになるとはね」と僕が今さらなことを言うと袴田くんも笑い、

「本当だよ。でも、ま、きっちりディスカッションしようや。内定を譲るつもりはまったくないけどな」

「正々堂々やろう」と九賀くんがやっぱりはっとするほど端整な顔で頷いた。「『フェア』にやって、誰が勝っても恨みっこなしでいこう。僕も内定を譲るつもりはないけどね」

僕はしっかり頷いてから、小さく笑い、

「前から言おうと思ってたけど、九賀くん、『フェア』って言葉好きだよね」

「……そう？　そんなに使ってる？」

嶌さんと袴田くんが「しょっちゅう」と言って笑う。

「でも本当にいい言葉だと思うよ。こんなことになっちゃったけど、『フェア』にやろう」

僕の言葉にまたみんなが頷く。矢代さんだけがどうしてだか輪から少し外れたところに立っており、気分でも悪いのか険しい表情で携帯をいじっていた。初めて見る顔だったが、それも仕方あるまい。随分とイレギュラーな事態が続いた。心の整理ができていないのだろう。

五人でエレベーターに乗り、受付で入館証を受け取る。現れた人事の鴻上さんは選考内容の変更を誠実な態度で詫《わ》びてから、今日はよろしくお願いしますと僕らの目をまっすぐに見つめながら言った。そんな鴻上さんの姿と洗練されたオフィスの佇《たたず》まいにもう一度、僕は強い入社意欲を確認する。

の「これで会うのが最後にならないよう、精一杯頑張りたいと思います」と口にしたのは嶌さんで、僕も負けじと鴻上さんに何かを伝えなければいけない気持ちになる。一度下を向いて頭を整理し、しかしすぐに、今鴻上さんに何をアピールしても選考結果には直接関係がないことに気づく。短い逡巡《しゅんじゅん》の末に僕が選んだ言葉はとてもシンプルな本心で、

「負けるつもりはないです。でも——誰が選ばれても、きっと正解だと思います」

■インタビュー一人目：（株）スピラリンクス元人事部長——鴻上達章《たつあき》（56歳）
二〇一九年五月十二日（日）14時06分～
中野《なかの》駅近くの喫茶店にて①

あの最終選考の日、エントランスで開口一番にあなたが口にした台詞、未《いま》だに覚えていますよ。なぜって、なぜですかね……なぜなんでしょう。いいこと言うなって感動していただけかもしれないですし、あるいはこれから何か、いい、よくないことが起こりそうだという一種の予感を覚えていた——というのはたぶん後づけの理由ですね。まさかあんなことをする学生がいるとはこれっぽっちも想像していませんでしたから。本

当に驚きましたよ。

何年前になりますかね、あの採用は……八年前？　そんなに経ちますか。私がスピラを辞めて今の会社を立ち上げたのが一五年だから、そうだ、そうですね。八年前だ。震災の年ですもんね。あっという間です。

――ありがたいことに順調ですよ。採用活動を中心にしたコンサル業ですけど、やっぱりどこの企業も人材難ですからね。立ち上げてしばらくは中小がメインでしたけど、今は少しずつ上場企業からも声がかかるようになって……そうですね。順調すぎるくらいです。スピラでの経験が今の私の土台を作ってくれています。

でも、順調と言ったらそれこそ、あなたのほうなんじゃないですか？　ペイメント事業で八面六臂《はちめんろっぴ》の活躍だという噂を……えぇ、そうですそうです。小耳に挟みましたよ。ははは。それは退社したって人間関係がぷっつりと切れるわけではないですからね、噂はどこにでも飛んできますよ。いい噂も千里を走るんです。名実ともに、あなたは今やスピラリンクスのエースです。誇らしいですよ、私としても。えぇ、もちろん。

やっぱり自分が採用に携わった社員というのは、少なからず自分の「子供」のような愛着が芽生えるものですよ。芳しくない成績をあげれば落ち込みますし、いい仕事をしてくれれば我が事のように誇りたくもなります。何と言っても自分で選んだわけですからね。

だからあの年の内定を、あなたがとってくれて本当によかった。

こうやって長いこと採用にかかわっていると、やっぱり「事件」と呼べそうな出来事には何度か遭遇しますよ。たとえば呼んでない学生が無理矢理選考の日に押しかけてきて面接をして欲しいと粘ってみせたり、きっちり落としたはずの学生が選考に不正があったと騒いで警察沙汰《ざた》にまで発展したりね――でも、ああいった種類の「事件」に遭遇したのは初めてでしたよ。今だからお話ししますけどね、当時、隣の会議室でモニターしていた我々は結構なパニックになったんです。会議室に割って入ってグループディスカッションを中断させるべきなんじゃないかと訴えた部員もいました。結局は皆さんとの約束を守って、ディスカッションの行く末を見守り続けることにしましたけどね。

最低な話ですけれども、確信があったわけです。これはきっと表沙汰にはならないって。何せ我々も皆さんも、全員が平等に恥部を握り合うような構図だったわけですからね。誰もあんな「事件」のことを、どこかに口外しようとはしません。正直なところ、ディスカッションが終わって数週間は誰かが就活掲示板に暴露投稿でもするんじゃないかとほんの少しだけヒヤヒヤもしましたけど、まあ、心の底の部分では安心してましたよ。漏らしたところで全員にデメリットしかないわけですから。全員が被害者だったがゆえに、最終的には全員が共犯者になることで落ち着いたわけです。

……えぇ、そうですね。あなたの言うとおり、実に「切実な」事件でした。もちろんスピラに入社したいと強く願ってくれたことはありがたいことでした。でもまさか、あんなやり方をする学生が出てくるとは。おかげで二度とあのような方式の選考はしないようにと上からきつく怒られましたよ。懐かしいですね。楠見《くすみ》さんですよ、役員の――そうです。今となっては笑い話ですけどね。楠見さんってまだスピラにいるんでしたっけ？　そうか、そうでしたね。

――映像って？　あぁ、ディスカッションの映像ですか。おそらく人事が保管していると思いますよ。社外秘だとは思いますが、あなたが見る分にはたぶん制限もないでしょう。言えばすぐに出してくれると思います。三時間弱ですかね、三台のカメラで撮影した映像がきっちり残ってますよ。もっとも、途中から二台分の映像に切り替わっていますけどね。

ところで、どうして今さらあの事件に興味を持たれたんです？　もう八年も前の、それこそ「大昔」の出来事じゃないですか。

え、お亡くなりになったんですか？　あのときの「犯人」が？　それはまた、なんと言ったらいいか。あなたと同学年だからまだ三十前後ですよね。死因は？　へぇ、ちなみにどんな病気で？　いやはやそれは、本当に何と言ったらいいのか。

悲しい言い方になってしまいますが、ディスカッションの最後に「犯人」が見つかったのは、まさしく不幸中の幸いでした。あのまま「犯人」がわからなかったら、それこそ大変なことになっていましたからね。あんな人間を最終選考まで残してしまったのは、まさしく我々の失態です。優秀な学生に見えたんですけどね、当時は。

……え？　それはまた面白い質問ですね。でも非常に単純ですよ。笑ってしまうほどに単純です。ちょっとその前に、甘いものを追加で頼んでもいいですかね？　私、生クリームに目がなくて……意外ですか？　ま、人間そんなものですよね。

「犯人」の正体だって、まさしく意外そのものだったんですから。

2

僕らが案内されたのは前回の顔合わせのときに通されたガラス張りの会議室ではなく、白い壁に囲まれた比較的小規模な会議室だった。窓は一つもなく、しっかりと遮音もされている。おそらくガラス張りの会議室とは用途が違うのだろう。円形の大きな白いテーブルが一つと、その周囲を囲むように六つの白い椅子が置かれ、最も扉に近い席に緊張した様子の森久保くんが腰かけていた。簡単に挨拶《あいさつ》をするとそれぞれ適当な席についていく。位置どりもひょっとしたら何かしら成否をわける重要なファクターになるのでは——そんな考えが一瞬だけ頭をよぎったが、さすがに考えすぎだろうと自分を落ち着かせた。

席につくと深呼吸、ぐるりと周囲を見回してみる。

病室のような味気のない空間に彩りを添えるように壁面にはいくつかの観葉植物が置かれ、そんな植物の茂みに隠れるようにして三脚に固定されたカメラが四つ設置されていた。ディスカッションの様子を録画するつもりなのだろう。ホワイトボードには数本のマーカーが用意されているが、それ以外にこれといった設備は何もない。

「今回のグループディスカッションのルールについては先日のメールでお伝えさせていただいたとおりですが、もう一度だけおさらいさせてもらいます」鴻上さんは一通りの挨拶を終えると、改めて選考方法についての説明を始めた。「時間は二時間三十分。私がこの部屋を出たらタイマーが動き出します。基本的に私をはじめとする人事部員は隣の会議室で皆さんの様子をモニターしていますが、強い余震や火災等の非常事態が発生しない限り、一切介入はいたしません。そして皆さん自身が、この会議室を出ることも禁じます。体調不良等でやむを得ず退出を希望される場合はそこの内線で041を押してください。人事部員の誰かが出ます。ただやはり――基本的に、制限時間内の途中退出は即不採用とお考えください。

二時間三十分後――私がこの部屋に再び入室してきた際に皆さんに内定者の名前を尋ねますので、選出した内定者の名前を全員で、私に教えてください。二時間三十分が経過したのに皆さんの意見がまとまっていない場合——つまり、ばらばらの名前を皆さんが私に伝えた場合は、全員が不採用となります。ただし意見がまとまり内定者を選出できた場合には、当たり前ですが、内定者には内定を、選出されなかった人にはささやかですが、一律五万円の交通費を進呈いたします。今日までの選考におつき合いいただけたことに対する弊社からの感謝の気持ちだと思ってください。無論、一人を選びきれなかった場合は交通費もお渡しいたしません。

選考方法は自由です。自分たちの考える最良の形で議論を進めて決めてください。この会議室さえ出なければ、お手持ちの携帯電話、スマートフォンで外部と連絡をとっていただいても構いませんし、必要とあればネットで調べものをしていただいても構いません。ルールはすべて皆さんで合議の上、自由に決定してください。ただ——ただし、です。あみだくじやジャンケンなど、運に任せるような選出方法をとることだけはご遠慮いただきたい。我々はしっかりとした議論の末に選ばれたお一人と仕事をしたいと考えています。

カメラは合計で四台設置してあり、そのうちの三つは録画用ですでに回っています。少し高い位置に置いてあるあの一台だけは隣室でモニターするための監視用カメラになっています。一応、録画はさせていただきますが、あくまで資料として、あるいは万が一不法行為等が発生した場合の証拠映像としての撮影ですので、後日人事部で映像を精査した結果、皆さんが選んだ内定者はやはりスピラに相応しくないことが判明しました——というようなことは一切申し上げません。どうかご安心を」

たぶん癖なのだろう。いつかも見たように鴻上さんは左手薬指の指輪を気にするように小さく手を動かすと、伝え忘れていることがないことを確信したように大きく頷《うなず》いた。

「では五分後、私がこの部屋を退出したと同時にグループディスカッションを始めさせてもらいます。お手洗いに行かれる方は今のうちに」

二時間半の拘束を考えると用は済ませておきたかった。全員が立ち上がりぞろぞろとトイレへと向かい始める。しかし僕の前に立っていた矢代さんが、なぜか扉の付近で立ち止まる。そして何かを探すように床に視線を這《は》わせた。

「何か落とした？」

「いや……何でもない」

矢代さんは僕とは目を合わさずに、トイレのほうへと消えていった。相当ナーバスになっているのだろう。これまで見てきた彼女とは明らかに別人だった。

彼女の変化が気にならないわけではなかったが、今は何よりも自分のことが最優先だ。矢代さんもまた、今となってはライバルの一人なのだ。手に入れた内定をすべて辞退して今日の選考に臨んでいる身として、一切の油断は許されない。当たり前だが僕も緊張はしていた。しかし幸いにして見るものすべてがぼやけるような過度の動揺や混乱はなかった。

全員がトイレから戻ると鴻上さんは改めて質問がないか尋ねる。誰の手も挙がらないことを確認するとやはり指輪を触り、

「では二時間三十分後にまた——幸運を」

入室したときから開けっぱなしになっていた扉がガチャリと閉まると、想定していた以上に会議室内は静まりかえった。完全に外界と隔離され、僕ら六人だけが世界にとり残されたような感覚になる。

すぐに忙《せわ》しなく語り始めるには、二時間三十分という時間が与える印象は長大で、何より僕らは時間を惜しんで語り合わなければならないほど互いに対して無知でもなかった。そして自分がいかに内定を欲しているか、自分がいかに内定に相応しいかを開始早々饒舌《じょうぜつ》に語りだすことが、最も周囲の評価を下げる悪手であることも容易に想像できていた。僕らは本当に扉が閉ざされたことを確かめ合うように意味もなく苦笑いを浮かべ、深呼吸をし、ゆっくりと、日曜日の朝食の準備でも始めるような速度で、グループディスカッションを開始した。

「さあ、どうしようか」

最初に口を開いたのはもちろん九賀くんだった。

「最後に多数決をとって決めるのが一番オーソドックスなやり方だとは思うんだけど、何か他にアイデアがあれば」

「なら一つ提案があるんだけど、いいかな？」

僕は用意していたアイデアを披露する。

「せっかく時間がたっぷり用意されているんだから、三十分ごとに投票するっていうのはどうだろう。今すぐに一回投票をして、そこからは三十分ごとにまた投票タイムを設ける――すると計六回の投票が行われることになる。それで得票数の合計が最も多かった人に内定を出すっていうのはどうだろう」

「どうしてそんなやり方を？」という袴田くんの質問を受け、

「自己アピールをするにしても、六人が同時には喋《しゃべ》れない。するとどうしても最後に熱弁を振るった人が有利になってしまうような気がするんだ。最初の二時間までは絶対にこの人に投票しようって心に決めてたのに、最後の三十分に泣き落としをされて一時の感情で投票先を変えてしまう――っていう事態は、たぶん起こすべきじゃない。投票回数を多くして、より精度の高い多数決のシステムを構築するべきだと思う。それがたぶん最も――」

「『フェア』だ」と袴田くんが少しおどけた口調で割り込む。

僕が笑って頷くと、笑顔は九賀くんにも伝播《でんぱ》する。

「確かに『フェア』だ」と九賀くんはお墨つきを与えた上で、波多野の提案を採用しようと思うがどうだろうと皆に尋ねてくれる。

嶌さんはすぐにとてもいいアイデアだと思うと笑顔で背中を押してくれた。森久保くんも矢代さんも積極的に――というほどではなかったが、悪くないんじゃないかと承認してくれた。

僕はひとつ頷いた。

複数回投票を提案したのは必ずしもこのやり方が最もフェアだと思うから――というだけの話ではなかった。ディスカッションに際して小さなアピールを少しでも積み上げておきたかったというのが、実のところとても大きい。たぶん会議を回すのは九賀くんの役割になるだろう。それでも袴田くんの言うところの『参謀』的なポジションを確固たるものとし、少しでも会議のイニシアチブを握って得点を稼がなければ、内定は摑《つか》めない。

九賀くんはスマートフォンでおおよそ三十分ごとにアラームが鳴るように設定（最後の投票が会議の終了時間のぎりぎりになってしまうといけないので調整を施してくれた）をすると、ひとまず最初の投票に移ろうと号令をかける。

それぞれが現時点で最も内定に相応しいと思う自分以外の誰かに手を挙げ投票、その結果を最もホワイトボードに近いところに座っていた嶌さんが代表して記していく。

誰が選ばれても正解だと思います。

鴻上さんに伝えた言葉はお世辞でも何でもない本心であった。そして投票結果は、そんな僕の評価に概《おおむ》ね沿うようにして、適度にばらけた。

■第一回の投票結果

・九賀2票　・袴田2票　・波多野1票　・嶌1票　・森久保0票　・矢代0票

手帳に投票結果を書きうつす。

最多の二票を集めたのは九賀くんと袴田くんだった。九賀くんに投票をしたのは袴田くんと嶌さんで、袴田くんは九賀くんの抜群のリーダーシップを評価した。

「やっぱり人を束ねるカリスマがあるよ。九賀には素直に敵《かな》わないなって思う。自然と九賀の言うことには従おうかな――っていう気持ちにもなるし、やっぱり人間性のなせる業なんだろうが、ほんとすごいよ」嶌さんも概ね袴田くんの意見をなぞるようなコメントを残した。

袴田くんに投票をしたのは森久保くんと、矢代さん。森久保くんは緊張した様子でしきりにハンカチで汗を拭《ぬぐ》いながら、「六人とも素晴らしい人材であることに疑いはない。でも正直なところ、九賀が欠けてもその役割はきっと波多野が担えていたと思うし、矢代さんの役割は俺でもカバーすることができた。嶌さんや波多野の仕事も、誰かが引き継ぐことで補填《ほてん》することはできた。でも袴田だけは替えが利かない。ついつい自分が自分がとみんなが前に出てしまう中で、いつも静かに全体を見回してバランサーに徹していた。俺は圧倒的に袴田を推す」

「さすがに照れるな」と袴田くんが頭を掻《か》くと、会議室が柔らかい笑い声に包まれる。渋谷駅から終始険しい表情をしていた矢代さんだったが、袴田くんへの投票理由を述べる口調は先ほどまでよりもいくらか穏やかになっていた。「一番頼りがいがあったのは間違いなく袴田くんだったかな、って思う」

嬉《うれ》しいことに僕に票を入れてくれたのは九賀くんであった。「さっきの森久保の意見に近いのかもしれないが、僕の中では波多野がまさしく必要不可欠なピースだったように思う。誰もがいい部分と悪い部分を持っているが、波多野は総合力が最も高い上に弱点が少ない」

録音して後生大事に保存しておきたいほどに嬉しい言葉であったが、ありがとうと一言だけ返して淡く微笑むにとどめた。大事な局面だからこそ冷静に、冷静に。自分に言い聞かせ、内定者に選ばれるための最善手を考え続ける。

嶌さんに投票した僕は、彼女の勤勉さと実務能力の高さを称《たた》えた。嶌さんは嬉しそうにはしてくれたが、それでも過度に舞い上がる様子はなく、ありがとうとだけ言って頷いた。

　自分を推してもらわなくてはならない。しかし自分の素晴らしさを声高に主張したところで評価は上がらず、かといって他の誰かの評価を落とすような発言も憚《はばか》られる。とんでもなく難しいグループディスカッションだ。ジャケットの下、ワイシャツに汗が滲《にじ》んでいくのがわかる。

　誰もが次の一手を決めあぐねる。そんなときだった。

「……ところで、あれって誰かの忘れ物なのかな？」

「あ、俺も気になってた、あれ誰の？」

　嶌さんの問いかけに袴田くんが答えると、みんなの視線は吸い寄せられるように扉のほうへと集まった。

　僕の正面には森久保くんが座っていた。そのためちょうど死角になって見えていなかったのだが、確かに腰を上げてみると扉付近に何かが置いてあるのが確認できた。目を凝らさずともすぐにわかった。白い封筒だ。A4サイズの紙を折らずに入れられる――いわば履歴書やエントリーシートを送付するのに最も適したサイズの、比較的大きめの封筒だった。『落とし物』ではなく『忘れ物』なのだろうなと思わせるのは、それが無造作に床に倒れているのではなく、まるで梯子《はしご》のように、そっと壁面に立てかけられていたからだ。

誰の封筒だ。しかし九賀くんの問いかけに対して、全員が自分の持ち物ではないと主張した。

九賀くんはグループディスカッション中とはいえスピラの社内資料だったら報告をするべきだと言って席を立ち、静かに封筒を摑みあげた。封はされていなかった。手に持っただけで口が開いたので、九賀くんが中を覗《のぞ》き込む。それから一瞬、怪訝《けげん》そうに眉間《みけん》にしわを寄せると、おもむろに封筒の中に手を伸ばした。

僕ら六人のものでないなら勝手に中を漁《あさ》るべきではないだろう。そんな注意の言葉を飲み込んだのは、九賀くんが封筒の中からとり出した少し小さな封筒の表面に『波多野祥吾さん用』という文字が印刷されていたからだ。

僕は目を瞬《しばた》いた。見間違えかと思ったが、そうではない。それは紛れもなく僕のために用意された封筒であった。何が何だかわからないまま固まっていると、九賀くんはさらにもう一つ封筒をとり出した。『袴田亮さん用』と書いてある。

「……全員分ある。とりあえず配ろうか」

誰一人状況を把握できていなかったが、それぞれの名前が記載されているということはグループディスカッションに使用するものという認識でいいのだろう。スピラリンクスが用意した小道具の一つなのかもしれない。テーブルに置くのを忘れたか、あるいは説明を忘れたか。

『波多野祥吾さん用』と書かれた封筒は、色は白、A4用紙を三つ折りにして入れられるサイズの比較的小さな封筒であった。触ってみたところ、ささやかだが異物感がある。蛍光灯に透かしてみても中身は見えなかったが、折りたたまれた紙が封入されているのではないかと予想できた。微妙に影ができる。

それぞれ配付された封筒を戸惑いの表情で見つめる。

「ディスカッションを有利に進める魔法の道具かもしれないな」

袴田くんがそんな軽口を叩《たた》いたとき、微笑みながら九賀くんが紙の隙間に指を滑らせ封を開いた。軽率といえば軽率だったのかもしれない。いくら自分の名前が記載されていようとも、内容がわからないなら封を切るべきではなかった。それでもこの特殊な状況下、なおかつ議論の進め方に迷いが生まれていたこの空気の中でのこと。九賀くんが謎の封筒を開けてしまったことを、心から責める気にはなれなかった。その証拠に、九賀くんに続いてすでに袴田くんも封に指をかけていた。九賀くんが声を上げるのがもう少しでも遅れていたら、僕も封を切ってしまっていたに違いない。

「えっ」

九賀くんは封筒の中から出てきた紙に目を通すと、そのまま凍りついた。目に見えて顔が青ざめていく。どうしたのと何人かに尋ねられ、ようやく目を小さく泳がせると、戸惑いながらも、そっと紙をテーブルの上に置いた。手が震えていた。

折り目を広げられた、A4サイズのコピー用紙。

そこには二つの画像が印刷され、その下部にはいかにもワードで作りましたというような、何の工夫も施されていない、華やかさの欠片《かけら》もない、簡素で、無骨なメッセージが、明朝体で記されていた。

言葉が、出てこなかった。

地球の自転から強制的に切り離されたように、会議室の中の空気だけが、完全に、静止する。

紙の上部に印刷されていた写真は、とある高校の野球部の集合写真であった。男子部員三十名ほどが、おそらくは学校のグラウンドで三列になって写っている。前列は背番号をもらえた主力メンバーなのだろう。皆、正規のユニフォームを着ている。心なしか体も大きい。一方で後列の部員たちは、白い汎用《はんよう》ユニフォームにマーカーで名字を書き記した練習着を着用していた。浅黒く日焼けした彼らが着ているユニフォームの校名は、さほど耳馴染《みみなじ》みのあるものではなかった。知らない学校の、知らない野球部の、何の記念なのかもわからない集合写真。しかしそんな集合写真には二つだけ赤い丸がつけられた顔があった。一つ目は、最後列にいる体の小さな男の子につけられている。弱々しい笑みを浮かべる彼の胸には『佐藤《さとう》』と書いてあるので、たぶん佐藤さんなのだろう。それ以上のことは何もわからない。

しかしもう一つの赤い丸がつけられている人間は、見知った顔だった。最前列中央で胸を張るひときわ大きな男性は、他でもない――袴田くんだ。高校時代ということは少なくとも三年以上は前の写真なのだろうが、十分に面影がある。これだけならなんてことのない、ただの袴田くんの高校時代の一ページを切り取った写真であった。

しかしその下部には、新聞記事の切り抜きと思われる画像が印刷されていた。あまりに刺激的な見出しは、僕の心臓に冷たい汗をかかせた。

【県立高校野球部で部員自殺　いじめが原因か】

やや拡大されて印刷されていたので、僕の席からも難なく記事の詳細を読むことができた。

【先月二十四日、宮城県立緑町《みどりちょう》高校の野球部に所属する男子生徒、佐藤勇也《ゆうや》さん（十六歳）が石巻《いしのまき》市内にある自宅にて首を吊《つ》っている状態で見つかり、死亡が確認された。自室には遺書が用意されていたことから、警察は自殺と見て捜査を進めている。遺書の内容によると部活内でいじめに遭っていたことが示唆されており、学校、県教育委員会は実態について速やかに調査を開始するとしている】

記事の下には、新聞記事とは別の——おそらくはこの封筒を用意した人間が記したであろうメッセージが添えられていた。

袴田亮は人殺し。高校時代、いじめにより部員「佐藤勇也」を自殺に追い込んでいる。

(※なお、九賀蒼太の写真は森久保公彦の封筒の中に入っている)

このままじっと告発文を睨《にら》み続けるのも、告発を受けた袴田くんの様子を確認するのも、平等に恐ろしかった。それでも僕は恐る恐る、慎重に、紙面から顔を上げた。これまで散々見せてくれた穏やかな笑顔で、なんだこれ、よくできてるな、本物の新聞みたいじゃんかというようなことを口にしてくれたら、僕らはどうにか元の空気に戻ることができていたかもしれない。しかし袴田くんは、明らかにとり乱していた。抑えきれぬ感情に突き動かされるようにして椅子から立ち上がり、顎《あご》の下から一滴の汗を垂らし、肩を大きく上下させる。ただでさえ大きかった体が、さらに二回りほど大きくなったように膨らむ。顔が赤みがかっているのも気のせいではない。袴田くんは尋常ではないほどに、動揺していた。

「……何だよこれ」

僕らは、何も答えられなかった。何だよこれ。僕らだって袴田くんに問いかけたかった。何だよこれ。袴田くんは僕ら五人の顔を一人一人、瞳《ひとみ》を震わせながら時間をかけて観察すると、顔に浮いた汗を手のひらで乱暴に拭った。

「誰が……誰が、こんなもの用意したんだよ。なあ？」

「事実なの？」

興奮した猛牛の手綱を決然と引くような質問をしたのは、矢代さんだった。

「……は？」

「その紙に書いてあること、事実なの？」

矢代さんも、袴田くんを恐れていないわけではないようだった。身を守るように組んでいた両腕には相当の力が入っているのが傍目《はため》にもわかる。明らかに緊張し、恐怖している。しかし彼女の眼差《まなざ》しには力があった。怯《ひる》んでたまるかという決意が滲み出ている。

袴田くんは矢代さんのことを獰猛《どうもう》な瞳で睨みつけ、獲物を前にした獅子《しし》のように身を小さくくねらせる。右の拳《こぶし》は岩のように堅く握りしめられていた。

「矢代が用意したのか……この封筒」

「そんなこと言ってないでしょ……私は訊《き》いてるの。それは事実なのか、って」

「今どうでもいいだろ、そんなこと」

「どうでもいいわけないでしょ。もしそれが事実だったとしたら、正直、一緒の空間にいるのも最悪の気分。最低なんて言葉じゃ足りないくらい最低。内定どうこう以前の問題になる」

「……デマに決まってんだろ」袴田くんは威嚇するように言った。「知らねぇよこんなの」

「知らない？　知らないはさすがに嘘でしょ？　一緒に写ってるんだから」

「いや、そりゃ、知ってるよ……知ってるに決まってんだろ」

「この佐藤って人が自殺したのは本当なの？」

「そうだよ！　ただこの佐藤のクズのことは」

袴田くんはそこで慌てて言葉を切った。口にしたと同時に失策に気づいたのだろうが、放たれた言葉は僕らの耳にはっきりと、悲しいほど鮮明に、焼きついてしまっていた。僕らの疑うような視線を浴びた袴田くんは慌てて挽回《ばんかい》の言葉を探すが、

「……今、何て言ったの？」

矢代さんの言葉が先に覆い被《かぶ》さる。

「自殺した人のこと、『クズ』って言った？」

なおも口を開くことのできない袴田くんを追撃するように、

「いじめて、自殺に追い込んで、その挙げ句にクズ呼ばわりまでして……信じられない。確かキャプテンだったよね？　キャプテンとしていじめを先導したの？　それとも部内のいじめをみすみす黙認したの？　どっちにしたって最低であることには――」

変わらないけど――矢代さんが言い切った瞬間だった。袴田くんが硬い拳でテーブルを思い切り叩いた。決して大げさな表現ではなく、この会議室が爆撃されたのではないかと思うほどの衝撃だった。僕らは反射的に身をすくめる。そして幻の爆風が収まるのを十分に待ってから、袴田くんの様子を窺《うかが》う。

「悪い……カッとなった。すまない」

謝罪の言葉を素直に受け入れられた人間は、たぶん一人もいなかった。むしろカッとなってテーブルを勢いよく殴りつけたその行為こそが、先の告発が真実であると証明する、揺るがしがたい根拠ですらあると思えてしまった。あの拳が、『佐藤勇也』さんのことを殴りつける――そんな光景が、今ではあまりにも簡単に想像できた。

『チームの和を乱すやつは大嫌いなんで、そういうやつ相手にはすぐに手が出ると思うんですけど』――初対面の日のファミレスでの台詞が残酷なタイミングで蘇《よみがえ》ってしまったところで、

「デマだ」

乱れた場の空気を整えるように九賀くんが力強く断言した。

「デマなんだよな、袴田」

説得するような口調で、袴田くんに問う。袴田くんは唇を噛《か》んでゆっくりと言葉を咀嚼《そしゃく》すると、やがて不自然なほどに長い間をとってから、

「……そうだ、デマだ」

九賀くんは自分を納得させるように頷き「得体の知れない封筒を開けてしまったのは、紛れもない僕の失点だ。本当にすまなかった。みんな、今見たものは忘れよう。本人がデマだと言っているんだから、デマなんだ。責めるなら僕を責めてくれ、それでこの封筒は――」

「封筒は――」九賀くんの言葉が終わらないうちに、嶌さんが口を開いた。目を真っ赤に充血させ、不安をどうにか抑え込もうと何度も口元を手で押さえながら、「封筒は、スピラが用意するわけ……ないんだよね」

あまり考えないようにしていたことだったが、そのとおりだった。

スピラリンクスは確かにベンチャー的な側面の強い新進のトリッキーな企業ではあるが、だからといってここまで倫理に反するようなことをするはずがない。もし仮に鴻上さんたちが事前に袴田くんのいじめ問題を把握できていたのだとしたら、ただ彼を不採用にすればよかっただけの話なのだ。わざわざ彼を最終選考にまで残す必要も、あるいはそれを封書にして会議室に置き、議論のネタにさせるような必要も、まるで

ない。

僕は目の前に置かれた『波多野祥吾さん用』の封筒に視線を落とす。『九賀蒼太さん用』の中に、何が入っているのか。想像できないわけがなかった。ならば僕に配付された封筒の中にも、この場にいる五人の中の誰かに対する告発が封入されているのだ。そしておそらくは、この中の誰かが持っている封筒の中に、僕に対する告発が封入されている。

息苦しくなって封筒から顔を上げると、五人全員と目が合った。互いが、互いに疑いの眼差しを向けていた。しかし恐ろしいほどに、叫び出したくなるほどに、誰もが一律、同じように怯《おび》えた目をしていた。五人は、本当に、心からの不安に支配されている。でもたった一人だけ、ただの演技として表情を歪《ゆが》めている人間がいる。

被害者のような顔をして、この会議に劇薬を持ち込んだ裏切り者が――

犯人が、この中にいる。

■インタビュー二人目：グループディスカッション参加者――袴田亮（30歳）
二〇一九年五月十八日（土）12時08分～

神奈川県厚木《あつぎ》市内、某公園にて

すごい。本当に来てくれた。懐かしいなぁ……当時とあんま変わんないね。え？　そりゃ覚えてるさ。もちろん一回だけ一緒に面接受けた人間なんて一人残らず忘れたけど、あの五人は特別でしょ。忘れるわけない。最後はあんな感じになりはしたけど、まぁ、そういうとこも含めて忘れられないメンバーになったよ。いやぁ……懐かし。俺は太ったでしょ。いいよ、遠慮すんなって。入社したての頃の写真見ると我ながら別人だなって笑えるんだから。元々太りやすい体質だったんだけど、ちょっと気を抜いたらあっという間だな。一瞬でボン、よ。

あ、そこのベンチに座ろう。この公園での俺の定位置なんだ。最初の頃はなんだか知らねぇオッサンと席のとり合いになってたんだけど、俺が来る日も来る日もここに座り続けたら、折れたね、向こうが。大勝利よ、ははは。今ではここで缶コーヒーにおにぎりっていうのが、俺の定番になっちゃったね。というわけで悪いけど俺はメシ、失礼するよ。

作業着で悪いね。総務でも経理でも、倉庫勤務の人間はみんな着てなくちゃいけない決まりなんだ。現に管理側でも現場に入ることは多いから、しゃあないっちゃしゃあないわな。ん？　そうそう、土曜日も仕事——っていうか、夜勤もあるから四勤二休体制——つまり、四日出勤したら二日休みの連続って感じだな。だから土日も祝日も関係なし。最初は慣れなかったけど、まあ、慣れちゃえばどうってことないよ。むしろ土日に外出するのが億劫《おっくう》になったね。人混みがすごくて。特にガキがうるさいでしょ。ほら、ああいう感じの……ね？　たまにここの公園にも来んのよ、ガキが。そこに団地があってさ。毎度ガキがここにぞろぞろ集結してんの見てからようやく気づくわけよ、「あ、今日土曜日だった」って。ま、どうでもいいんだけど。

今日はここまで電車で来たの？　車？　……え、タクシー？　都内からタクシー！　すごいな……やっぱ金持ちだなぁ。スピラの正社員は収入が違うよ。ははは、冗談冗談。からかってるわけじゃないんだ。本当に尊敬してんのよ。やっぱ内定に相応しいのは、間違いなくお前だったよ。他の奴らは、まぁ、色々——問題があったわな。

俺？　俺は、新卒からずっとこの会社。ずっと物流ですよ。最初は営業だったけど。新橋《しんばし》の本社で始まって、数年したら辰巳《たつみ》のほうにある事務所勤務になって、今の厚木は一、二——四年前からだな。今は倉庫総務。自分で希望出して総務に回してもらったんだ。営業時代はそれなりに大変で折れかけてたけど、今はだいぶ落ち着いてきたよ、気持ちが。

思い返せばそういうのも就活のせいだったのかもしれないな……何というか、自分でもよくわからない上昇志向が芽生えるっていうか、変に意識が高い状態に調整されるっていうか。いい言い方をすれば「成長しすぎる」んだな。就活のせいで。どんな大人になりたいですか、どんなビジネスパーソンになりたいですか。何もわからないのにやたらと急《せ》かされた感じがあって、こっちも根は体育会系だからさ、やってやるぜって燃えちゃうんだな。だから仕事が忙しそうな、やり甲斐《がい》たっぷりを標榜《ひょうぼう》するような大手とか有名どころばっかり受けてたなぁ……業種とかあんまり気にせず。当時、ちょっと家がごたごたしてたから余計に気負ってたんだよ。まあ、おかげでそれなりに大きな会社に入れたからよかったんだけどさ。でも実際、定時上がりでそこその収入がもらえればそれで満足だったはずなんだよな。当時はスピラにだってめちゃくちゃ入りたかったはずなんだけど、いざ月の残業が百時間超えますよ、やり甲斐たっぷりでしょ——みたいな話になったら、段々と心が腐っていってたとは思うんだよな。ただ大変なのがカッコイイと思い込んでたんだ。

この会社に入ってからも「営業以外は男のやる仕事じゃない」みたいな変なプライドが生まれてさ、なんか謎だったね。普通に奥さんとの時間大切にして、子供でもつくってゆっくりしたいなって思えたのはここ数年の話だな。あぁ……結婚は五年前かな。そう、普通に、社内恋愛で。ちょっと煙草いいかな？　いつも食後は一服がルーティンになってて。悪いね。

あれ、俺当時吸ってなかったっけ？　違う違う、みんなの前で吸わないように気をつけてただけ。十六から吸ってるもん。はは、今の内緒な。本当、嘘ばっかりついてたよ、あの当時は。

どこまで嘘つけるかって勝負してるとこあったよな、正直。居酒屋でバイトリーダーやってますってのと、ボランティアサークルで代表やってますって嘘ツートップで乗り切ってたのは覚えてるわ。……え、そうそう、全部嘘よ。居酒屋で働いてたのは本当だけど、別にリーダーではなかったな。そもそもリーダーなんていなかったし、はははは。大学二年のときだったかな。一回だけ岐阜のほうに友達五人くらい連れて旅行に行ったんだけど、そこで旅館の人たちと一緒に地域のゴミ拾いを手伝ったんだわ。それを就活中にふと思い出して、「あれは完全にボランティアだった」って自分に言い聞かせて、ボランティアサークルの代表というエピソードが誕生。最高でしょ？でもそんなもんだよな、みんな。間違いないって。

いやほんと面白いもんでさ、どっかの面接でボランティアサークルのメンバーは何名ですか？　なんて訊かれるとテキトーに「三十七名です」とかって即興で答えるでしょ？　するとね、もう忘れないのよ。自分の中に「俺が代表を務めているボランティアサークルはメンバー数三十七名」ってデータがインプットされるわけ。そんなふうにして選考を重ねるにつれて、段々と設定が仕上がっていって、嘘をついている自覚すら消し飛んで、妙なディテールまで淀《よど》みなく答えられるようになっていくのよ。あれは見事だったな。平気な顔して嘘つく天才よ、就活生は……ってごめん、わかんない。俺だけかもしんないわ。ははは。それで――って。

マジか、あのガキども、野球やるつもりなんかよ……。ダリぃなぁ。あり得ねぇだろ。うるせぇのは目ぇつぶれるとしても……腹立つわぁ。

あぁ悪い、それで……あれだわな。お前が気にしてんのは――封筒の中身だよな。

まあ、そうだな。全部本当だよ。頭からお尻《しり》まで、全部本当。いじめがあって、そんで自殺者が出た。正直なこと言っちゃえば、あんな根性のないやつだとは思わなかったわな。……え？　誰って、佐藤だよ。佐藤勇也。「この地獄ノックを毎日毎日欠かさずに食らわしてやるから覚悟しとけよ。青アザが何個できようが手加減なんてしねぇからな」――俺がそう言った翌日に、実にあっさり、ぽっくり。ガッカリだよな。根性なしの極みだよ、あのクズ。あれ……俺ひどいこと言ってる？　言ってるな。はは。今のなしにして。わりぃ。

当然、部活はすぐに休止になったよ。遺書もあったから自殺は全部俺たちのせい――いや、名指しで書かれてたからほぼ俺のせいってことになって。別に甲子園《こうしえん》を目指せるほどの強豪じゃなかったけど、最後の大会とり上げられたら消化不良だわな。未《いま》だに心の中になんかくすぶってるものはあるよ。青春の総決算とり上げられたんだ、あの自己中クズの自殺のせいで――ダメだ。口を開くとあいつの悪口が止まらん。はは。もうやめていい？　あのバカの話。

え？　あぁそうね……それは俺も気になってさ、グループディスカッションが終わってから自分で調べたよ。チクったやつをとっちめてやろうとは思わなかったけど、どういう経路で佐藤の話が漏れたのかはやっぱり気になるじゃん？　普通に怖かったし。そんで調べた結果——いや実際、俺はかなりビビったよ。

どうやら「犯人」はさ、ＳＮＳ——当時はmixiだな——使って、俺の友達の友達あたりに手当たり次第メッセージを送ってたみたいなんだわ。いわゆるマイミクのマイミクだな。懐かしいな「マイミク」って響き……まあ、いいや。メッセージの内容は「袴田亮ってやつの悪い噂を教えてくれたら五万円プレゼントする」って感じのものだったらしくて、そんで俺のことは知ってるけど、俺とマイミクになるほどの仲じゃない距離のあるやつが、佐藤の件を「犯人」に教えちまった——という構図だったみたいだな。

肝心の五万円、どうやって渡したと思う？　今だったら「ＰａｙＰａｙ」とか「スピラＰａｙ」とかで送金すれば済む話だけど、当時はそんなのないわけよ。駅のコインロッカー使ったんだってさ。ガチかよって思うだろ？　佐藤の件チクったやつが先に情報——野球部の集合写真と、地方新聞の記事だな——をコインロッカーに入れてその場を離れる。「犯人」がコインロッカーを確認すると、謝礼の五万円を入れてその場を去る——完全にヤクザの取引だよな。どんだけ内定欲しかったんだよって震えたよ。

「犯人」――まさか、あんなことするやつだとは思わなかったよな。別に嫌なやつって感じでもなかったし、嫌いじゃなかったよ……え？　亡くなったの？　そっか……病気？　へぇ……あれだな。最後があんなことになったとはいえ、やっぱり寂しいことには寂しいな。

いずれにしても――あっぶな！　おいコラ、いい加減にしろクソガキども、並べ！　逃げるな！　この野郎……もしもボールが当たってたらどうするつもりだったんだ？　オイ、何とか言えよ。オイ！　怪我させてたらどうするつもりだったんだ、あぁ？　骨だって簡単に折れるんだぞ？　試しに折ってやろうか？　おぉ？　泣いてねぇでちゃんと聞けよ、コラ。ちょっとそこのお前、最初に逃げ出した二人か三人、すぐに連れ戻してこい。そのまま逃げようなんて思うなよ？　お前が逃げたら、ここに残ったやつら全員地獄のような目に遭わせてやるから、きっちり覚悟しとけよ。わかったら、ほら、行け！　すぐ行くんだよ！

3

「とにかく――この封筒の中には、僕らに関する悪質なデマが入っている」

九賀くんは、袴田くんに関する告発が記された紙を拳《こぶし》で叩《たた》きながら言った。

「そうとわかれば、これ以上、封筒を開く必要はない。すべて元の大きな封筒に戻して処分しよう」

九賀くんの言葉には――僕らのリーダーの言葉には、力があった。誰もが柵《さく》のない崖《がけ》に立たされたような不安と恐怖の中にあったが、彼の示した道は実に明確で、そして的確であった。

果たして誰がこんな封筒を用意したのかはわからない。誰がこんなことをしたのだろうと想像するだけで、体中の水分を絞られるような失望と恐怖に支配される。しかし犯人が誰であろうと、その目的はこの上なく明白であった。

内定だ。

それ以外にあるはずがない。封筒の中に互いの汚点を封入し、それを開けさせ合うことにより全員の評判をまとめて地に落とす。封筒の中身が一つしか晒《さら》されていない段階ではその具体的な手順や作戦の全貌《ぜんぼう》までは見えてこないが、いずれにしても犯人は封筒を持ち込むことによって内定を手中に収めようとしている。議論を自分のペースで運ぼうと企《たくら》んでいる。

目的がわかっているなら、対処法は一つしかない。封筒をすべて処分する。中に入っているのはデマなのだから――そんな合意を無理矢理にでもしてしまえば――僕らが中身を気にする必要もない。互いの被害を最小限に抑え、かつ犯人の目論見《もくろみ》を破綻《はたん》させる。九賀くんの提案は実にかなっていた、はずだった。

「……ちょっと待てよ、九賀」袴田くんは徐々に落ち着いてきていた呼吸を再び少しずつ荒くしながら、『犯人』はどうすんだよ」

「……どうするって？」

「はあ？　どう考えたって見つけるべきだろ」

「……見つけて、どうする」

「見つけなきゃ、先に進めねぇだろ。このまま行けば、間違って犯人に内定出しちまうかもしれないんだぞ？　こんな卑怯《ひきょう》な手を使う、ゴミみたいなやつに——そんなの、そんなのないだろ？　それこそ絶対にやるべきことじゃないだろ？」

九賀くんの瞳《ひとみ》に一瞬の迷いが生まれる。

「まずはきっちり犯人を見つける。そんで犯人は確実に——」

「いじめて自殺に追い込むの？」

ぱん、と、風船が破裂したような幻聴が響き、会議室の中にどろりとした暗雲が垂れこめる。思わず息を潜める。矢代さんの言葉に、袴田くんは再びテーブルの上に身を乗り出した。

「……封筒を用意したのはやっぱり矢代、お前か」

「さっきから何なのそれ、証拠はどこにあるの」

「……思いかえせば、お前なんか朝から様子がおかしかったな……相当怪しいぞ。なぁ、どう思うみんな。俺は矢代が封筒を用意した犯人だと思う、どうだ？」

「私だったら何なの？」

「否定しないんだな？　否定しないってことは——」

どん、とテーブルを叩いたのは九賀くんだった。音に驚いた二人が黙り込むと、九賀くんは袴田くんと矢代さん両者を厳しい口調で窘《たしな》めた。九賀くんはハンカチで汗を拭《ぬぐ》うとペットボトルの水を口に含み、はっと力強く息を吐き出した。

「水かけ論を続けていても、いたずらに時間がすぎていくだけだ。封筒の中身はすべてデマだ。だから信用しない。もう開けない。すぐに処分する。犯人も捜さない。そして元の議題に戻る——これ以外の道は存在しない。それこそが犯人に対する最大の抵抗になるからだ。こうやって封筒をもとに議論を進めているうちは犯人の術中に嵌《は》まっていることになる。そうだろ」

十秒ほど、全員が沈黙した。誰もが回らない頭で懸命に最善の選択肢を考える。

僕は混乱しつつも精一杯冷静に考え、やがて同意するように頷《うなず》いた。嶌さんも小さく二度頷いた。九賀くんは僕ら二人のリアクションを六人の総意とみなしたように、しっかりと頷いた。

酸素濃度が急激に低下したように、会議室はいつからか尋常ではなく息苦しい空間に変貌していた。空調は効いている。室温は快適なはずなのに誰しもが汗をかき、幾重にも覆い被《かぶ》さる緊張と恐怖の重圧と格闘していた。叶《かな》うことなら一度退出したかった。しかしそれはできない。退出はすなわち失格を意味しているからだ。

「じゃあみんな、自分の封筒をこの大きな封筒の中に戻して――」

九賀くんが最初に発見された大きな封筒をテーブルの中央に差し出した瞬間、電子音が鳴り響いた。音の発信源は九賀くんのスマートフォン。もはや意味を忘れかけていたが、それは投票タイムを知らせるためのアラームであった。三十分ごとに投票をしよう――他でもない僕が提案したルールであった。

もう三十分も経ったのかとは、誰も思わなかっただろう。まだたったの三十分しか経っていない。そして僕らは残り二時間もこの空間で格闘し続けなければならないのだ。

九賀くんは封筒の回収を一旦《いったん》中止し、二度目の投票タイムに移ることに決めた。先ほどと同様に嶌さんがホワイトボードの前に立ち、全員が挙手にて最も内定に相応しいと思う人に投票する。始まって間もなく、数字の持つ無情さに声が漏れそうになる。投票結果を手帳に書きうつす手が震えた。たったの三十分。しかし封筒が登場する前と後では、世界が一変していた。

■第二回の投票結果
・九賀3票　・波多野1票　・矢代1票　・嶌1票　・袴田0票　・森久保0票
■現在までの総得票数
・九賀5票　・波多野2票　・袴田2票　・嶌2票　・矢代1票　・森久保0票

ぴたり、袴田くんに票が入らなくなった。

「……ふざけんなよ」

袴田くんが睨《にら》んだのは、一回目の投票で自分に票を入れてくれた矢代さんと森久保くんであった。彼らに対して少なからずの憤りを覚えてしまう袴田くんの気持ちは大いに理解できた。二人の意見が変わってしまった原因は単純で、外部からの、根拠不明の、『アンフェア』な告発のせいなのだ。

それでも投票先を変えた二人の気持ちも――袴田くんの気持ち以上に――痛いほどよく理解できた。デマだと言われても、デマだってことにしようと決めたとしても、やっぱり完全には、無視できない。どころか豹変《ひょうへん》した袴田くんの姿を見てしまった今となっては、匿名の告発のほうがよっぽど、信用に足りてしまう。

「……さあ、処分だ」

九賀くんが改めて大きな封筒を差し出すと、袴田くんが凄《すご》んだ。

「先に犯人捜しだろ……どう考えてもこのまま終わっていいわけがねぇ」

「どうやって見つけるっていうんだよ」

妙案がすぐに出せなかった袴田くんにとどめを刺すように、

「とにかく忘れるんだ。忘れて全部捨てる。これしかないだろ。まず、封筒の回収だ」

会議室が膠着《こうちゃく》する。

「ほら」

急《せ》かす九賀くんに対してすぐに封筒を返せなかったのは、言うまでもないが処分するのが惜しかったからではない。どことなく理由の如何《いかん》によらず、今ここで積極的にアクションを起こせばそれとなく袴田くんの不興を買いそうな気配があったからだ。

九賀くんは誰も封筒を戻そうとしないことに少々焦《じ》れたのか、もう一度ほらと言って、右隣に座っていた森久保くんへと封筒の口を向けた。森久保くんはそれを見てすぐに自分の封筒を九賀くんに渡す——と、思ったのだが、森久保くんは不自然なほど微動だにしなかった。

気づいてないのかと訝《いぶか》った九賀くんが、

「まず森久保から入れてくれ」と声をかけると消え入りそうな弱々しい声で、

「……ちょっと考えさせてくれよ」

「……考える、って、何をだよ」

「わかるだろ」

「……は？」

「本当にこの封筒を、処分してもいいのか、だよ」

耳を疑う僕をよそに、森久保くんはため息をついてから眼鏡を外し、それをハンカチで丁寧に拭い始めた。それは今まで何度も見てきた、森久保くんが熟考するときに見せるお決まりの仕草であった。痛みに耐えるように力強く目を閉じ、思い出したように目を開けると自分に配付された封筒を見つめる。ハンカチは忙《せわ》しなく眼鏡を拭う。

聞き間違いを願うようにずっと封筒を差し出していた九賀くんだったが、どうやら森久保くんが本当に告発封筒の有用性を検討していることを察し、失望したように空の封筒をテーブルの上にぱたりと落とした。それから力のない瞳で森久保くんのことを呆然《ぼうぜん》と見つめた。

「わかってくれよ……今、俺はゼロ票なんだ。でもスピラには絶対に入りたいんだよ」

森久保くんは眼鏡を見つめながら、言いわけするようにつぶやいた。

「なんとなく……こういう展開は予想できてた。心を開いていたつもりだったが、俺は他のメンバーに比べれば社交的じゃない。いわゆる友達として一緒にいて楽しい存在じゃない。学生たちで一番内定に相応しい人を選べと言われたら、きっと苦戦を強いられる。予想はできてた」

「だからって、こんな下劣な手に乗っかるのか?」たまらずに尋ねた僕に対し、

「違うだろ波多野。逆だよ。封筒のおかげで真に下劣な人間がわかったんだ。だろ?」

僕は反論を飲み込んだ。袴田くんは変わらず怒りの瞳で森久保くんのことを睨みつけていたが、森久保くんは目を合わせようともしなかった。

「このまま行けば、どう考えたって内定は九賀に出る」森久保くんは言い切った。

「二度の投票ですでに五票。順当に行けば、大差をつけて九賀が勝つ。誰が用意したのかはわからないが、それをひっくり返せるかもしれない手札が手元にあるんだ――綺麗《きれい》ごと並べてる場合じゃないだろ。この封筒には『九賀の写真』が入ってるらしい――なら、俺のためにも、そして他の四人のためにも、封筒を開けることがプラスに作用する可能性がある。使える手なら、使う方法を考えなくちゃいけない。ここで善人を演じて落ちるくらいなら、多少の泥を被ってでも向こう数十年、スピラで働ける可能性に賭《か》けたい」

「……なら逆効果だよ」

今にも泣き出しそうな顔で訴えたのは、嶌さんだった。嶌さんは袴田くんのことを

告発した紙をテーブルから拾い上げると、下部のメッセージを細い指先で示してみせた。

「この※《こめじるし》のメッセージ『なお、九賀蒼太の写真は森久保公彦の封筒の中に入っている』——どうしてこんなことが書いてあったと思う？」

森久保くんは眼鏡を拭《ふ》く手を止めた。

「これってたぶん、九賀くんが封筒を開けたから、九賀くんの写真の在りかが示されたってことなんだよ。人を呪わば穴二つ。きっと封筒を開けたら相手にダメージを与えるだけじゃ済まない仕組みになっているんだと思う。このメッセージが嘘じゃないなら、きっと森久保くんの封筒からは九賀くんについての写真が出てくると思う。たぶんそれは九賀くんを悪く言うような『デマ』で、九賀くんの印象を貶《おとし》めるような何かなんだと思う。私はどんな写真が出てこようともそれをデマだと信じ切るけど、ひょっとするとそれのせいで九賀くんの得票数は減るかもしれない。でもそれだけじゃ終わらない。九賀くんを告発する写真の下にはおそらく『なお、森久保公彦の写真は誰々の封筒の中に入っている』っていうメッセージが書いてあって、森久保くん自身もピンチに立たされることになるんだよ。そして封筒に手をつけた森久保くん自身の評価も下げることになる。いいことなんて、一つもない」

「……そんなの、わかった上で言ってるんだよ」

森久保くんはようやく眼鏡をかけると、射貫《いぬ》くように嶌さんのことを正面から見つめた。

「だったらなおのこと、この封筒を開けたほうが誠実だと言えるんじゃないか？」

「……何、言ってるの？」

「この封筒を開ければ、俺は自分の『写真』を公にされてしまうリスクを負うことになる。嶌さんの言うとおり、俺はピンチに立たされることになる。でもそれを承知の上で、それすら覚悟の上でこの封筒を開けるのならば、それはすなわち『俺には告発されて困るような後ろ暗い過去は何もない』ということを宣言する間接的なアピールにもなるんじゃないか。違うか？　とりあえず開けてみて、九賀の『写真』を確認してみて、その結果それでも九賀が素晴らしい人間だと思えたなら支持するやつはそのまま内定に推したらいい。俺はリスクを負って選考に必要な情報を増やす——それだけだ。何か間違ってるか？」

筋は通っている。そんな考えが一瞬だけ脳裏を過《よぎ》り、邪念を払うように小さく首を振る。何が正しい戦法で、何が人として正しい行いなのか、頭を冷やして考えられる環境が欲しかったが、そんなものはどこにもなかった。僕はそれでもやはり悪意の上に成り立つ作戦を容認するわけにはいかないと信じ、

「間違ってる」

森久保くんは冷めた表情で僕を見た。

「封筒は、選考の枠外から持ち込まれたものだ。どんな形であれ活用するべきじゃない」

「じゃあ波多野、内定は俺に譲ってくれるか」僕が言葉に詰まると、森久保くんは即座に全員に対して問いかけるように、「この封筒を開けない代わりに、内定は俺でいいっていうんなら、封筒は開けない。でもそれ以外の条件なら飲めない。俺は封筒を開ける」

ついに誰も、森久保くんを止めることはできなかった。森久保くんが紙の隙間に指を入れ、糊《のり》づけを剝《は》がしていく。紙が裂けるような音を耳にしながら、僕は天井を見つめた。どうしてこんなことになってしまったのだろう。無論のこと見えない犯人のせいだったが、誰が犯人なのかはまるで見当がつかない。

互いのプロフィールはある程度把握し合っている。簡単ではないが、その気になれば互いの過去について調べることは、理論上、全員に可能だ。仕入れた過去を封筒に閉じ込めて会議室に置いておくだけでいいのだから、犯人候補を絞る作業はとんでもなく難易度が高い。

森久保くんは一見していつもどおりの、理知的で、冷静な表情を装っていた。しかし明らかに何かにとり憑《つ》かれていた。事務的に、淡々と封筒を開けるような素振りでいるが、一種の狂信が瞳の奥からゆらゆらと、陽炎《かげろう》のように滲《にじ》み出ている。九賀くんはそんな彼への失望を惜しみなくその眼差《まなざ》しで主張しながらも、同時に封筒の中身への怯《おび》えを隠せずにいた。微《かす》かに呼吸が乱れている。嶌さんは頭を抱えて俯《うつむ》き、袴田くんは自らの怒りを飼い慣らしつつも、森久保くんが開こうとしている封筒を注視していた。そんな中——目を疑った。

矢代さんが、笑っていたのだ。

彼女は僕のすぐ右隣に座っており、僕は誰よりも彼女の表情をつぶさに観察することができた。さすがに何かの間違いだろう。三秒ほど、じっくりと彼女の横顔を観察した——したのだが、それは見間違えでも、表情が移り変わる一瞬の揺らぎが幻の笑顔を見せたわけでもなかった。彼女は間違いなく、笑っていた。まるで事態の悪化を歓迎しているように、あるいは熱に浮かされている森久保くんの醜態を楽しんでいるように、細く、鋭く、美しく——笑っていた。

そのとき、僕はグループディスカッションが始まる直前のことを思い出した。矢代さんは開始前に扉付近で何やらおかしな動きを見せていたが、まさしく封筒が見つかったのはあの扉付近だったではないか。あのときは何かを探しているのかと思ったが、まさか——そんな僕の予測が完成を見る前に、森久保くんは封筒の中から紙をとり出した。

森久保くんは一読もせず、その紙をいきなりテーブルの上に広げた。僕ら六人は同時に紙面を見つめ、そして同時に沈黙した。

今度の紙には——三枚の写真が印刷されていた。

一番上は、九賀くんが同年代の女性と浜辺でピースサインをしている写真であった。二人の距離の近さからして、おそらく女性は九賀くんの恋人であることが予想された。茶髪のショートカット、Tシャツにハーフパンツ姿で、足下にはビーチサンダル。水着姿ではなかったが海で遊んだのだろうということが一目でわかる。彼女は九賀くんの横に立つに相応しい美貌の持ち主だった。誰もがうらやむ美男美女カップル——そう表現して仔細《しさい》ない。

一方の九賀くんの笑顔も、これまで僕らに見せてきたものよりも数段階砕けたものだった。写真には赤いペンで「ＳＯＵＴＡ＆ＭＩＵ」という文字と日付がサインされていた。可愛らしいハートマークも同様のペンでいくつか描かれている。

袴田くんの野球部の集合写真と一緒で、ここまでは、よかった。

しかし二枚目になると様子が変わってくる。どうやら大学の講堂での授業風景を——盗撮したものらしかった。五百人は入れそうな大講堂だ。木製の長机と椅子で構成されたオーソドックスなスタイルの内装だったが、デザインは比較的モダン、完成してから日は浅い印象を受ける。写真を撮った人間は、講堂の中段あたりの席からシャッターを切ったのだろう。幾人かの学生がホワイトボードのほうを向いて授業を聴いている姿が収められていたのだが、ここにも二つほど赤い丸がつけられていた。一つ目の丸は男女五、六人と固まって講義を聴いている九賀くんの姿で、もう一つの丸は九賀くんたちとは無関係と思えるほど遠く離れた位置にぽつんと、一人で座っている女子学生につけられていた——先の浜辺の女性だ。

三枚目の写真は、とある書類をそのままコピーしただけのものだった。詳細を読む気にはなれなかった。というより、詳細を読み込む必要がなかった。『人工妊娠中絶同意書』という大きな表題が何よりも先に視界に飛び込んでくる。『本人』という欄に『原田《はらだ》美羽《みう》』という名前が、そして『配偶者もしくはパートナー』という欄に『九賀蒼太』という名前が確認できれば、それ以上の説明は不要だった。

九賀蒼太は人でなし。恋人である原田美羽を妊娠、中絶させ、その後一方的に恋人関係を解消している。

(※なお、森久保公彦の写真は嶌衣織の封筒の中に入っている)

袴田くんのときよりも、なぜだろう——僕は遥《はる》かに大きな衝撃を受けていた。たぶんそれだけ九賀くんのことを敬愛し、憧《あこが》れ、純粋にスポーツ選手を応援するのに近いような気持ちで、好いていたのだ。

予感がないわけではなかった。それでもやっぱり信じていたかった。

紙面から顔を上げれば、そこには平然とした顔でこれは酷《ひど》いデマだと確かな論拠で告発を退け、さあ、議論に戻ろうと余裕のある笑顔を見せてくれる僕らのリーダーの顔があるものだと願っていた。しかし僕の期待するものは何一つとして用意されていなかった。

乱暴に髪をかき上げると、うっとりするほど綺麗《きれい》にセットされていた九賀くんの頭髪はそのワックスの強力さもあって情けないまでに撥《は》ね乱れ、寝起きかと紛《まが》うほど間抜けに仕上がった。好青年という表現がぴたりと当てはまる端整だった顔立ちは、実は本人の巧みなコントロールによって成立していた仮初めの奇跡だったのだと知る。まるで別人のようにだらしない表情を作った九賀くんは遠慮なく下品な舌打ちを放つと、まるで期待外れの競走馬を罵《ののし》るような口調で、

「……クソが」

僕は先ほどまで九賀くんが座っていた席に座っている、見慣れぬ男を、ただじっと、見つめ続けた。

■インタビュー三人目：グループディスカッション参加者——九賀 蒼太（29歳）

二〇一九年五月十九日（日）14時35分～
水天宮前《すいてんぐうまえ》駅付近の某ホテル、ラウンジにて

しばらく見てたでしょ、僕のこと。

いつって、あのときだよ。僕の「写真」が明らかになってからしばらく。もちろん気づいてたよ。侮蔑《ぶべつ》と失望と疑念とあとなんだろうね。いろいろなものが混ざり合った混沌《こんとん》とした視線を君は向けていた。意外にわかるもんだよ、そういうの。

何か好きなもの飲みなよ。お昼がもしまだなら軽食もあるから。確かサンドウィッチがあったと思うよ。あっ、そっちはドリンクメニューだから、そっちかな、そう、それ。クラブハウスサンドだ。結構おいしいよ。しっかりとトーストされてあってね。

あぁ、別に宿泊してたわけじゃないんだ。ただせっかく久しぶりに会って話すならこういうところがいいかなと思っただけ。一応、勤務地は六本木《ろっぽんぎ》だね。本社にべったりって感じでもないから、そんなに足繁く通うことはないけど。半分ノマドみたいな生活をしてるね。

今はITだね。あぁ、違う違う、新卒で入社したのは携帯キャリアで、三年くらい勤めたかな。対法人のソリューション営業部門ってところにいたね。お得意さんのところに行って、IT周りの課題を探して根こそぎ自社サービスを勧めて、地盤を固め

ていくっていう種類の仕事をね。なんかこういう言い方をすると悪徳っぽいね、はは。別に悪いことはやってなかったよ。結構、感謝されたんじゃないかな。やり甲斐《がい》はあったよ。楽しかったね。

友達が起業したんだ。それが今の会社。大学時代の同級生に本当に頭の切れるやつがいてさ、ゼネラリストにしてスペシャリストとでも言うべきなのかな。何をやらせても一流。手八丁口八丁ってやつだね。喋《しゃべ》りは面白いし、運動もできたし、アイデアも独創的で、リーダーシップもある。え、僕？　比べたら失礼だよ。謙遜《けんそん》じゃないさ、本当に本当。彼が面白いアプリを考えたから、これで一旗揚げたいって声かけてきたのが四年前。去年三千万ダウンロードを突破したんだけど、知らないかな、このアプリなんだけど、この青いアイコンの、あ、知ってる？　嬉《うれ》しいな。天下のスピラリンクスにまで僕らの仕事が届いているなんて。

スピラもまた一段と大きくなったね。ＳＮＳのスピラ自体はあの後数年ですぐに下火になってしまったけど、リンクスの普及と、スピラＰａｙのシェアで今や日本トップのＩＴ企業だ。それも君の活躍が少なからず影響してるのかな、はは。謙遜は必要ないよ。君は間違いなく優秀な人間なんだから。

スピラ、やっぱり行きたかったよ。今は今で楽しいけど、でもやっぱり一度はあのオフィスで働いてみたかったな。当時、仲のよかった友達と一緒に受けたんだけど、そいつは二次ですぐに落ちちゃってね。無念を晴らそうと思って奮闘してみたものの、やっぱりスピラの壁は厚かったね。今はもう本社渋谷じゃないんだっけ？　新宿《しんじゅく》か、そっかそっか。人数も増えただろうしね。すっかり時代も変わったよ。

懐かしいね、就活。思えばついこの間のことのようなんだけど、でもやっぱり大昔の出来事のようでもある。あの一日で、いや、あの二時間三十分で、僕たちの運命はまったく違うレールに乗ったわけだ。あ、ごめん、別に内定を手に入れた君に対して嫌みを言っているわけじゃないんだ。ただ、今考えてみても、就活って改めて人生の一大事だったよな、って。

あ、サンドウィッチはこの辺に。どう、結構美味しそうでしょ。あ、いいの？　じゃあ遠慮なく一つもらっちゃうよ。悪いね。実は結構お腹空《す》いてたんだ。

就活期は思うに、最上の混乱期だったよ。自分のことを知らなきゃなんて言って本屋に駆け込んで、自己分析の本を買うんだからね。そこで、へえ、僕ってこんな人間だったんだなんて納得したりして。今になれば何やってたんだろうって思うけど当時は大真面目だったよ。

ノックは二回じゃなく三回で。履歴書を送付するのは必ず白い封筒で。コートは社屋に入る前に必ず脱ぐ。ただの説明会でも実は隠しカメラが仕掛けられていてあなたの素行を調査しています。いろんな話があったな、本当。なんだか内定って必殺技みたいに出るんじゃないかな、って当時は割と本気で思ってたんだよね。漫画でよくあるじゃないか。選考、面接のシーンが。それこそ宇宙飛行士になるための試験だったり、あるいは忍者になるための試験だったり。はは、読むよ。意外？　漫画大好きだよ。ま、とにかくさ、漫画の中の試験って、実は質問それ自体はさほど重要じゃなくて、別の評価点が設けられてるって展開が往々にしてあるんだよ。僕はてっきり就職活動もそういうものなのかな、ってやっぱりどこかでは思ってたんだよね。それこそ面接官のシャツの襟が折れていることを臆《おく》さずに指摘できたら合格、みたいなね。でもどうなんだろう。実はそういうのって、どこかの企業では本当に行われてるのかもね。いずれにしてもこうやって三十近くになってからも、就活の全貌ってのはまったく見えてこないね。

たぶんだけど、この世で最も就活生が詐欺に遭いやすいと思うよ。本当の混乱期だから。あ、あれだ、詐欺っていうのも、懐かしいね。はは。やめようか、この話は。いずれにしても、だからこそ「犯人」があそこまで周到に、あの「封筒事件」を起こしてしまった気持ちも、まったく理解できないわけじゃないんだ。平常時だったら思いついたって行動に移せないようなことを、いともたやすく実行してしまう。結果的に「犯人」は内定をとれなかったわけだけど、もう少しうまく立ち回れば、ひょっとすると内定までたどり着けたのかもしれないね。実に、就活らしい「事件」だったんじゃないかなって、僕は思うよ。

あのときは本気で仲間になれたと思っていたから、裏切られた気持ちが強かったけど、今となっては、うん。どこか同情してるよ。許されないことをしたけど、許されないことをせざるを得ない状況に追い込まれていたわけだ、「犯人」も。今度、お墓参りにでも行ってあげようかな。ほんの短い時間だったけど、やっぱり僕らは一種の「同僚」だったわけだからさ。もちろん可能なら「フェア」に闘いたかったっていうのが本心だけどね。

ん、あぁ、そうだね。その話だよね、聞きたいのは。

全部、本当だよ。何一つ言いわけの余地はないね。でもどうだろう。今さら、これといって説明する必要のあることなんてないんじゃないかな。どこにでもある、今日もどこかで発生してる、とんでもなくつまらない、とんでもなく最低な、馬鹿な若者のお話になるだけだから。

当時つき合っていた恋人がいました。テンションが上がってするべきことをせずに、したいことだけをしてしまったら、子供ができてしまいました。血の気が引きました。病院に行ききました。安心して肩の荷が下りました。気まずくなったので恋人関係は終わりに。以上。

SNS経由で「犯人」が情報を集めてたらしいっていうのは、小耳に挟んだね。

mixiとFacebookでお前の情報を聞きたがってるやつがいたけど大丈夫かってのは、何人かから言われたね、あのグループディスカッションの前後で。そういった地道な努力が実って「犯人」は見事に、僕の元カノ、原田美羽さんにたどり着いたわけだ。大したもんだよ。写真は彼女が提供したんだろうね。それ以外にないでしょ。中絶の同意書も、ツーショットの写真も、僕以外に持っているのは彼女しかいないわけだからさ。恨まれてたんだろうね。たぶん。

あ、もう一杯飲む？　いい？　え、仕事って、これから？　あぁ、別に出勤するわけじゃないんだね。でも、スピラも大変だね。いや違うか、スピラだから大変なんだね。羨《うらや》ましいけど、やっぱり君が内定に相応しかったと思うよ。これからも頑張ってよ。

せっかくだし送っていくよ。車で来てるんだ。中野のほうだって言ってたよね。どうせ通り道だから。僕も僕で、これから飲み会があるんだよ。まあ仕事絡みといえば仕事絡みだね。広い意味でのステークホルダーのご機嫌とりってところかな。あ、そうそう、そうなんだよ。お酒は飲めるふりだけしてたんだよ。本当はてんで飲めないし、興味もない。これ言うといつもびっくりされるんだけど、発泡酒っていうのがビールとは別物なんだってことを知ったのも実はここ数年の話なんだ。はは、やっぱりびっくりする？　飲むとすぐに頭が痛くなっちゃってさ、そういう家系なんだよ。だからお酒の席にも平気で車で行っちゃうんだよ。飲めないって言ってるのに無理矢理飲ませてくるような人間とは基本関わらないようにしてるんだけど、そういった人間も、車で来てるんで、の一言で結構黙らせることができるから。でもなんだろうね、そういうふうに言えるようになったのはたぶん最近になってからで、大学生の頃は飲めないと馬鹿にされるっていう被害妄想があってね。小さな見栄《みえ》を張り続けていたわけだよ。本当、大学時代は嘘ばっかりだったね。

あ、やめてやめて。ここは僕が。声をかけてくれただけで嬉しかったし、このくらいは格好つけさせてよ。カードでお願いします。はい、大丈夫です。

そこのエレベーターで降りよう。

いい位置に停められたと思うんだけど、ほら、あった。エレベーターの目の前だ。その白いアウディ。遠慮しないで乗ってってよ。実は元々来たときからそのつもりだったんだ。え、何って、これはアウディのQ5だけど、そういうことじゃなくて？ドイツ車の中ではアウディが一番好きなんだ。BMもベンツもいいけど、なんだろうね、肩肘《かたひじ》張ってない実力派のイメージがあって、って、そういうことじゃないの。

何、はっきり言ってよ。

位置？　そんなの、もちろんわかってるよ。これだけ大きく車椅子マークが描いてあれば嫌でも気づくよ。あ、障害者用の駐車エリアなんだな、って。でもまあ、駐車場自体は比較的空いてたし、ここならエレベーターからも近くて便利だし、一番いいかなって思ったんだけど、何か、問題ある？

4

アラームが、鳴っていた。

誰も指摘できずに一分以上が経過してから、ようやく九賀くんが止める。僕らは三回目の投票に移らなければならなかった。

「全部……デマだよね」

尋ねるのではなく、断定するように言ったのは嶌さんだった。嶌さんは全員が沈黙する会議室で一人立ち上がり、ホワイトボードのマーカーを手に取った。会議の進行役となっていた九賀くんに生気が戻るのを待つように、祈るような視線を送る。

「……そう、デマだ」

僕は嶌さんに続いて、むなしい言葉を口にする。嶌さんは僕の言葉を受け取って頷《うなず》き、僕は暗示にかかったふりをするように、また彼女に対して頷く。

袴田くんに対する告発は、まだしもデマの可能性を十分に考慮できた。袴田くんの所属していた野球部で自殺者が出たのが事実であったとしても、いじめの主犯格が袴田くんであったとは限らない。しかし九賀くんへの告発は違った。印刷されていた書類の印象が、あまりにも重い。幸せな勘違いを挟む隙もない。

あれは、本当だったのだ。

封筒を開けた張本人である森久保くんは、意外にも九賀くんの写真に対してこれといったリアクションは見せなかった。告発の内容をあげつらって悪しざまに語るくらいのことはするのではないかと思っていたのだが、険しい表情でテーブルの上に視線を落とすだけ。犯行直後の罪悪感と達成感がちょうど同じ量だけ訪れて感情が相殺されていたのかもしれないし、九賀くんの評価を地に落とすことに成功したのでこれ以上の攻撃は不要だと判断したのかもしれないし、告発があまりに想定外のものであったために面食らっていたのかもしれない。

「……矢代なんだろ」

袴田くんが背もたれに体を預けたまま、核心を突くように尋ねた。

「みんな、どう思う？　俺は矢代以外に犯人は考えられないと思ってる」

「いい加減しつこい……」矢代さんはさすがにもう笑っていなかった。不快そうに眉《まゆ》をひそめて、「仮に私が封筒を用意していたとして——っていうか、仮にどんなことをしていたとしても、人殺しよりは明らかにマシでしょ」

「……それ、誰のこと言ってんだよ」

袴田くんは下品な笑みを浮かべてから、

「──九賀のことか？」

僕は思わず袴田くんのことを叱責《しっせき》した。彼に睨《にら》み返されると怯《ひる》みそうになったが、しかし絶対に折れてはいけない瞬間であった。僕は観葉植物の陰から僕らを狙っているカメラを四台、指を差して示してみせると、

「全部、隣で鴻上さんたちが見てる。録画もされてる。ここまで選考に残してくれた人事の人たちのためにも、お互いのためにも、品性を欠いた発言は、慎むべきだ。矢代さんも」

袴田くんはカメラのレンズを視線で素早く拾うと、自分の言動を省みるようにため息をつき、目を小さく伏せた。矢代さんは目を閉じていた。

「……投票しよう」

意思ではなく義務感からといった様子で、九賀くんがそう言った。

乱れた髪を手で整えたのだろう。いくらかましな様子になった九賀くんだったが、顔の青白さは隠せていなかった。目元だけはどうにか厳しく整えている。しかし血液を数リットル抜かれたのではないかと思うほどに一つ一つの動きから繊細さ、そして力強さが失われていた。

投票の結果は、おおよそ森久保くんの狙いどおりのものとなった。

■第三回の投票結果
・波多野2票　・嶌2票　・九賀1票　・森久保1票　・袴田0票　・矢代0票
■現在までの総得票数
・九賀6票　・波多野4票　・嶌4票　・袴田2票　・矢代1票　・森久保1票

二回目の投票では最多の三票を集めていた九賀くんへの票が、わかりやすく減った。ゼロ票にならなかったのは、封筒の中身はデマだと信じ切ると断言した嶌さんのおかげだ。彼女の祈るような一票が九賀くんの首位の座を守ったが、投票タイムはまだ三回残っていた。果たして九賀くんが最後まで首位の座を守り続けられるのかどうかは、怪しいところであった。

三十分ごとに投票をしようというアイデアは、決して悪いものではなかったと、今でも思う。それでもそれは当然ながら、自然状態で議論が進むことを想定した場合の話であった。

この投票システムは、かの『封筒』と悪しき相互作用を生みつつあった。投票タイムが来るごとに人気の流れが可視化され、僕らの心に焦りが生まれる。生まれた焦りが封筒に手を出したくなるような空気を作り、開いた封筒の効果が見事にまた可視化されていく——地獄のようなサイクルが完成しつつあった。

犯人の用意した封筒は、許されない悪魔の道具だ。しかしそんな卑劣なアイテムが結果的に九賀くんの独走を食い止め、僕の背中を押してくれているのは偽れない事実であった。九賀くんの票は、おそらく元には戻らない。すると次点は四票を獲得している僕と嶌さんということになる。ささやかな手応《てごた》えにあまりにも下品な喜びを感じてしまいそうな自分が、情けなかった。

ついぞ誰も指摘をしなかったが、今回の投票では九賀くんの得票が減ったことだけではなくもう一つ、奇妙な点があった。封筒に手を出す——という決して褒められるはずではない行為に及んだ森久保くんに、一票入ったのだ。

入れたのは、矢代さん。

自分が用意した封筒を上手に活用してくれたご褒美か。そんな勘ぐりをしてしまう自分が、やっぱり情けなく、しかしそれ以上に投票の意味がまったくわからず、不気味であった。票を入れてもらった森久保くんですら彼女の投票に驚いた様子ではあったが、それを咎《とが》める権利は誰にもなく、またその理由をただしたいと思うほど、会議室は活発で健全な空気にもなかった。

残り、約一時間半——まだ議論の時間はたっぷりと残されていた。

「議論に戻ろう……九賀くん」

僕の言葉に九賀くんが反応する前に、紙を破くような音が室内に響いた。あろうことか、袴田くんが自分の封筒を開こうとしていたのだ。

「何……やってるんだよ」

「こうするしかないだろ、波多野」袴田くんは思いのほか強力だった糊《のり》を剝《は》がすのを諦《あきら》め、封筒の上部をそのまま引きちぎろうとし始める。「俺は犯人が許せない。犯人はたぶん矢代だと思うが、証明する方法はない。ならどうするか……この選考を再び九賀の大好きな『フェア』な状態にするには、答えは一つだけだろ。封筒は全部、一つ残らず開ける。これだけだ」

胸を撃ち抜かれた気分だった。袴田くんの考えが理解できなかったからではない。むしろその逆で、彼の考えが、彼の立場からすれば、最も合理的で納得のいく意見だと思えてしまったからだ。封筒が二つしか開けられていないからアンフェアなのだ。全部開けられれば、会議室には再びフェアな議論が戻ってくる。

でも、それは――

「違うだろ……明らかに間違ってる」

「ビビるのはわかるよ、波多野。でも俺からしたらこうする他ないんだよ。もうこうなったら、俺と九賀の内定はないだろ？　挽回《ばんかい》するためには、これしかない。反則技を使う選手が出てきたゲームを公正なものに戻そうとするなら、全員が反則できるようにルールを変えるしかないんだ。さっき嶌が言ってたように、封筒を開ける行為は自分の写真の在りかを晒《さら》してしまうリスクを伴う。でも残念ながら、すでに封筒を開けられた俺に失うものはない……だろ？　この封筒の中に誰の写真が入っているのかはわからないが、これをその『誰か』のために隠匿し続けるほどお人好《ひとよ》しにはなれない。俺だって好きでやってるわけじゃないんだ。選考方法が変わるまではここにいる六人……全員で仲よくスピラに入れたらって本気で思ってたよ。お前らのことは嫌いじゃなかった。本当に、本当にな」

「だったら尚更《なおさら》、開けないでくれよ！　同じ目標に向かって進んできた仲間じゃないか。僕らは互いのことを何日も、何週間もかけて、すでに十分に理解できていたじゃないか！」

「理解できてなかっただろうが！　だからびっくりしてんだろうがよ！」袴田くんは悔しそうに唇を噛《か》んだ。「違うか、波多野？　俺が怖いだろ？　なあ？　怖くなっちゃっただろ？　そんなもんだったんだよ、俺たちの関係は。お前たちに見せていた顔が俺のすべてじゃなかった。それは認めるよ。だから俺も考えを改める。俺に見せていた顔だけが、みんなの顔のすべてじゃない。六人の中には俺みたいなやつがいて、九賀みたいなやつがいて、そしてこんな『封筒』を用意する最低最悪の下衆《げす》がいた。そんなもんだったんだよ、俺たちは。とにかく俺は封筒を開ける。中からお前の写真が出てきたらゴメンな」

蔦さんも袴田くんを止めようとしたが、その気になれば封筒はほんの数秒で開くことができた。中から出てきたのは僕の写真——ではなかった。安堵《あんど》していることを悟られぬよう一度ぎゅっと目を閉じ、自己嫌悪と悲しみと黒い好奇心の隙間を縫うようにして、テーブルに広げられた紙を覗《のぞ》き見た。

今までの二人に比べると、実にシンプルな二枚の写真だった。

一枚目は大胆に肩を出した深紅のドレスを纏《まと》った綺麗《きれい》な女性の写真。黒いソファに座り、白く長い足を持て余すように小さく曲げ、カメラに向かって悩ましげに微笑んでいる。髪色がかなり明るく、化粧も派手ではあったが、間違いなくそれは——矢代さんであった。

一枚目が明らかにプロの手により撮られた写真であるのに対し、二枚目は九賀くんの授業風景を捉《とら》えた写真と同様、どうやら盗撮されたものらしかった。繁華街の雑居ビルに入っていく私服姿の矢代さんが、おそらくは向かいの歩道から収められていた。

矢代つばさは商売女。錦糸町《きんしちょう》にあるキャバクラ店「Club Salty」で働いている。

(※なお、袴田亮の写真は九賀蒼太の封筒の中に入っている)

たった一手で展開が激変したオセロのように、写真の登場によって今までのあらゆる違和感が胸の中で整理されていってしまうのがわかった。お酒が妙に強かった理由、酒の席での態度が堂に入っていた理由、喋るのが誰よりも上手だった理由、身のこなしが魅力的に見えた理由、学生の身分でエルメスの鞄《かばん》を持つことができた理由、インタビューできるような社会人の知り合いが多かった理由。白から黒へと、納得が連鎖していく。

「……どうりで」

それは悲しいことに全員の気持ちを代弁してしまう言葉だったのかもしれない。しかしそれをつぶやいたのが九賀くんだったので、僕は絶句した。

「なにそれ？」矢代さんが強気に突っかかると、

「……いや、別に」

「別にじゃないでしょ。何が『どうりで』なの？」

「何でもないよ、ただ、どうりで、って……それ以上の意味はない」

矢代さんはしばらく黙り込んでいたが、やがてそれが最善であると考えたのだろう。開き直ったような笑顔を見せて、

「私のはデマじゃない。ここに書いてあるとおり。私はキャバで働いてる。でもそれが何？　ただ飲食店でアルバイトをしてるだけ、何か問題がある？　犯罪でもなんでもないでしょ？　確かにファミレスでバイトしてるって嘘はついていた。けどそれ以

外で非難されるいわれはない。私、何か間違ってる？」

彼女の言い分よりも、何よりその態度に圧倒されてしまった。誰もが反論を諦め、彼女の前に口を閉ざす。会議室の空気がまた一段と、重くなる。段々と自分たちが築き上げてきたものだけでなく、この会議の目的すら見失いそうになってくる。誰が選ばれても正解だと思います。精鋭の中から最も秀でた一人を選ぶはずだった会議は、いつからか、誰がこの室内で最もマシかを選ぶババ抜きの様相を呈し始める。

「……自分の分の写真も用意してたのかよ」

どこまでも重厚な、さながら深海のような圧に堪えかねたように、袴田くんがこぼした。

「どういう意味？」

「どういう意味……って、矢代が自分で、自分の分の写真も用意したんだろ」

「まだそんなこと言ってるの？　呆《あき》れた」矢代さんは皮肉めいた笑みを浮かべると、

「犯人なんて、どう考えたって一人しかいないでしょ」

何も決定的な証拠はないが、誰が最も疑わしいかと訊《き》かれれば、僕も矢代さんを挙げてしまう。朝から様子がおかしかったのは言わずもがな。僕以外は気づいていないかもしれないが、先ほどの彼女は扉付近で不審な動きを見せていた。そして森久保くんが封筒を開けるときには不敵に微笑み、挙げ句、森久保くんに一票を投じた。どう考えても、最も怪しい。

しかし確かに、彼女に対する告発が封筒の中から出てきたとなると、話は少し変わってくる。そもそも犯人はわざわざ自分に対する告発も用意するのだろうか。会議室には六人いて、封筒は六つ用意されている。どう考えても、六人それぞれへの告発が用意されているとしか思えず、必然的に犯人は自分に対する告発も用意していると予想せざるを得ない。果たして犯人はどういうプランで内定を手中に収めようとしているのだろう。

五人の顔を一瞥《いちべつ》するように視線を走らせると、森久保くんが何やら小さな紙片に目を通しているのが確認できた。名刺サイズの白い紙。森久保くんはやがて僕の視線に気づくと慌ててそれを握り潰《つぶ》すようにして隠し、そのまま俯《うつむ》いた。

「封筒を用意できたのは、一人だけ」

矢代さんは言い切ると、扉のほうを見つめた。

「封筒は床から生えてきたわけじゃない。扉の後ろに隠してあっただけ。会議が始まるまではそこの入り口の扉、開けっぱなしになってたでしょ。内開きだから、扉を全開にして固定しておくと、その裏に死角になるスペースができる。だから会議が始まる前までは――それこそ人事の人も含めて――誰も封筒の存在に気づかなかった。でも扉が閉まると遮るものがなくなるから、会議が始まると同時に全員が封筒の存在に気づく。誰が用意したのかわからない封筒が、突然、自然に会議室の中に現れる――そういうふうに見える仕組みだったわけでしょ」

「そんなの言われなくてもわかってるんだよ。だったら何だって言うんだよ」

袴田くんの問いかけに対し、矢代さんはいかにも面倒くさそうに、

「犯人はお家《うち》でせっせとみんなのマイナス情報をかき集めて、それをご丁寧に封筒に詰め込んだわけでしょ。それで用意した封筒をどこかのタイミングでうまく、自分が用意したことがバレないように会議室の中に設置しなくちゃいけなかった。じゃあ、どうしようかって、できる対策はたったの一つで、誰よりも最初に会議室の中に入って、いい場所を見つけ、封筒を設置しておくって話になる。だからみんなで渋谷駅に集合しようなんて言われたらさぞ腹立たしかっただろうと思うよ。適当な言いわけを用意して断らなくちゃいけなくなる」

矢代さんが示唆している人物は、明確であった。

全員の視線が集まり、燻《いぶ》り出されるように口を開かざるを得なくなった森久保くんは、

「……暴論だ。それこそ何の証拠もない」

ずれてもいない眼鏡の位置をやたらと細かく修正する。

「さっきはさすがに笑った」しかし矢代さんは一歩も引かずに、堂々と語る。「自分で用意した封筒を開ける理由をもっともらしくべらべら喋って、あんな滑稽《こっけい》な人間、

なかなかいないよ。あまりにも白々しいから感激して一票プレゼントしてみただけ。たぶんもう一票も入らないと思うから、せめてもの餞別《せんべつ》。先に認めたほうがまだ罪は軽いと思うけど、どうする？　しらばっくれる？」

「か」わかりやすく口ごもったことを隠すように、森久保くんはわざとらしく咳払《せきばら》いをしてから作り物めいた笑みを浮かべ、「勝手に話を進めないで欲しい。濡《ぬ》れ衣《ぎぬ》だ。あんなもの誰にだって、どんなタイミングでだって置くチャンスがある」

「少なくとも私たちがこの部屋に入室してから扉付近で不審な動きをしてる人はいなかった。さすがにあの大きさの封筒を扉の裏に隠そうとしたら誰かの目につく。確実に誰も封筒を設置するような動きはしてなかった――なのに、私がトイレに行くとき、そこにはすでに白い封筒が隠してあった。そのときは何なのかよくわからなかったし、開始直前だったからあまり気にもしなかったけど……今思えばあれはその白い封筒。設置できたのは、森久保くんしかいない」

「……理屈をこねられ続けても、所詮《しょせん》は空論だ。何も証拠がないなら――」

「ずっと回ってるって言ってたよ、会議が始まる前から」

矢代さんが指で示す先には、カメラがあった。

「一台は隣の部屋に繋《つな》がってる監視用、残りの三台は録画用。見たところ、録画用には小さい液晶ディスプレイもついてる。動画を確認することはできると思うけど、大丈夫？」

森久保くんは、どうぞ、とは言えなかった。

人事部が設置したカメラを勝手に止めてしまっていいものかという異論は多少噴出したが、今は非常事態、映像の確認が最優先だとなった。扉に向いていた一台のカメラを三脚からとり外し、録画を停止。折りたたまれていた液晶ディスプレイを開いて、テーブルの上に設置し、全員が動画を見られるような態勢を整える。タッチパネル式だったディスプレイで最新の録画ファイルを選ぶと、動画が始まった。

最初に映し出されたのは、カメラの設置をしていた人事の姿であった。

やはりカメラは、最初の入室者——森久保くんが現れるより前に、回り始めていた。

小さな液晶ディスプレイの画質は美麗とは言いがたいものであったが、テーブルの上に置いてあるゴマ粒の数を確認しようとしているわけではなかった。これで十分だ。

人事の社員が退室してしまうと、画面はそこから数分間、ただただ何の変化もない無人の室内を捉え続けた。テーブルと、やがて森久保くんと九賀くんが座ることになる席、それからその奥の扉を、色気のない絵画のように、じっと映し続ける。実質的にカメラの操作担当になっていたのは僕だった。あまりにも変化がなさすぎるので、誤って一時停止をしてしまったのかと疑いたくなるが、画面右上には間違いなく三角の再生マークが表示されていた。早送りを押すべきだったのかもしれない。しかし僕は

――僕らは、辛抱強く、代わり映えのしない画面を注視し続けた。

動画を見始めて数分が経った頃だった。テーブルが揺れているのは気のせいではなく、森久保くんが貧乏揺すりのように体を揺らしているせいだと気づく。森久保くんはそのまま耐えられなくなったようにテーブルから離れ、腰に手をあてる。数分間息を止めていたのかと紛《まが》うほどに、顔が真っ赤に染まっていた。さらには、あぁ、あぁ、とおそらくはスピラの社員がいるメインのオフィスにも届いたであろう、尋常ではない奇声を二度ほど上げる。

「違うんだよ、違うんだよ！　違うだろうが！」

その豹変《ひょうへん》に恐怖すら覚えそうになったとき、画面に変化があった。鴻上さんに連れられた森久保くんが、入室してきたのだ。森久保くんは慇懃《いんぎん》にお辞儀をすると、最も扉に近い末席に自分の荷物を置く。やがて鴻上さんが退出すると、急にきょろきょろと室内を物色し始める。

「説明をする。説明を聞いて欲しい。わかったから。わかった！　動画はもういいだろ！」

動画の中の森久保くんは扉の裏側をしばらく見つめると、静かに自分の鞄に手を伸ばした。そして中から摑《つか》み出したそれを、そっと扉の裏側に隠した。それは疑いようもなく、間違いなく、確実に――

あの封筒であった。

「最悪だよ、最悪だ！」

■インタビュー四人目：グループディスカッション参加者——矢代つばさ（29歳）

二〇一九年五月二十四日（金）20時16分〜

吉祥寺《きちじようじ》駅付近のタイ料理専門店にて

当時、私のこと苦手じゃなかった？　本当？　だったらいいんだけど、私はなんか距離を感じてたんだよね。イメージとしては常に四人プラス一人プラス一人の印象。……え、それは波多野、嶌、それから、誰だっけ体の大きかったイジメっ子は……袴田か、そうだそうだ。それとイケメン。彼はなんていうんだっけ？　はいはい、そうだ九賀だ。九賀。その四人が仲よしグループで、私と、一橋の彼——ごめん名前ばっかり訊いちゃって……森久保ね、ダメだ。もう名前なんて全然覚えてない。とにかく私と彼の二人は、なんて言うか、外部の助《すけ》っ人《と》メンバーみたいな雰囲気あったよ。いいよ、今さら気を遣わなくても。絶対そうだったもん。

修学旅行の部屋割りが六人だから、仕方なく他のグループからあぶれてた二人を招集しておきました、みたいなね。わかるでしょ、その感じ、ちょっとは、ね？　まあ、でも四人は四人でまた互いに微妙な距離を感じてたのかな。私からはその辺はよくわかんないや。

でもだからさ、自分たちで内定者を選んでもらいます——っていう知らせがスピラから届いたときは即座に『終わった』って思ったよね。内定とるのは四人の中の誰かになるだろうな、って。だからなんか私、当時、メールもらった瞬間にふてくされて飲み会かなんか途中で切り上げて帰った記憶あるもん。……あれ、違ったっけ？　あ、そうだ。電車だ電車！　電車の中で三人でいるときにメールがきたんだ。そうだそうだ。それでムスッとして電車降りたんだ。自分が降りる駅でもなんでもないのに。え？　あ、そうそう。全然あの駅じゃないのに降りたの。笑えるでしょ。一緒にいたら私、ずっといい子を演じ続けてたのに空気悪くしちゃいそうだなって思って。はは。

あ、グリーンカレーはそっちです。トムカーガイは私……え、初めて見る？　めっちゃ美味しいよ。ココナッツの香りがね、たまらないのよ。いい匂いするでしょ？　ね？　特にここのお店は抜群。現地でも食べたんだけど、ここのが一番本場の味に近いね。もしよかったら少し食べる？　はは……遠慮しなくていいのに。

それにしても、就活って今考えてみても、本当にキモかったよね。え？　思わない？　私、死ぬほど不愉快だったな……。何って、就活の全部が。もちろん状況的に追い込まれてるから少し周囲に対しての目がシビアになっていたのはあると思うけど、でもたぶんそういうことじゃないよ。未《いま》だに思い出すと鳥肌が立つし、何ならね、電車で就活生を見かけるだけでもキモいなぁ、って思うよ。悪いけどね、でも、しょうがないでしょ。キモいもんはキモいんだから。

あれとか最悪だった、ほら、あの、集団面接とか、グループディスカッションが終わった後に声かけてくる人。この後、ちょっとみんなでお茶でも行きましょうよ、ってやつ。死ぬほど気持ち悪かった。「人脈を作るのって大事ですよね。やっぱりこういう情報交換の時間が貴重ですから」って、ガキ同士でつるんで何が生まれるんだよって、本気で思ったよ。吐き気がしたね、本当。ああいう人たちって会社入ってからどんな顔して働いてんだろ。気になるわぁ。

あのスピラのグループディスカッションメンバーは、どうしても仲よくなっておく必要があったから、割り切ってやってたけどね。そんなにキモいやつもいなかったし……もちろん、本番のディスカッションが始まるまでの印象にはなるんだけど。

会社も会社だと思わない？　弊社の光学センサーを使ってどんな事業にチャレンジしたいですか――って、知らねぇよ、って。そんなのお前らが考えろよ、って、私、内心ものすごく思ってたなぁ……。無茶振りする企業に、期待に応えようと思ってとんちんかんな知ったかぶりをかます学生。バッカじゃないの、こんなやりとりに何の意味があるの――って馬鹿にしてやりたいんだけど、でも参加せざるを得ない。最悪の時間だった、本当にね。

ごめん……就活の話は本題じゃなかったね。それで、何話せばいいんだっけ？　キャバの話？　あれは別にあのとき話してたとおりだよ。二年くらいやってたかな。地元の人間に会うのがいやだったからちょっと離れたところで働こうって思って、錦糸町で。でも未だに思うよ、「だから何？」って。犯罪行為暴露されてた他の人たちに比べたら……ねぇ？　思わない？

お酒が好きで、人と喋るのもそんなに苦じゃないし、楽に短時間で稼げるならいいかなって思って働いてただけでさ。逆に騒ぎ出すほうに腹が立った。思わない？　私おかしい？　そりゃお客さんだって下品なのも山ほどいたけど、真面目なオジさんは就活が控えてるんですって言ったら親切に色々話してくれたし、意義のある時間だったことは間違いないよ。それこそどこぞの意識だけ高い就活生に比べれば人脈にもずっと恵まれたしね。

私はキャバの仕事に引く人に、引く。当時はそういう偏見を持ってる人間のせいで落とされたくないから、バイト先はファミレスってことにしてたけど、よくよく考えれば、じゃあキャバクラとファミレスの違いって何って思うし。

え？　ああ……そうだね。あのグループディスカッション終わってから、友達に言われたよ。なんか変な人からSNS上で絡まれた、って。私の悪い噂聞いて回ってるアカウントがある、って。私の友達の一人が怖さ半分、好奇心半分で、教えたらどうなるんですかって訊いたら、五万円あげる、情報の交換は駅のコインロッカーでしたい――って返事がきたらしくてさ。すごいよね、その執着。ま、そんなメッセージを受け取った誰かが、私のキャバのことをチクったってことだろうね。誰かは知らないけどさ。なんか私、割と敵の多い人生でさ。チクったやつの心当たりは片手じゃ足りないくらいなのよ……はは。恥ずかしい話だけどね。中高のときは結構、キツめのイジメも受けてたから、まあ、周りは敵だらけだよね。そういう経験があったからこそ、たぶんあの野球部のイジメっ子のことも許せなかったんだよね。こう、過去の自分がフラッシュバックしちゃったのよ、だから妙に突っかかりたくなっちゃって。

それにしても、そこまでのサイコには見えなかったんだけどね……「犯人」も。最初は白々しかったけど、終盤はちゃんと罪を認めてたし、分別のある人間だと思ったんだけど……確か、一回くらい私も投票したんだよね、「犯人」に。覚えてる？……そりゃ、そうだよね。

でもあれか……一見していい人だったのに、皮を一枚剝いだらクズみたいな人間だった――っていうのは、何も「犯人」だけに限った話じゃないね。

私も会議で「犯人」に脅されて、平気で嘘ついたしね。え？　あぁ、そういえばそうだね。……あれ、そんな記憶があったんだけど、気のせいかな。なんか他の企業にも写真ばらまくぞ、的なことを言われて、それが嫌ならこう言えみたいな脅しを受けた記憶があるんだけど、よくよく考えれば、そんな機会ないもんね。何だったんだろう。変な幻を見てたのかも。記憶もだいぶいい加減だからね。私、みんなの名前も覚えてなかったくらいだし。はは。

あの日の私、ものすごく機嫌悪かったでしょ。……いいって、遠慮しないで、自分でも相当感じ悪いだろうなって自覚があったから。基本的にあれなんだよね、私、生理がめちゃくちゃ重い人でさ。ちょうどあのグループディスカッションの日が、一番重いときとぶつかっちゃって。起きたときから気分は最悪だったよね。どうにか頑張ろうと思ってたんだけど、最初の投票で一票も入らなくて、そこで結構、集中力が切れちゃって――って感じだったね。

さっきも言ったけど、最初から望みは薄いなって思ってた中でのゼロ票で、そこにきて頭かち割れそうなほどの頭痛でしょ？　もう、完全にいいや、って気持ちになっちゃって。内定もあの時点で二社くらい持ってたから、まあ、いいよね、なんて自分に突然言いわけ始めちゃってさ……。死ぬほど行きたい会社だったのにね……評価を集められなかった自分に問題があるってわかってるけど、当日の、たった一日の体調が悪かっただけで向こう数十年の人生諦めることになっちゃったんだから、なんか、ほんと、人生って運だなってつくづく思う。

なんかゴメンね、ちょっと愚痴っぽくなってる。違うんだ、ほんと、全然恨みとかはないんだ。内定があなたでよかったって心から思ってる。会議の最中も、ずっと封筒なんか開けるなって言い続けてたでしょ？　なかなかできることじゃないよ。素直に尊敬してる。

スピラはやっぱり忙しい？　……うん、そっか。まぁ、そうだよね。

私はあの後ね、六月かな。当時は『六月大手』って言葉が——覚えてる？　懐かしいよね。六月に内定をもらった某ブログ系企業にね……。はっは、そうそう。友達にもめちゃくちゃ言われた……めっちゃ『ぽい』って。矢代が入社しそうな企業ナンバー1だよだって。そうそう。でもいい会社だったよ。つまらなくはなかったかな。

ただ色々あって、一昨年に、『起業』したんですよ。すごくない？　はは。パンフレット見る？　立派なもんでしょ？　従業員はまだ五人ぽっちだけど、やっぱりね、自分でやっちゃうのが何でも楽。やりたいことだけできるしね。本当に人生、楽なのが一番、間違いないね。……ね、いいでしょ、このパンフ。ちょっとお金かけて作ったの。

え、お金？　ないない、あるわけないでしょ。すぐ使っちゃうもん。貯まったなぁ、って思ったらすぐ海外にほいほい。今は断然、東南アジアが熱いね。ん？　あぁ、そうタイももちろんだけど、カンボジアとかラオスとか——あとどこ行ったっけな。写真見る？　海外の写真。これがトゥクトゥクの運転手だったイケメンのお兄さんでしょ……それでこれが私に偽物のブランド品を売りつけようとしてきた謎のおじさん。見てよこれ、そりゃロゴはプラダだけどさ、もうね、造りがてんでちゃちなの。写真でもわかるでしょ？　このてろてろ感。いらねぇよって思うでしょ。しっしだよね、しっし。出来のいいやつもごく稀《まれ》にあるけど、バーキンだったかな……持ち手部分の革の処理がね、やっぱり甘いのよ。死んでもいらないよね、あんなの。

え？　よく覚えてるね。そう、これエルメス。でもボロいよ、もう、この辺とかちょっと黒ずんでるし。ゴミですよゴミ。いい加減新しいの欲しいんだけどさ、全然プレゼントしてくれないんだよね。……え？　誰って『男』だよ、『男』。はは。タダでもらってるんだから文句言うなって人もいるけどさ、そういう人って、男に比べてどんだけ女が日々の生活に金かけてるのか理解できてないんだよね。少しくらい奮発しろよって思ってもいいよね？

5

森久保くんは——封筒を用意した犯人は、矢継ぎ早に言いわけを並べ続けた。

違うんだ、聞いてくれ、説明する、説明するから。ひどく狼狽《ろうばい》していたのだろうが、それを差し引いてもあまりにも支離滅裂な言動が続いた。耳を傾けようにも何を言っているのかがわからない。口走った言いわけを補完するように別の言いわけを口走り、それをさらに補足しようとすると前段が瞬く間に破綻《はたん》する。焦るほどに言葉が空転していく。彼の声が会議室に響く度に薬物依存症患者の妄想を耳にしているような空しさが堆積《たいせき》していった。いよいよ耐えきれなくなった袴田くんが彼の両肩を摑《つか》んで大きく揺さぶり、

「これ以上……失望させんなよ」

それでも抑えきれずに、森久保くんの口からは二、三、言葉が漏れた。しかしやがて袴田くんの強力な圧が鎮静剤になったかのように、荒い呼吸だけを残して口を噤《つぐ》んだ。

静寂の会議室には唐突に、場違いな笑い声が響く。

隣の会議室の声か、あるいは幻聴か。僕らによく似た喋《しゃべ》り方だなとどこか他人事のような気分でいたのだが、なんてことはない。再生されたままになっていた動画から僕らの声が流れていたのだ。今日はよろしくね、よろしく、正々堂々『フェア』にやろう。まだ封筒が登場しない、グループディスカッション開始前の平和な光景が映し出されていた。僕が動画を止めると、数秒、悲しい沈黙が訪れ、すぐに順番を待っていたかのように電子音が鳴り始める。

四度目の投票の時間がやってくる。

悲しいことに、犯人が判明しただけで、会議室は格段に過ごしやすい環境になった。封筒によって乱された空気がすんなり元どおりになる――というほど単純な話ではなかったが、それでも見えない敵の姿が見えるようになっただけで、心理的な負担は大幅に軽減された。

森久保くんに対しては様々な思い、ぶつけたい言葉が無数にあった。別人のように歪《ゆが》んだ彼の顔を見ているだけで、言葉が胃袋の奥からあふれ出てきそうになった。スピラという企業に入るためにどこまでのことができるだろう。自分に問いかけてみれば、なるほど、実際のところ相当な苦行にも耐えられそうな気がした。確実に内定を手にできる黒いアイデアを思いついてしまえば、多少手を汚してでも実行してしまおうと考えていたかもしれない。

中学の定期考査で思ったような成績を取れなかった――高校受験で頑張ればいい。高校受験に失敗した――大学受験で本気を出せばいい。それさえも失敗した――気にする必要はない。いい会社に入ればいいんだ。でもいい会社に入れなかったら――

そこから先のことは、まだ社会人になったことのない僕にはわからない。実は若者の僕が危惧《きぐ》するほどの絶望はなく、どんな人間でも意外なほど容易に潰《つぶ》しが利くのかもしれない。それでもここが人生の最後の『勝負』であると判断してしまう気持ちにも、そしてその判断にも、多かれ少なかれ誤謬《ごびゅう》はないように思う。どんな手を使ってでもという気持ちは痛いほどわかった——わかったが、それでも間違った方向に全力でアクセルを踏んでしまった彼には、悲痛な思いを抱かずにはいられない。

屍《しかばね》のようにだらりと椅子に座り込んだ森久保くんを尻目《しりめ》に、四度目の投票が始まる。

■第四回の投票結果
・波多野2票・嶌2票・九賀1票・矢代1票・袴田0票・森久保0票
■現在までの総得票数
・九賀7票・波多野6票・嶌6票・袴田2票・矢代2票・森久保1票

矢代さんの予言どおり、森久保くんに投票する人は、もういなかった。

一方でそんな矢代さんに一票を投じたのは袴田くんだった。勝手な予想にすぎないが、犯人をあぶり出したことへの評価というよりは、犯人扱いしてしまったことに対して彼なりに謝罪を入れたつもりだったのではないだろうか。

嶌さんは引き続き九賀くんへの投票を続けていた。しかし九賀くんに対して健気《けなげ》に票を入れる度に、奇妙なことに嶌さん自身が最も辛《つら》そうな表情へと変わっていく。頑固一徹と思考放棄は表裏一体だった。私は頑張って、頑張って、デマの情報を無視しています。引き返せない一本橋を渡り続ける彼女の姿に、僕は改めて封筒が会議室に与えた影響の大きさを痛感する。

「認める……『封筒』は俺が持ってきた」

死体になろうとしていた森久保くんが、最後のあがきで言葉を紡ぐ。

「いろいろ喚《わめ》いてすまない。でも……中身を用意したのは俺じゃないんだ。本当に、本当なんだ。俺はただ自宅に届いた封筒を添付されていた指示書のとおり、ここに持ってきただけ。だから、中身があんなものだなんて――」

「森久保」袴田くんは静かに彼の言葉を遮ると、「もう無理だよ。黙っとけ」

森久保くんにそれ以上言葉を続ける気力は残されていなかった。

犯人が見つかったと同時に、僕らの間に渦巻いていた疑念、不安、憤りをはじめとする悪感情は瞬く間にすべて浄化されるに違いない――さすがに僕もそんな予感を抱けるほどの楽観主義者ではなかった。僕らの間には、部分的には修復不可能なまでの溝が生まれてしまっている。それでも、だ。懸念事項が一つ減ったのは紛れもない事実だった。少しずつ、レンガを一つずつ積み上げていくようにして、漸進的に会議室の空気は元の状態へと換気されていくはずだと、心の深い部分では信じていた。

「……『封筒』は、どうする？」

袴田くんのそんな一言に、目眩《めまい》を起こしそうになる。何を言っているのだ。どうするもこうするもないじゃないか。もう封筒は終わりだ。犯人が見つかったのだから、これ以上あんなものに振り回される必要はない。処分して、終わり。しかしそんなふうに考えていたのは、実は僕と嶌さんだけだったらしい。悪い冗談だと笑い飛ばそうと思っていた僕をよそに、議論はにわかに封筒の扱いについてへと舵《かじ》を切っていく。

「森久保は許されないことをした。それは間違いないことだと思う。でもある意味では、だ。森久保は俺たちの身辺調査を率先して行ってくれたとも解釈できる。一緒にグループディスカッションの準備をしていただけではわからなかった、俺たち六人の陽の当たらない部分に光を当ててくれた——だろ？　ならそれこそ、森久保本人がさっき言ってたことに通じるが、とりあえず封筒をすべて開けてみて、その結果それでも素晴らしいと思える人間を内定に推せばいい。デマならデマだと自分で証明する。みんなどう思う？」

馬鹿げてる。反論の言葉を口にしようとした僕より先に、

「……とりあえず、開けてみてもいいのかもね」矢代さんが険しい表情で頷《うなず》き、

「確かに」と九賀くんまでもが同調し始める。

「そのほうが何より『フェア』だろ？　な、九賀」

「『フェア』……か」

残酷な光景にも思えたが、当たり前と言えば、当たり前のことだった。僕が彼らの

立場だったとしたら、やはり同じようなことを口にしていたのかもしれない。

最初に二票を獲得して好スタートを切ったものの、誰よりも最初に封筒の中身を晒《さら》された袴田くんはその後一票も獲得できていない。九賀くんは序盤に票を稼いだことが奏功して未《いま》だにトップを守ってはいるが、明らかに得票ペースは落ちている。現在の二位は運よく封筒の中身を晒されずに済んでいることにより、漁夫の利で票を稼ぎ続けている僕と嶌さんの二人だ。

封筒による告発を受けた人間は如実に内定から遠ざかっている。一方でオフェンスに回ったつもりになって森久保くんや袴田くんのように自分から封筒を開けてみたところで、当然ながら票が増えるようになるわけではない。封筒は明らかにこの選考の鍵《かぎ》を握ってしまっており、晒されている人間とそうではない人間がいる限り、そこには厳然とした格差が存在し続ける。

ならばすべてをオープンに。それが本当に『フェア』な世界だ。

納得できてしまうからこそ、胸が痛い。

わかった。それでいいよ、すべての封筒をオープンにしよう。僕は別に構わない。

そんな言葉が、喉《のど》の手前まで出かかった。これといって過去に重大な罪を犯した心当たりは——少なくともすぐに思いつく限りは、ない。もちろんささやかな失策を針小棒大に語られている可能性もあるし、実はすっかり忘れているだけでとんでもない過ちを犯していたということもあり得る。ただそういった最悪の可能性を想定した上でも、どうぞどうぞと自分への告発を率先して明らかにするよう促してしまったほうが、結果的には会議のスムーズな進行を助け、僕の評価を上昇させることに繫《つな》がるかもしれない。

それでも封筒を開示する流れにもう一つ賛同しきれない理由は、嶌さんの存在だった。封筒に対して並々ならぬ忌避感と嫌悪感を抱いていた僕でさえ、その存在をある程度認めた上で議論を進めなければならないのかもしれないという考えに流されつつある。しかしそんな中にあって、彼女だけは徹底して封筒に対して反旗を翻し続けていた。彼女が僕と同じく、まだ封筒による告発を受けていないからこそ正義を謳《うた》うことができているという側面は確かに否定できない。それでも彼女の示す道が最も倫理的に正しいことに違いはなかった。

そんな彼女の失望を買いたくない。一種の下心があることは認める必要がある。そしてさらには、封筒をすべてオープンにした際に告発を受けるのは僕だけではないということも、心の防波堤となっていた。嶌さんも告発を受けてしまうのだ。

僕は改めて慎重に思考を整理すると、どの封筒を最初に開けるべきかについて話し合っていた三人の議論に口を挟んだ。

「やっぱり……封筒は処分しよう」

順調に進んでいたすごろくのコマを無意味に五マスほど戻されたような心地だったのだろう。袴田くんは物わかりの悪い子供を窘《たしな》めるような口調で、

「波多野、それはもう存在しない選択肢だ。今さら——」

「わかる。わかってる。痛いほどわかる——でも、でもだ」

僕は自らの胸の内を、なるたけ誠実に、正直に伝えるべきだと判断した。大丈夫、きっと伝わる。伝えるべきことは、きっと伝えきることができる。そう、自分を信じて。

「やっぱり封筒は処分して欲しい。もちろん自分が告発を受けたくないからこういうことを言っている部分があるのは、間違いない……情けない話だけど。封筒の中に何が入っているかわからない。おかしな告発をされれば、当たり前だけど自分の評価は落ちる。これまでの議論の中でも散々証明されてきたことだ。せっかく六票も集めたのに内定が遠ざかるのは嫌だ——そういう利己的な思いがあるのは認めるしかない。正直、怖い——めちゃくちゃ怖い。でも、ただ怖いから封筒を開けて欲しくないって騒いでるわけじゃないんだ。

僕は何より、こんな、核兵器をどう有効活用しようかみたいな議論を続けて、それこそ俺は撃たれたんだから、全員が平等に撃ち返されるべき——みたいな意見が正論のように語られる状態が倫理的であるとは思えない。さっきまでの意見とは少し矛盾するかもしれないけど、封筒の中に入っているのは恐ろしい告発であると同時に、や

っぱりたった一枚の——紙切れなんだ。そうだろ？

幸いにして、犯人が誰であるのかはわかった。何かの間違いで犯人に内定を出してしまう可能性もなくなった。僕らは互いに何日間も一緒に過ごして、お互いについてきっちり理解し合ってきたはずじゃないか。紙切れ一枚で、それまでの印象を全部すっ飛ばして、こっちが真実の顔だったんだって、そう信じ込んでしまうのは、やっぱり馬鹿らしい。封筒のことは全部きっぱり忘れる——最初にそう話し合いで結論が出てたじゃないか。

おそらくこんなにもみんなが封筒にとり憑《つ》かれてしまった理由の一つは、僕が提案してしまった三十分ごとの投票ルールにもあると思う。人気の流れが可視化されていたからこそ、挽回《ばんかい》のために多少手を汚してでも——そんなあらぬ考えが頭を支配するようになった。だから——これはあくまで首位を走ってる九賀くんが了承してくれたらって話になるけど——票数はいったんすべてリセットしてもいいんじゃないか？」

それまで僕の話を中断させる隙を窺《うかが》っていたような会議室の空気に、亀裂《きれつ》が入ったような手応《てごた》えがある。袴田くんと矢代さんの表情が変わった。

「投票は残り二回ってことにしてもいいし、やっぱり最後の一回だけにするっていう方法に変更してもいい。それでもまだ不公平って言うんなら——白状する」

「白状？」

「……思い当たる、僕の悪事を」

一同が身構えるのがわかった。波多野はいったい、どんな告白をするのだろう。

しかし当の僕には、悪事の心当たりはまるでなかった。慌てて思い出を光の速度で遡《さかのぼ》るが、語るに値する自身の悪事らしい悪事は、恥じるべきなのか誇るべきなのか、まったく思い浮かばなかった。あまりにも長い時間、黙考し続けていることを不思議に思ったのか、袴田くんが、

「そんなにすごい告白があるのか」

「いや……」僕はかぶりを振って、「たぶん、何かあると思うんだけど、ちょっとすぐには思いつかなくて……。今のところ小学生のときに友達から借りたスーファミのソフトをそのまま返しそびれていることくらいで……もうちょっと時間が欲しい。たぶん何か捻《ひね》り出せるから」

こちらは真剣だったのだが、図らずも間抜けな発言は矢代さんの笑いを誘った。緊張していた空間だったからこそ、一度弛緩《しかん》すると笑いが連鎖する。九賀くんが小さく笑い、嶌さんも笑った。袴田くんも参ったなといった様子で笑い、首筋を撫《な》でた。笑いはそのまま一周回って僕の手元に戻ってくる。

「降参だよ、波多野」

袴田くんは屈託のない笑みを浮かべる。

「なんか冷静になれた……お前はそうだろうよ。お前は、そういうやつだ」

会議室を天井から押さえ込んでいた重りが溶けたように、空気が軽くなる。そこに広がっていたのは懐かしい気配であった。僕らがグループディスカッションを全員で突破するという目標に向かって一致団結していた、レンタル会議室の香りだ。

「封筒は捨てよう……票数のリセットは、別に必要ないだろ」

袴田くんはぶっきらぼうにそう言い放つと、ため息をついてから腕を組んだ。

「多少のアクシデントはあったが、集めた票は紛れもなくここまで積み上げてきた、それぞれの評価のたまものだ。そのままでいい。まだ二回も投票のチャンスはあるんだ。合計十二票——違うか、自分を除くから、十票。全部集めれば誰にだって平等に内定を手に入れる可能性は残ってる。あぐらを掻《か》いてると、あっという間に追い越すから覚悟しとけよ——というのが俺の意見だけど、みんなはどう思う？　それでいいと思うか、九賀」

九賀くんが異存のないことを告げると、矢代さんも頷いた。嶌さんが鞄《かばん》からとり出したポケットティッシュで赤い目元を拭《ぬぐ》う。僕も涙をもらいそうになりながら、力強く頷いた。森久保くんを除いて——という形にはなってしまったが、極めて自然状態に近い会議室の空気を手に入れた僕らを祝福するように、アラームが鳴った。

五回目の投票タイムがやってくる。

結果は――想定以上だった。

■第五回の投票結果
・波多野5票　・嶌1票　・九賀0票　・袴田0票　・森久保0票　・矢代0票
■現在までの総得票数
・波多野11票　・九賀7票　・嶌7票　・袴田2票　・矢代2票　・森久保1票

僕が嶌さんに投じた一票以外は、すべて、僕へと投じられた。

とうとう九賀くんを抜いて得票数でトップに躍り出る。まだ何も終わっていないのに、投票結果を手帳に記す指先が歓喜に震え始める。手に入れていた二社の内定を辞退し、まさしく不退転の思いで臨んだグループディスカッションは、想像もしていなかったトラブルに見舞われた。幾度となく心が折れそうになる瞬間があった。見たくもないものを見させられた。乗り越える必要のないものまで乗り越える必要に迫られた。しかし様々な苦しい時間を経て、ようやく内定が――内定が見えてきた。

壁の向こう側で働いているはずのスピラ社員の姿が脳裏に浮かぶ。あと一歩で、僕の席がこのオフィスに誕生する。初任給は五十万円――そんな具体的な金勘定が始まってしまったところで、僕は一旦《いったん》妄想のスイッチをオフにした。さすがに気を緩めすぎている。

「九賀、これを元の封筒に」

袴田くんがテーブルに放置されたままになっていた紙をまとめて九賀くんに渡す。

袴田くんだけでなく、矢代さんと森久保くんもこの時点で逆転が不可能となってしまった。もっとわかりやすく愕然《がくぜん》とするものかと思っていたのだが、存外袴田くんと矢代さんの顔は晴れやかであった。悔しさは隠せていないが、そこには爽《さわ》やかな脱力がある。

九賀くんは袴田くんから紙を受け取ると、簡単に整えてから元の大きな封筒に戻そうとする。

僕も配付されていた封筒を九賀くんに差し出した。

これですべてが終わる。そう、確信して。

しかしなぜか九賀くんは、動きを止めてしまう。

そしてまるで魅入られるようにして、袴田くんから手渡された紙――悪しき告発写真に釘付《くぎづ》けになる。吸い込まれるように、写真を見つめ続ける。袴田くんの写真、矢代さんの写真、そして自分の写真を念入りに確認すると、再び目元に緊張の灯がともる。僕らをからかっているのだとすれば、あまりに趣味が悪かった。もうこれ以上、封筒と写真についての議論は必要ないはず。冗談だとしても笑えない。

袴田くんが声をかけるが九賀くんは何も答えない。やがて三枚の紙を四周ほど丹念に確認した九賀くんは、

「森久保」

写真を見つめたまま尋ねた。最低限の義務を果たすために——といった様子で投票にだけは参加していたが、袴田くんに黙るよう指示されて以降の森久保くんは終始沈黙を保っていた。体ではなく心を壊してしまったボクサーのように、ただ椅子にだらりと腰かけているだけ。灰色のオーラを纏《まと》って、会議室内の置物となっていた。

「もう一度、封筒を手に入れた経緯を説明してもらってもいいか？」

「……おい、九賀」

「袴田。大事なことなんだ。森久保の話が聞きたい。自分で用意したんじゃないんだろ、森久保。言いわけはいらないから、正直に真実だけを話してくれ」

森久保くんは数年ぶりに電源を入れられたパソコンのように心配になるほど緩慢に面《おもて》を上げると、両手で顔を拭ってからゆっくりと口を開いた。

「……自宅に届いたんだよ」

「いつ？」

「……昨日」

森久保くんは九賀くんがより詳細な情報を欲しがっていることを察し、椅子に座り

直した。

「自宅の郵便受けに入ってた。『森久保公彦様』ってだけ書いてある、切手も貼ってない大きな封筒が俺の家に届いてた。何かと思って開けてみたら、その大きな白い封筒と、説明書きみたいな紙っぺらが中から出てきた。『当日、スピラリンクスのグループディスカッションで使用する封筒です。誰にも気づかれぬよう、会議室に設置してください。一部事情を知らない社員もいますので、人事部員にも決して見つからないように。会議が始まったと同時に参加者たちが見つけられるような場所に設置しておくのが理想です。非常に重要な書類なので、明日は絶対に忘れないように』――そんなことが書いてあった。だから誰よりも早くこの会議室に入って、封筒を扉の陰に隠したんだよ」

九賀くんは森久保くんの言いわけをさも重要な証言であるかのような態度で聞き届けると、少し考えるように唇に手を当てた。九賀くんの真剣な様子が不服だったのか、袴田くんは呆《あき》れたように首を横に振る。

「やめろよ九賀……こんな法螺《ほら》、真面目に聞くだけ時間の無駄だ。どう考えたって悪あがきしてるだけだろ。何だよ『人事にも内緒で持ってこい』って。そんなバカみたいな指示書を見て、疑いもせずに素直に封筒を持ってくるやつがいるかよ。嘘をつくにしてももう少しマシな――」

「嘘じゃないって言ってるだろ。本当に届いたんだよ！」

「嘘にセンスがないんだよ。せめて、もう少しリアリティのある嘘をつけよ」

「リアリティがないのは、この選考方法だって一緒だろ？」

生気をとり戻したように、森久保くんは椅子の上で前屈《まえかが》みになる。

「自分たちで内定者を選ぶグループディスカッション——こんな前代未聞の選考方法を提示された時点で、もうスピラリンクスならどんなことをしてきてもおかしくないって頭になってたんだよ。封筒が届いたときも不思議だなとは思ったさ。当たり前だ。でも、きっとこういう奇抜な小道具を用意するのがスピラのやり方なんだなって、ちょっと尖《とが》ったIT企業の作法なんだなって思ったんだよ。『封筒は開けるな』って注意書きが添えられてたから、中を見ることはしなかった。でも中身を知ってたら、これが五人のうちの誰かが用意したものだと知ってたら、持ってくることなんてしなかった」

荒唐無稽《むけい》ではあった。しかし罪を逃れたいがために並べている即興の嘘にしては、妙な生々しさがある。そんな思いが会議室全体に充満し始める。それでも僕らは疑うことにひどく疲れていた。ただ密室に二時間拘束されているだけでも尋常ではない息苦しさがあるというのに、その上、会議が始まってから心を抉《えぐ》るような出来事が立て続けに発生していた。すでに体が真理よりも、平穏を欲し始めている。

誰もが森久保くんの話をどう処理するべきか考えあぐねていると、九賀くんが再びテーブルに二枚の紙を並べた――九賀くん自身と、矢代さんを告発した紙だった。

「ここに微妙にノイズが入ってるの、わかるか？　それと、左下のまったく同じ位置に黒い点がついている――ここだ」

九賀くんが示したのは、二枚の写真だった。一つは九賀くんが講堂で授業を受けている瞬間を盗撮した写真で、もう一つは矢代さんが雑居ビルに入っていく瞬間を押さえた写真だった。九賀くんが指摘しているのは、どうやら二枚の写真には共通の特徴があるということらしかった。確かに言うとおりだ。どちらの写真も非常に小さくはあるが、右上にバーコードのようなノイズが入っており、左下にはレンズにゴミくずでも付着していたのだろうか、黒い点の存在が確認できる。写真が印刷されている位置が二つの紙ではそれぞれ異なるので、プリンターの不具合によるものとは考えられない。論理的に考えれば、なるほど、二つは同じカメラで撮られた写真ということだろう。しかし、だからなんだという話だった。

「――それで？」袴田くんが尋ねると、

「この写真は――」九賀くんは唾《つば》を飲み込んでから、自分が写っている写真を指差した。「四月二十日水曜日の四限『都市と環境』の講義の終盤だ。間違いない。教壇に立ってる担当の講師と板書の内容からわかる。大体、午後四時くらいの出来事だと思う」

「結論を教えてくれ」

「森久保じゃ、この写真は撮れない」

どん、と、天井の空調がタイミングよく大きな音を立てた。変わった風向に煽《あお》られるようにして、観葉植物が不気味に揺れ始める。話が振り出しに戻っていく気配に耐えられなくなったのか、嶌さんが鞄からジャスミンティーをとり出して口に含んだ。

僕は深呼吸をした。

「この日、僕は森久保と会う約束をしていたんだ。二十日に会おう。何時がいいかって尋ねたら、午後五時以降にして欲しいと言われた。森久保は面接があったんだ。覚えてないか？　あの飲み会の日、みんなの前で確かにそう言ってた」

覚えていた。確か九賀くんが借りていたビジネス書か何かを返したいから、何月何日に会いたいと言ったのだ。すると森久保くんは面接があるから何時以降で頼むと返した。具体的な日時までは覚えていなかったが、確かにそんなやりとりがあった。

当事者の九賀くんが間違いないというのだから、日時は正しいのだろう。森久保くんは二十日の水曜日、午後三時から面接があった――と少なくともあの日の時点では口にしていた。

しかしそれだけでシロだと認定するのはあまりに尚早だった。そもそも面接の日時自体が嘘である可能性がある。そんなもの口頭でならどのようにでも偽ることができる。そんな反論を頭に描いてから、すぐにそれが意味のない邪推だと思い当たる。あの飲み会は、選考方法の変更が行われる前の出来事だったのだ。僕らは敵ではなく仲間であった。他のメンバーを陥れる必要もなかったあの時点で、嘘の予定を表明しておくメリットは何もない。

続いて、写真を撮ったのが森久保くん本人とは限らないのではという疑問が浮かんだ。別の誰かに撮影を頼んでいる可能性がある。だとするならばアリバイなど何ら意味をなさなくなる。しかしそこで問題になったのが、先の写真のノイズと黒い点の存在だった。

「二つは同じカメラで撮られてる」

「でも、そのカメラの所有者が森久保だとは限らないだろ。森久保の指示を受けた誰かが、九賀と、矢代の写真を、それぞれ同じカメラで撮った可能性だって――」

袴田くんの反論は尻すぼみにトーンダウンし、そこで途切れた。そして同時に、おそらくはこの場にいる全員の気持ちが、沈んでいった。袴田くんの話は現実的とは言いがたかった。犯人以外の誰がこんな写真を方々駆けずり回って撮るというのだ。犯人の親か、親友か、金で雇った諜報員《ちょうほう》か。そんな回りくどい真似をするくらいなら、どう考えたって自分で撮る。

写真は犯人自らが撮影したものとしか考えられず、森久保くんには撮影時刻のアリバイがある。ゆえに、森久保くんは犯人、たり得ない。

じゃあ、誰が、犯人なのか。

もがき苦しみながら水面への浮上を目指し続けていた二時間だったが、ここに来てまた沼の底に引きずり戻される。会議室の空気が淀《よど》み、限られた酸素を奪い合うように全員の呼吸が乱れ始める。

一応、森久保くんのアリバイを確定させておく必要があった。彼は手帳を広げてそこに間違いなく面接の予定が記されていることを示した上で、面接を受けた企業の人事に電話を入れた。人事と偽ってどこかで待機させていた仲間に連絡をとる可能性もあるのでは——そう踏んだ袴田くんが、自らの携帯で企業の電話番号まで調べた。これ以上、疑いの目を向けられるのが怖かったのだろう。森久保くんはわざわざスピーカーフォンに設定し、所属するゼミに対して正当な理由での欠席届を出す関係でどうしても自身が面接に参加していた時刻を明らかにしなくてはいけないと説明をし、間違いなく自分が午後三時から午後四時まで社屋にいたことを証明してみせた。疑いを挟む余地は、髪の毛一本分もなくなる。

真犯人が誰であるのかは知りたいと思う。六人の中に紛れた、卑劣な人間の素顔を暴いてやりたいとも思う。明らかになるのなら明らかにするべき。しかしそんな正しき心も、スピラリンクスの内定の座と天秤《てんびん》にかければあまりに軽すぎる問題であった。

順当にいけば内定を手にできそうな状況であるのに、真相究明を優先したいとはどうしても心から思えない。

真犯人が誰であるのかなんて、もうどうでもいいだろ、議論を元に戻そう。

しかし、そんな言葉は断じて――断じて、口にできなかった。なぜならその一言こそが、最も真犯人らしい台詞だったからだ。どう聞いても森久保くんに罪を着せることに失敗した真犯人の弱気な発言にしか聞こえない。それだけは絶対に、口にできない言葉だった。

さらに自分が犯人でないことを知っている僕は僕に内定を与えることに何らためらいはないが、他のメンバーはそうはいかないはずであった。僕が犯人である可能性を残したまま、内定を与えるわけには死んでもいかないのだ。ならば僕も腹を括《くく》る必要があるのかもしれない。

会議は残り二十分強――僕らには、犯人を見つけだす道しか用意されていなかった。

「逆に二十日水曜日の午後四時頃、予定のない人間が怪しいって話にはならないか？」

袴田くんのそんな話から、それぞれが手帳をとり出して二十日の予定を確認することになった。しかし授業のあった九賀くん、それから面接のあった森久保くん以外、午後四時近辺の予定は全員空白であり、アリバイから犯人を特定することはできなかった。

徐々に、会議室に焦りが充満し始める。

「犯人は――」そんな言葉は、可能なら口にしたくなかったのだろう。恐ろしさと悔しさを噛《か》みしめるような表情で、嶌さんは苦しそうに言葉を続けた。「犯人は、自分のことについて言及されてる封筒も用意してる――ってことなんだよね、きっと」

何度か頭をかすめていた疑問ではあった。六人に一つずつ配付された封筒の数は、当たり前だが合計で六枚。一つの封筒が他の五人の中の誰かを告発しているのだから、その中には犯人自身のことを告発する封筒も用意されているはずだった。

なら犯人は、自分についてはどんな告発を用意するのか。

「……一つだけ中身が『空』って可能性はないか？」袴田くんの推測に、

「ないだろ」と九賀くん。「全部の封筒が開けられたとき、自分だけが何も告発されませんでしたで終われば、犯人は自分ですと宣言しているようなものだ。確実に何かは封入してるはず」

「なら、何を入れるんだよ」

五秒ほどの沈黙の後に、「……すぐに思いつく可能性は、二つ」

九賀くんはそう言って、二つの可能性を示唆した。

一つは、重たい告発ではあるものの、何らかの論理的な説明によってすぐに嘘だと看破できるものを入れる、というもの。

「袴田を例に出して悪いが、例えばさっきの袴田は、結局、封筒の中身についてうまく反論ができなかった。デマだと言い張ってはみたが、残念ながらデマだと証明する術《すべ》を持っていなかった。でも仮に、自分に対する告発をうまく退けることができる言いわけ、証拠、証人——何かを用意することができれば、封筒には自身のウィークポイントを封入させつつ、自分の評価を失墜させずに乗り切ることができる。つまり『嘘だと証明できるタレ込み』を入れておく」

もう一つは、相対的に小さな罪を封入しておくこと。

「すべての封筒が開けられたとき、僕らはおそらくそれぞれの写真をもとにした議論を展開することになる。そんな中、一人だけ……そうだな、たとえば『ホテルのアメニティグッズを大量に持ち帰ってしまったことがある』——だとしたら、悪評ではあるけれど、人間性を絶望的に疑われることはない。そういった『他の人に比べれば比較的弱いタレ込み』を入れておく」

僕はこれまで詳《つまび》らかにされてしまった三つの告発について、改めて考えを巡らせてみる。当たり前の話だが、すでに告発を受けているからといってシロだとは、つまり犯人でないとは限らないのだ。ついつい被害者であるような意識が先行してしまうが、現状、森久保くん以外の全員が犯人たり得る。資料を送り合う必要があった関係で、互いの住所は把握し合っている。森久保くんの家に封筒を届ける程度のことなら、誰にでも可能だった。

九賀くんが立てた一つ目の仮説——嘘だと看破できる情報を封入しておく——については、開封済の三人全員が当てはまらない。袴田くんはデマだと主張したが論拠は乏しく、九賀くんは肯定こそしていないが、否定することを諦《あきら》めて口を閉ざしてしまった。矢代さんにいたっては告発内容を積極的に認めている。

一方で二つ目の仮説——相対的に小さい罪を封入しておく——についてはどうだろう。価値観は人それぞれだが、これについては明らかに矢代さんの罪が軽いと言えるのではないだろうか。彼女が声高に主張したとおり、ファミレス勤務と偽ってはいたものの水商売をしていたからといって犯罪にはならない。職業に貴賤《きせん》なしと言うのだから、彼女は極めて健全で社会的な営みをしていただけともとれる。

なら、現状最も怪しいのは——

「……俺のを、開けてもらって構わない」

森久保くんが、嶌さんの手元にある封筒を指差した。

「それで少しでも真犯人の存在に近づけるなら、遠慮はいらない」

犯人でないことがほぼほぼ確定的となった今、客観的に見れば濡《ぬ》れ衣《ぎぬ》を着せられた上に犯行の足として使われた森久保くんは、一番の被害者であった。多少の犠牲を払ってでも犯人を見つけ出したいと考えるのは自然なことなのかもしれない。どれほどの効果が期待できるのかはわからないが、封筒を開ければ少なからず犯人に近づくための情報は増える。

嶌さんは会議の序盤から終始、封筒は開けるべきではないと強く訴え続けていた。最初は難色を示していたが、しかし他でもない当人に開けてもらって構わないと言われれば拒否し続けることはできなかった。真犯人に近づくためだと付言されれば、反論の言葉も続かない。

彼女は親友の介錯《かいしゃく》でもするような苦悶《くもん》の表情を浮かべながら、ゆっくりと封を開けた。

そしてとり出した一枚の紙を、テーブルの上に広げる。

紙には二枚の写真が印刷されていた。

一つは、大きな会議室のような場所で、何かの説明会が行われている写真であった。壇上では男性が黒い救命胴衣のようなものを掲げながら、マイクで何かを語りかけている。客席を埋める人々の頭には白髪が目立つ。どうやら高齢者を対象とした説明会のようだ。タイトルはずばり『(株)アドバンスドフューチャー高機能ベスト～オーナー説明会～』——壇上に大きな看板が出ている。壇上右側には二人の青年が立っており、例によって片方の顔が赤い丸で囲われている。おたふくの面を貼りつけたような嘘くさい笑みを浮かべている青年は、森久保くんだった。

二枚目の写真はおそらく大学構内を写した写真であった。森久保くんの通っている大学だと考えられるので、おそらくは一橋大学のキャンパスだろう。洋風のお洒落《しゃれ》な建物から出てきたであろう森久保くんに対して、口角泡を飛ばすように一人の年配男性が詰め寄っている瞬間が少し離れたところから捉《とら》えられている。森久保くんは面食らったようにたじろいでいた。

森久保公彦は詐欺師。高齢者を対象としたオーナー商法の詐欺に加担している。

（※なお、嶌衣織の写真は波多野祥吾の封筒の中に入っている）

二枚目の写真は、詐欺被害者の男性が突然、森久保くんの許《もと》を訪れてきた瞬間——といったところであろうか。写真の右上にはまたしてもノイズ、そして左下には黒い点が確認された。犯人が自ら撮った写真であることが推察される。

仮に真実であればという前置きはしておくが、告発された罪はお世辞にも軽いものではなかった。森久保くんは写真を見るとわかりやすくとり乱し、

「学校に来るなんておかしいと思ったんだ。写真を撮るために、そういうことか……」

独り言のように駆け足でつぶやいてから、慌てて僕ら五人の様子を窺った。

おそらくは、反射的に無実を主張したくなったのだと思う。しかし森久保くんは開

こうとした口を結び、視線を力なく床に落とした。もはや根拠なくデマだと騒ぐ人間を静観できるほど、会議室に時間の余裕は残されていなかった。

一方でデマの根拠を示すことができるのだとしても、それはそれで推奨された行為ではなかった。先ほど九賀くんが提唱した犯人が打ち出した作戦の仮説――『嘘だと看破できる情報を封入しておく』に抵触するからだ。告発を鮮やかに退けることができればできるほどに、逆説的にまた森久保くんは犯人候補に逆戻りしてしまう危険性を孕《はら》んでいる。森久保くんにできることはぐっと言葉を飲み込み、告発の内容を受け入れ、自分が犯人ではないことを無言で証明することだけであった。

森久保くんはそっと紙を拾い上げると、緊張の面持ちで写真を見つめる。

詐欺行為に加担していた。そんな告発に対して驚きがすぐに追いついていかなかった最大の理由は、そもそも一度森久保くんのことを犯人だと誤認してしまっていたことにあったのかもしれない。森久保くんに一度身勝手な失望を覚え、濡れ衣が判明してから慌ててイメージの修正が行われ、再び告発による悪評が飛び込んできた。詐欺行為が軽微な罪だとは露ほども思っていない。それでも彼に対する評価の軸を持つにはあまりにも短時間で様々なことが起こりすぎた。認識が追いつかない。ただひとつ確信して言えるのは、いま、ここにいる森久保公彦という人間は、僕がこれまでの日々で理解してきたつもりになっていた森久保公彦とは、完全なる別人であるということであった。

「面接に行く前だ……だから、そうか、ちょっと待てよ」

　森久保くんは一度頷くと、躊躇《ためら》いながらも確信したように言い切った。

「これも……二十日の写真だ。二十日の水曜日……面接前だから午後二時頃だ。間違いない」

　有力な情報が飛び出してきた。犯人が自ら写真を撮ったことを証明するノイズと黒い点が確認できていた二枚目の写真――森久保くんがキャンパスで年配の男性に遭遇する瞬間を捉えた写真も、二十日の出来事であることが判明した。犯人は森久保くんの写真を撮ったその日、その足で九賀くんの大学へと向かって写真を撮ったということだ。当日の犯人の動線が浮かび上がってくる。

　試験開始の合図で問題用紙に飛びつくようにして、それぞれが自分の手帳を再び開いた。アリバイがあれば、自分が犯人ではないことが証明できる。もし犯人以外の全員にアリバイがあれば、消去法で犯人をあぶり出すこともできる。

　しかし僕は内心、落胆していた。

　というのも、僕自身はこの四月二十日の水曜日――終日、何の予定も入れていなかったのだ。大学の授業も、サークル活動も、アルバイトも、面接もなかった。手帳は真っ白――一日中家にいたのだ。犯人をあぶり出そうと思うなら、一人でも僕のような人間がいてはいけない。犯人を除くすべての人間に予定があってこそ、ようやく犯人を絞り出せる。

どうすることもできなかった偶然の失態には違いない。それでも込み上げてくる申しわけない気持ちは偽れなかった。僕は謝意を込めて苦い表情を作りながら、他のみんなが手帳から顔を上げるのを待った。すると思いもかけず、吉報が続く。

「午後二時頃は……面接だった。人事に電話すれば証明できる」

矢代さんが最初に手を挙げると、九賀くんが間を置かずに、

「僕は大学だった。ゼミの授業だったから、先生に証明してもらえる」

瞬く間に二人が候補から外れる。あと一人、あとたった一人、アリバイを証明できれば、その瞬間に犯人が確定する。僕は胃液がせり上がるのを感じながら、嶌さんと袴田くんのことを見つめた。すでに、どちらかが犯人であることは間違いない。よもや、まさか、犯人は、でもそんな、そんなはずがあるわけないじゃないか――

すると――すっと、手が挙がる。

「面接だった」

言い間違えのないよう、はっきりとそう言い放ったのは、袴田くんだった。

「俺も人事に電話すれば、証明してもらえると思う」

袴田くんの言葉を聞き届けた瞬間に、犯人が確定してしまった。

グループディスカッション終了まで残りわずか。僕は体中が絶望によって冷却されていくのを感じていた。そんな馬鹿なことがあるはずない。そんなことがあってたまるものか。理屈も理論も何もかもかなぐり捨てて、破れかぶれの擁護に徹してしまいそうになる。口を開こうとする自分を理性がどうにか抑え込むが、徐々に限界が近づいてくる。

違うと言ってくれ、嶌さん。そんな僕の心の声が――届いた。

「授業だった」

嶌さんの手が挙がる。

「九賀くんと一緒でゼミだったから、先生に証明してもらえると思う」

犯人だと疑われないために苦し紛れの嘘をついているのではないか。勝手にそんな不安を抱いていたのだが、覗《のぞ》き見た彼女の手帳にははっきりと、疑いようもなく克明に『ゼミ』の文字が確認できた。嘘をついているわけではない。嶌さんにはきっちりとアリバイがあったのだ。

嶌さんは犯人ではなかったのだ――よかった。

しかし安堵《あんど》もつかの間だった。どうして全員にアリバイがあったのだろう。考察のために背もたれに体を預けてため息でもつこうかと思ったとき、僕はようやく自分がとんでもなく呆《ほう》けていたことに気づく。

そうか。

気づいた途端に、けたたましい火災報知機の音でも耳にしたような、爆発的な動揺が胸元にせり上がってくる。全員の視線が、僕に集まっていた。

「波多野は……どうだ。二十日の、十四時頃の予定」

袴田くんの尋ね方が腫《は》れ物に触るようなあまりにも慎重を期したものだったため緊張が加速する。早く返事をしなければと思うのだが、あぁ、うん、と意味のない相槌《あいづち》を打ってから、それ以上の言葉が出てこないことに気づく。広げっぱなしにしていた手帳を隠すように閉じてしまうと、会議室の空気が一段と懐疑の色を濃くする。何かを言わなくてはいけない。いっそ、僕も授業があったとでも言ってしまおうかという邪《よこしま》な考えがよぎり、それこそ絶対に口にすべきではないただの嘘であると気づく。しかしだからといって、正直に言ったらどうなる。

僕は犯人ではない。なら犯人ではないことを論理的に説明すればいい。しかしそれがどうしてだかできない。焦りは態度となってすぐに表れる。正しい判断が何一つできなくなってくる。疑いの目が、徐々に失望の色に染まり始める。

「とりあえず……」九賀くんは僕から目を離さずに、「みんなのアリバイを確定させておこう。一人ずつ証言してもらえる誰かに電話を」

九賀くんは先ほどの森久保くんがそうしていたように、スピーカーフォンで電話をかける。不正がないよう、大学の電話番号は袴田くんが調べた。電話を取った人物にゼミの担当教員に繋いでもらえるよう依頼し、まもなくゼミの先生が電話口に出る。九賀くんが慎重に言葉を選びながら、自身の二十日の出欠を尋ねると「もちろん出席してくれていましたよ」と答えてもらえる。九賀くんがシロであることが確定する。

続いて嶌さんが、電話をかける。一人ずつ二十日水曜日、午後二時頃のアリバイを確定させていく。誰かの容疑が晴れる度に、僕の息が詰まっていく。おかしい。論理的に、理性的になろう。しかし焦燥が募るほどに絡まった糸を力一杯に引っ張るような思考しかできなくなる。考えれば考えるほどに、焦れば焦るほどに、短絡的な発想ばかりが浮かぶ。視線を泳がせる、唾を飲み込む、腕を組むが据わりが悪くてすぐに解《ほど》く、また組むを繰り返す。いけない、これじゃまるで犯人ではないか。客観的に自分を俯瞰《ふかん》できている自分もいることにはいるのだが、どうにも体と頭が言うことを聞かない。

どこかで前提が間違っていたのだ。冷静になればいい。僕は犯人ではないのだから。

写真がそもそも犯人自らの手によって撮影されていたというのが間違っていたのではないだろうか。考えてみて数秒でそれはないことに気づく。九賀くんが言っていたとおりだ。ノイズと黒い点は間違いなく三つの写真が同一のカメラで撮影されたことを示している。犯人が仮に撮影を第三者に委託していたとすれば『撮影者』イコール

『犯人』の構図は崩れるが、犯人が撮影作業だけをアウトソースする理由が見つからない。仮にそれぞれの写真を、それぞれの知り合いに持ってくるよう指示したのならまだわかる。

しかしそうなると、今度はすべてが同一のカメラで撮られているという話が理解できない。九賀くんへの告発を提供してくれた人物に九賀くんの写真を、矢代さんの告発を提供してくれた人物に矢代さんの写真を撮ってもらうのが道理だ。

でもそうではない。やっぱり写真は犯人自らが撮ったと考えるのがどこまでも自然なのだ。アリバイ作りのために偽装工作をしたという可能性も同様に非現実的だった。何せ同一のカメラであることを見出《みいだ》したのは九賀くんの慧眼《けいがん》によるものであって、本来誰も気づくことなく終わってしまう可能性のある手がかりであった。そんなもののために労力を払う必要がない。

なら、そうだ。単純な話、誰かが嘘のアリバイを証言しているのだ。それしか考えられない。

「……誰か、嘘をついてるでしょ。本当は僕以外にも二十日に予定のない人がいるんだ」

僕のいささか軽率な発言が会議室に響いたのは、ちょうど僕以外の全員がアリバイを確定させる電話を終えたときだった。嶌さんと九賀くんはそれぞれゼミの先生に、袴田くんと矢代さんは企業の人事担当者に連絡をしていた。明らかに信用に足る人間が、彼らのアリバイを証明していた。電話番号は自己申告に任せず、先ほどの森久保くんのときと同じように、別の誰かが調べてからダイヤルするという手順を踏んでいた。疑いを挟む余地はない。ないのだが、信じられるはずがないじゃないか。

「……どうにかして嘘の証人を立てたんだ、そうだよ、間違いない」

しかし僕の言葉は幽霊に石を投げつけたように、何の反響も、手応えも残さず、会議室の向こう側へと消えていった。努めて冷静に振る舞わなければ、このまま犯人に仕立て上げられてしまう。僕は混乱しながらも、時折おどけるような笑みを見せながら、理論的な説明を心がけたが、徒労に終わる。まるで僕だけが、あるいは僕以外の全員がリアルなホログラムにでもなってしまったように、僕の言葉は何一つ彼らの耳には届いていかない。

五人は沈痛な面持ちで、背を丸める。

「とりあえず、矢代――」

袴田くんが言った。

「封筒を開けてくれ。中から出てきた波多野の写真を見れば、たぶん色々……確定する」

先ほど嶌さんが封筒を開いた際に、彼女への告発が僕の封筒の中に入っていることが明らかになった。ならば消去法的に、僕への告発は矢代さんが持っているということになる。

矢代さんが細い指を紙の隙間に滑り込ませ、少しずつ糊《のり》を剝《は》がしていく。

そんな光景を、僕は黙って見つめ続ける。

■インタビュー五人目：グループディスカッション参加者——森久保公彦（31歳）

二〇一九年五月二十九日（水）12時19分〜

日本橋《にほんばし》駅付近の定食屋にて

騙《だま》されるほうが悪いでしょ。

え？　何って、オーナー商法の話。さっき話した、俺が大学時代に参加してた詐欺の。何事もお金につられてほいほいと甘い話に飛びつくほうが悪い。救いようがない。楽してお金が手に入るようなことなんてこの世界にあるわけがないのに、間抜け面でうまい話に考えなしに吸い寄せられる。同情の余地なんて微塵《みじん》もないでしょ。自業自得。騙されて当然だね。

悪いけどそれ、その、爪楊枝《つまようじ》入れ取ってもらってもいい？　いや、爪楊枝は自分で取るから、入れ物ごと――そう、ありがとう。これ、元の場所に、すまない。

封筒の中身は全部本当だったよ。君ならわかるだろ？　え？　いいよ、そんな白々しい顔しないで。わざとらしい。詳細はよく知ってるでしょ？　……ったく面倒だな。

簡単に言うなら、不動産詐欺の変形みたいなものだよ。ちゃんちゃんこみたいな、死ぬほどダサいベストがあって、それを超高機能健康器具だって謳うわけだ。一応、中には磁石がたくさん埋め込まれていたから、着ていれば多少血行はよくなったかもしれないけど、エビデンスがあるのかどうかは俺の知ったことじゃない。とにかくそのインチキベストが三百万円くらいするんだな。それを高齢者に買わせる――んだけど、じいさんばあさんに自分で着てもらうわけじゃない。とりあえず買ってもらって、それを、ベストを必要としている別の老人にレンタルしませんかと持ちかけるわけだ。月々一万くらいで貸してやれば、年金だけじゃ心許ないと思っていた高齢家庭にとってはちょっとした副収入になるだろ。初期投資三百万円で、月々一万円のリターンだから、まあ、そんなに悪くないかなって話にもなる。途中でまとまったお金が必要になったらベストは転売すればいいんですよと助言してあげれば不安は解消。転売するとき、さすがに三百万円そっくりそのままは戻ってこない。でも大体二百万円強で転売できることが多いですねと嘘八百を説明すれば、大体の老人は喜んで飛びついた。え、本当に納得しちゃったんですかって聞き返したくなるほど、すんなり信じたよ。

数十年も勤め上げた末に手に入れた虎の子の退職金が、するりするりと振り込まれる。ボロい商売だったよ。

俺は説明の補助と、商品の品質に太鼓判を押すアドバイザーってところだったかな、役割としては。大学名を出すと多少は響きがよくなるから、バイトとして入って欲しいって言われてね。文系なのに科学的なことを知ったように補足して、何人ものじいさんばあさんの大事な老後資金を、吸い上げられるだけ吸い上げ尽くした。極悪人だね。畜生だ。どうとでも罵《ののし》ってよ。

さすがに被害者に直接文句をつけられたことはほとんどないけどね。事務所から出ようとしたときに一回と、大学構内で一回だけ——あの写真を撮られたときだね。

唆したんでしょ。きっと、「犯人」が。何月の何日の何時くらいに大学のここに行けば詐欺グループの一員に会えますよって。あまりにもタイミングがよすぎた。さすがに驚いたよ……ま、何をどう訴えられたところで、お金のことは俺一人じゃどうにもならない。返しますとも、申しわけありませんとも言えない。困ります困りますってだけ連呼した記憶があるね、確か。Facebookからコンタクトとったんでしょ？　え？

誰がって「犯人」が。そんな話が少しだけ俺の周りで噂になったんだ。お前の悪い情報を欲しがってるやつがいたんだけど——って、まあ、もういいか。すぎたことだ。

それ、いらないでしょ。ここの割引券。もうこんなとこでメシ食わないでしょ？

ちょうだいよ。二百円割引って結構デカいんだ。そのままそこに置いて店出ちゃうくらいなら、頼むよ。

それにしても、今考えても本当に嘘みたいなグループディスカッションだったな……。何かの危険な心理実験か、あるいはソフトでチープなデスゲームものみたいだった。あんなちんけな封筒が会議室に紛れ込んだだけで、大騒ぎも大騒ぎ。馬鹿馬鹿しい。あんなに無意味な時間ってなかったと思うよ――就活。

企業に気に入られるために学生はみんなして嘘ついて、一方の企業だって自分たちにとって都合のいいことしか伝えようとはしない。それこそ、今の会社は包材系の商社だけど、新卒で入ったときから騙されっぱなしだよ。学生の対応をしてくれてた人事の男の人が、眼鏡のひょろっこい優しそうな人でさ、こんな人が活躍してる会社ならなんとなく雰囲気がいいなと思って、究極的にはそういう部分に背中を押されて入社を決めたわけだよ。でも中に入ってみれば、人事担当みたいな人は例外中の例外だったってすぐに気づかされる。末端からてっぺんまで軒並み脳みそまで筋肉でできてるような体育会系ばっかりだった。こんな運動部みたいな会社なら、あの人事担当の人、相当居心地悪いんじゃないか――そんなことを考えていたら、案の定だよ。人事担当、俺が入社した年に玉突きのように辞めていったんだ。傑作だろ？　学生時代に人を騙してきたツケかね。完全に騙された気分だったよ。

人事が笑顔で話していた『女性が活躍している会社です』も、『グローバルな目線を持った企業です』も『バースデー休暇など、少し変わった福利厚生も充実してます』も、全部嘘だった。女性社員は営業に向かないと言われて事務系に回される。入社面接ではTOEICの点数を訊いてきたくせして、英語なんて一度だって使う機会はない。どこまで行っても内需の仕事が待ってる。バースデー休暇に至っては、取っている人間を見たことすらない。誰もそんな休暇制度の存在を知らないんだ。

嘘つき学生と、嘘つき企業の、意味のない情報交換――それが就活。

果たして人事担当が何を基準に採用をしてたのかなんて、今になってもてんでわからない。もっとも、教えてあげると言われても知りたくなんかないけどさ。

ま、いいや。それで君は、他の三人にはもう会ったの？　ふうん、それで、どうだった？　みんな、あのグループディスカッションについて、疑いは何も持ってなかった？　え？……いや、ほんと、いいよ、そういうの。いちいち相手するこっちの身にもなってくれよ。貴重な昼休み使って、こうやって話してるんだから、少しは実のある話を頼むよ。

晴れて「犯人」が死んだから、証拠の隠滅でもしにきたんでしょ？

あのグループディスカッションが終わってから、散々考えたよ。本当に「犯人」の作戦はあんなにも杜撰《ずさん》なものだったのか、って。本当に俺たちが見た真相が、真実だったのだろうか。俺の家に封筒を届けてまで「犯人」であることがバレないよう細工をしていた人間が、あんな中途半端に尻尾《しっぽ》を出すような真似をするだろうか、って。

スピラに行けなかったのはすべて封筒と「犯人」のせいなんてことは言わないし、言えないよ。さすがに俺もそこまで自分を客観視できてないわけじゃない。俺に人望がなかったのは事実だ。封筒があろうがなかろうが、たぶん俺は六人の中の一人には選ばれてなかった。それは認める。でも事態をかき回して、俺を第一の容疑者にまで仕立て上げた「犯人」のことは、やっぱりそれなりに憎かったよ。だからこそ、あの会議を通して俺たちが誤った「犯人」を指摘してしまったと後になって気づいたとき、本当に悔しい気持ちで一杯になった。

どうしたの。喉が渇く？　お冷やを頼もうか？　いいよ、遠慮すんなよ。

妙にゲームじみていた封筒の配り方だったけど、何もあれは会議をドラマチックな心理戦に仕立て上げるための演出じゃなかった。どころか、よくよく考えれば、「犯人」が内定を手に入れるために編み出した、かなり緻密《ちみつ》に計算された画期的な配付方法だったんだ。

グループディスカッションに際して自分を除く五人の後ろ暗い過去を調べて、相手の評価を落とそうと考える。ここまで思いついても、実際のところ難しいのはその発表方法だ。いくら内容が詐欺、妊娠中絶、それから何だっけ……水商売と、いじめか。

ショッキングなものであったとしても、実はこんなこと調べてきたんですけどね——と口にしてしまえば、陰でこそこそ探偵みたいなことをしていた当人の品性を疑われてしまう。相手の評価を下げることができても、それ以上に自分の評価が下がって内定が遠ざかってしまう。本末転倒だ。

だから告発はあくまで第三者からの——少なくとも何者かわからない誰かからの——告げ口という形をとる必要があった。「犯人」は封筒を用意する必要に迫られる。でも大きな封筒の中に全員分の告発をまとめて入れて、テーブルの上にどんと置いておいたとしても、どうしても告発合戦には至ってくれない。そんな危険なものは処分しようということになって終わる。

だから「犯人」は告発を小分けにして封筒にしのばせ、それぞれのメンバーにばらばらに配ることにした。そして必然的にこうなると、自分に対する告発も用意せざるを得なくなる。六人いるのに封筒が五つじゃ明らかにおかしいし、すべての封筒を開けたときに自分だけが告発されていないとなればすなわち犯人だと判明してしまうことになる。だから自分にとって不利益となるものを、それでも自分で用意せざるを得ない。

当時、どんな仮説が出てきたのか完璧《かんぺき》には思い出せないけど、似たような議論に発展したような記憶がある。いずれにしても「犯人」が選択できる道はおおよそ二つで、一つは、自分への告発は嘘だと説明できるものにする。もう一つは、自分の告発だけは比較的罪の軽いものにしておく——というもの。

でも、気づいたんだよ。実はとっておき——「三つ目の作戦」があったことに。気づいたときには難しい数式が解けたような達成感と、出し抜かれた悔しさが同時に込み上げてきたよ。そうか、そういう方法があったな、って。盲点だったけど、実際のところものすごく簡単な話だったんだ。なかなか俺のような人間には思いつかない方法だけど。

自分に惚《ほ》れている人間に封筒を持たせる。

これだけで、簡単に自分への告発は回避できたんだ。だからこそ、誰が誰の写真を持っているか示すために、封筒の中には「なお、誰々の写真は誰々が持っている」っていう文言を記載しておく必要があった。あなたが持っている封筒には、あなたが大好きな私の写真が入っている——それを知らしめる前に封筒を開けられてしまうのは確かに大きなリスクだ。でもそれを回避するための方法も実はものすごく簡単で、会議が始まって間もない頃から「封筒は開けるべきじゃない」と強気で主張し続ければいい——それだけだ。誰もが惚れた相手とは同じ意見を貫こうとする。惚れた相手が倫理的に正しいことを口にしているなら、自然と同調する。

アリバイ工作の方法についてはわからない。いずれにしても天才的だなって思ったよ。おめでとう。見事内定を手に入れて、すでに十年近く働いて、年収はいくらになったの？　仕事は楽しい？　自分のことを好いてくれていた人を踏みにじってまで手に入れるだけの価値は、やっぱりあった？　あっただろうね。あると思うよ。君は本当に素晴らしい行動力の持ち主だった。

いや、だから、喉が渇いてるなら言ってくれよ。お冷やを頼むからさ……あ、ちなみに、そのペットボトルのフィルムを作ってるのがうちの会社だよ。担当は俺ではないけどね。それにしても昔からよく飲んでたよね、そのジャスミンティー。お気に入りなの？

ねぇ、嶌さん。君こそが「犯人」だったんだろ。

波多野祥吾はきっと、「犯人」じゃなかったんだ。

6

矢代さんが封筒からとり出した写真を見た瞬間、僕は椅子から滑り落ちて床に吸い込まれそうになった。印刷されている写真は、一枚だけ。現在の僕の心理状態と対をなすように、写真の中の僕は朗らかに、何の悩みもない様子で、毒気のない笑みを浮かべていた。大学一年生のときの新歓コンパ——花見の写真だ。

波多野祥吾は犯罪者。大学一年生のとき、サークルの飲み会で未成年飲酒をしていた。

（※なお、矢代つばさの写真は袴田亮の封筒の中に入っている）

未成年飲酒は犯罪だ。厳密に言えば許されることではない。それでも会議室内の認識は確認し合うまでもなく――それこそ、この僕を含めてもいい――見事に一致していた。

なんて、軽い罪なんだ。

そして僕は同時にもう一つの衝撃に、意識を飛ばしそうなほど驚愕《きょうがく》していた。写真の中――カメラに向かってキリンラガービールを掲げる、少しピントのずれた自分と目が合った瞬間に、犯人の正体がわかってしまったのだ。

なるほど、そうか、そうだったのか。僕はなんて愚かだったのだろう。

ゆっくりと顔を上げて、犯人の顔を覗《のぞ》き見る。僕は目で告発をしたつもりだった。君が犯人だったのか、君が僕を陥れたのか。酷《ひど》いじゃないか、僕は君のことを心から信じていて、そして君のことが本当に、本当に大好きだったのに――と。しかし犯人の演技は芸術的と言っていいほどに完成されていた。僕の瞳《ひとみ》をそのまま鏡に映したように、犯人は僕に対してまったく同じ表情を見せつける。まるで、君こそが裏切ったのだ、心から君のことを信じていたのに――そんなことを言いたげに、儚《はかな》げに瞳を潤ませる。

皆さん聞いてください。犯人がわかりました。この人です。僕じゃありません。

指を差してみようかとも思ったが、結局はできなかった。混乱してはいたが、ここで真犯人を指摘することによって形勢逆転が可能だと考えるほど鈍感ではない。もはや、どうあがこうとも無理だった。そして僕がそうできないことも、犯人は織り込み済みだったのだ。僕を陥れるためだけに、あらゆる仕掛けが巧みに作用していた。今思えば、あのときのあれは僕に対する宣戦布告だったのだ。

「私の……この写真」矢代さんは、自身が雑居ビルへと入っていく写真を指差した。「思い出したけど……やっぱりこれも二十日の写真だ。時間は午後五時十分前くらいだと思う」

なぜ急に矢代さんが写真の日時を思い出せたのか、なぜ急にそんな情報をつけ加えようと思ったのかはわからなかったが、いずれにしてももはやどうでもいい事実であった。これで完全にとどめを刺された。手帳を見せ合い、午後五時前後の予定は僕以外全員、埋まっていることが共有される。森久保くんと九賀くんはまさしくその時間、書籍の受け渡しをするために会っており、袴田くんと嶌さんはバイトの予定が入っているとのことだった。袴田くんと嶌さんがそれぞれの職場に電話を入れてアリバイの証明を終えると、完全に退路を断たれた。

最後の投票タイムを知らせるアラームが、随分と遠くから聞こえた。

「最後の投票に移る前に――」

僕は消え入りそうな声で、尋ねた。

「僕が犯人だと思う人は、手を挙げてもらってもいい？」

自分が陥れられたこと、そして完全なる敗北を喫してしまったこと、それらを確認しないまま、明日を迎えるのが嫌だった。森久保くんと袴田くんの手が最初に挙がり、次に矢代さんの手と九賀くんの手が、最後に嶌さんの手が会議室の空気に押し出されるようにして挙がったとき、僕は人形のように力なく頷《うなず》いた。何も納得できていないのに、頷いた。

四人の心から蔑《さげす》むような視線、それから一人の演技としての非難の視線を浴びながら、僕はたっぷりと絶望の味を嚙《か》みしめた。涙をこぼさなかったのは、強い人間だったからではない。驚くことと落ち込むことに忙しく、悲しみにまで心が追いつかなかったのだ。

自暴自棄になろうとする心をどうにか律し、最善の策を考える。捻《ひね》り出すようにして最後の反攻の手立てを講じた僕は、奥歯を思い切り嚙みしめてから言葉を紡いだ。

「……そのとおりだよ」僕は自分に配付された——嶌さんへの告発が封入されているはずの封筒を摑《つか》み取った。「みんなの汚点を調べて、封筒に入れて、森久保くんの家の郵便受けに投げ入れたのは僕。自分の罪だけ比較的軽いものになるよう調整して、最終的に内定を手に入れようと企《たくら》んでたんだ。みんなの予想どおりだよ。ただ本当は全員分の悪事を暴きたかったんだけど、どうしても嶌さんの悪事だけは見つけることができなかった。だから自分で封筒を持つことにしたんだ。最後まで開けなければこの封筒の中身が『空』だってこともバレないから」

僕は言い終えると、封筒をジャケットの内ポケットの中にねじ込んだ。さらにかき集めるようにして手帳をはじめとする私物を鞄《かばん》の中に押し込んでいく。会議終了前にもかかわらず部屋を出る準備をしていた僕を誰も止めようとしなかったのは、哀れな犯人に最後の情けをかけてくれたから、というわけではない。彼らは彼らで、内定者を選ぶために最後の投票を急がなければならなかったのだ。

「僕は嶌さんに入れる」

口頭でだけ伝え、挙手には参加しなかった。

投票の結果は、改めて確認する必要もなかった。

■第六回の投票結果

・嶌5票　・九賀1票　・波多野0票　・袴田0票　・森久保0票　・矢代0票
■最終総得票数
・嶌12票　・波多野11票　・九賀8票　・袴田2票　・矢代2票　・森久保1票

おめでとう嶌さん。素敵な社会人生活を。

僕は会議室の扉に手をかける。ノブを回せば扉が開く――そんな当たり前のことにどこか驚きながら、会議室の外へと一歩踏み出す。顔にぶつかる空気は凍えるほどに冷たく、新鮮で、解放感に満ちていた。自分がどれだけ閉塞《へいそく》された空間に閉じ込められていたのか、どれだけ異常な世界に軟禁されていたのかを実感してしまい、途端に目頭が熱くなる。悲しみが追いついてきたのだ。涙をこらえるように洟《はな》をすり、スピラの廊下を進んだ。

隣の部屋から鴻上さんが出てくる。

鴻上さんは去り際の僕に何かを言おうとしたが、開いた口をすぐに閉じてしまった。よくもグループディスカッションをめちゃくちゃにしてくれたな――罵《のの》られても不思議ではないと予感していたのだが、鴻上さんはついに何を言うこともできなかった。かけるべき言葉を見つけられなかったのだろう。僕だって何を言っていいのかわからなかった。仕方なく、謝罪ともお礼とも、別れの挨拶《あいさつ》ともとれない頷きだけを見せ、そのまま出口のほうへと向かった。

ポケットに入れていた入館証を受付台に投げるようにして返却し、エレベーターに乗り込む。

下降し始めたと同時に、涙があふれてきた。リクルートスーツが汚れるのも構わずその場に崩れ落ち、ビル全体に響くような雄叫《おたけ》びをあげた。

エレベーターは、いつまでも、いつまでも、下降を続けていた。

And then ―それから―

1

○森久保公彦

現在は包材系商社勤務。波多野祥吾は無実であり、私が犯人であると主張。

それ以上メモをする気になれず、スマホを鞄《かばん》の中に放り込んだ。車道を覗《のぞ》き、セダンタイプを三台ほど見送ってから、スライドドアタイプのタクシーに手を挙げる。スピラの本社が入っている新宿のビルの名前を告げると、動き出した車の慣性に従うようにしてシートに身を委《ゆだ》ねる。

オフィス街はどこもかしこもスーツ姿の人々で埋め尽くされていた。こんなにもたくさんの人が働けるスペースが、仕事が、この世界に存在することにどこか果てしない思いを抱きながら、運転手に気づかれないようにため息をついた。芳恵《よしえ》に連絡を入れるべきだろうか。一瞬だけそんな考えが浮かんだが、慌てて伝える必要のあることなど何もないとすぐに気づく。そもそも、こんなにも苛立《いらだ》った状況で電話をかけるべきではない。胸元の不快感を洗い去るようにジャスミンティーを喉《のど》に流し込む。可愛らしいボタニカル柄のペットボトルフィルムが急に忌々しくなって、切り取り線から綺麗《きれい》に剝《は》がして鞄の中に捨てた。

元人事担当だった鴻上氏を含めて、計五人へのインタビューを終えたが、達成感のようなものは何もなかった。成果と呼べそうな成果もない。諦《あきら》めて午後からのアポの予定を思い出しながら眠るように目を閉じる。

スピラリンクスでの仕事が激務であったのかどうかは、比較対象がないのでわからない。朝は八時半頃に出社し、退社時間は概《おおむ》ね午後九時から十一時。どちらかと言えばブラックに分類される労働環境だったのかもしれないが、給金を考えれば妥当だと思われたし、弱音を吐くより一日でも早く一人前と認められたいという気持ちのほうがはやった。

総合職採用は私一人であったが、技術職として理系専攻の大卒と院卒が数名、デザイン部門に主に専門学校卒が数名採用され、計八名が私の同期となった。新入社員の数が少ないこともあり、他社に入った友人たちと比べると研修期間は短かったように思う。最初に配属されたのは当時の基幹事業であったSNS「スピラ」の営業部門。主にイベントなどの集客を目的とした企業の広告を、スピラのコミュニティ機能とどう絡めて打ち出していくか——という提案型の営業が私の仕事となった。歓迎会の席で上長からどんな企画をやりたいと思ってるのかと尋ねられたので、入社前から温めていたとっておきのアイデアを披露したところ、そのまま明日からでも動いてみろと発破をかけられた。やる気はあったがノウハウがない。多少のレクチャーを期待したのだが、新人にマンツーマンで指導を施せるほど手の空いている社員は一人もいなかった。当時を振り返ればさすがに放任がすぎると冷静な判断を下せるが、陶然としていた私はこれがスピラリンクスの——一流のやり方なのだろうと勝手に解釈し、不安を抱きながらもそんな理不尽に酔ってみせた。やることなすこと、すべてがうまくいったなどとは口が裂けても言えない。それでも先輩が想定していたよりも早いスピードで新人から戦力へとランクアップできたのではないかという手応《てごた》えはあった。

三年目に、当時立ち上がって間もなかった「リンクス」部門へと異動になった。リンクスは主にスマートフォンでの使用を想定したメッセージアプリで、使い勝手のよさと無料通話機能が評判を呼び、リリース初年度から五千万ダウンロードを記録。すっかりスピラの主力サービスとなっていた。今やリンクスの入っていないスマホを見つけるほうが難しい。私の担当はやはり営業で、主にリンクス上で使えるコラボスタンプを企業に提案する仕事に従事した。

スピラリンクスという社名なので、新サービスに「リンクス」という名をつけたという経緯なのだが、残念ながら肝心のSNS「スピラ」のほうは、その他SNSの興隆によって今や完全に息の根が止まってしまっている。若者をターゲットにしていたサービスゆえに、飽きられれば終わりも早い。しかしスピラの衰退など微塵《みじん》も気にならないほど、リンクスの成長はめざましかった。企業規模は日々、強力なエアコンプレッサーによって膨らまされていく巨大な風船のように、目に見えて大きくなっていった。企業の成長は、私の力によるものだ。そんな馬鹿げた確信を抱いてしまうほどの自惚《うぬぼ》れ屋ではない。それでも急成長する企業の中に身を置ける喜びは疑いようもなく存在し、日本という国が仮に一台の新幹線なのだとしたら、私は先頭車両には乗れているのではないだろうかという程度の自負と恍惚《こうこつ》はあった。

本社が新宿に移ったのが二年前で、同時に私もペイメント事業に異動となった。すっかりただの社名に落ち着いてしまい有名無実化していた「スピラ」という言葉だったが、「スピラPay」というQRコード決済サービスのリリースとともに復活と相成った。リンクスとは異なりリリースと同時に爆発的な普及に成功――とはならなかったが、キャッシュレス決済サービスとしては国内でトップクラスのシェアを誇っている。

サービスの性質上、画期的な新機能を開発してシェア拡大――というような可能性が期待薄ということもあり、目下私たち営業部隊の仕事は地道なドアノックということになっている。文字どおり中小規模飲食店をしらみつぶしに訪問しては「スピラPayを導入しませんか?」と尋ねて回るテリトリー部隊と、大口の百貨店やスーパー等を訪問して系列店への全店導入を目指すメジャーアカウント部隊に分かれており、私は後者に属していた。

そんな私が追想の旅を始めざるを得なくなったきっかけは、森久保公彦へのインタビューを敢行した日からおよそ三週間遡《さかのぼ》る。入社の経緯、あるいはあのグループディスカッションの存在が、遥《はる》か昔、それこそお遊戯会で踊ったダンスの振りつけほどセピア色に褪《あ》せ始めていた、ある日の、ことだった。

「別に謝って欲しいわけじゃないんだよ」

私の声が少しばかり尖《とが》ったことに怯《ひる》んだのか、鈴江真希《すずえまき》はこの日八度目のすみませんを口にした。そしてすみませんと口にしたことを反省するように顔を顰《しか》め、わかりやすく落ち込んだ。

「メールなんてひな形さえ用意すればコピペで簡単に送れるんだから、あんまり時間をかけないでって言ってるだけなの。ちょっと時間がかかりすぎてるのは、自覚してるでしょ？」

「……はい」

「簡単な事務仕事に時間かけてると、本当に時間をかけなきゃいけない仕事にとりかかれなくなるから、なるべく早く、早く、ね」

「わかりました」

この、わかりました、がくせ者だった。返事はいいし、人当たりもいいのだが、どうにも作業のスピードが上がってこない。そもそも改善する気があるようには思えないのだ。怒鳴りつけられるほど自分が偉い人間ではないとわかっているのでどうにか穏便に済ませようとしているのだが、徐々に自分の顔から笑顔の成分が減りつつあるのは間違いなかった。人事からはOJT中なのでなるべく仕事を任せてあげてくださいと言われていたので当たり障りのないメール作成だけ依頼していたのだが、さすがに我慢が限界に近づき始めている。

「嶌さん、お願いしてもいいかな」

摑《つか》みかけていた社用スマホを置いて後ろを向くと、申しわけなさそうな顔のマネージャーの姿があった。こういうときは、往々にしてあまり面白くないお願いが飛び込んでくる。

「電話しようとしてた？」

「かけようとしてましたけど、大丈夫ですよ」

「例の病院？」

「ですけど」

「昨日の今日でしょ？　ちょっとマメすぎじゃない？　先方にもペースってもんがあ

るんだから、もう少し準備を待ってあげても……どうせ顧客登録の仮書類もらうだけなんだから」

「それこそ書類一枚もらうだけでいいから忘れられたくないんです。こっちにとっては大事な仕事でも、向こうにとってはただの雑務ですから。それで『お願い』って」

「いや、あのね。人事から連絡が入ってさ、面接官を一人うちのグループから出して欲しいって言うのよ」

「……面接官？　採用のですか？」

「新卒のね、集団面接があるんだってさ。来月の六日くらいからかな……それで各グループからエース級の人材を一人貸して欲しいっていう話でさ、だったら嶌さんにお願いするしかないかなって思うんだけど」

「さすがに無理ですよ」

　エース級の人材という言葉でこちらの色よい返事を引き出そうとしている手口がみえみえで、かえってモチベーションが下がる。マネージャーは悪人でこそないのだが、どうにもマニュアル本をそのまま模倣したような空疎な言動が目立ち、もうひとつ信用してみようかという気になれない。見た目は四十代中盤の男性にしては明らかに小綺麗で洒落《しゃれ》っ気に満ちている。すらりとした体に整えられたあごひげ、トレンドを押さえた丸眼鏡は中間管理職というよりは気鋭のクリエイターで、見た目に関して減点するべき箇所はない。しかしそれなのに、あるいはゆえに――だろうか。見た目に反して中身の物足りなさがときに必要以上に目についてしまう。

面接官の依頼を断ったのは、しかしマネージャーに対する個人的感情が理由ではない。『嫌です』ではなく『無理です』と答えたのは、まさしくキャパシティが限界に達しておりこれ以上手持ちの業務を増やせないからだ。キャッシュレス決済導入における最難関と言われていた病院をはじめとする医療業界。クレジットカードですら保険内の診療では手数料の関係で使えないことが多いのだが、ポイント割引と優遇期間の調整次第で部分的に導入してもらえそうな気配が漂い始めている。それも医療法人系では業界トップクラスの三社がまもなく首を縦に振ろうとしている。牙城《がじょう》が崩せれば間違いなく快挙で、スピラPａｙの業界シェアを盤石のものにすることができる。そんな業務が佳境を迎えていた。とてもではないが面接官などできるはずがない。マネージャーも十分に理解できているはずだった。

鈴江真希が嶌さんに電話ですと割り込んできたが、折り返すから名前だけ聞いておいてもらうように依頼してマネージャーとの会話を続ける。曖昧《あいまい》なまま切り上げてしまうと、マネージャーはしばしば自分にとって都合のいいように私の返答を解釈してしまう。

「とにかく別の方で調整お願いします。私には無理です」

「ま、そうだよね、そうだ。そりゃそうなんだよな」

明らかに話はこれで終わりのはずなのだが、マネージャーはしばらくどうしたものかと唸《うな》り続けて私の前から移動しようとしない。私に押しつけるのが最も手っとり早いのはわかる。それでも代替策も譲歩の提案もなく煮え切らない態度で立ちん坊されるのは気分のいいものではなかった。悩んでいるポーズを見せていれば私の考えが百八十度変わるとでも思っているのだろうか。私がもう一度、無理ですと告げるとさすがに懲りたようにふらふらと自席へと戻っていったが、この調子だと数日空けてからまた同じ話をしにくるに違いない。頭が痛くなる。

そもそも仮に手が空いていたとしても、私に面接官など務まるわけがないではないか。

私は電話を折り返すために鈴江真希の席へと向かう。たどたどしいタイピングでメールをしたためていた彼女の背中に近づいていくと、配属されて間もないにもかかわらず随分と机が派手に装飾されていることに気づく。別にそれだけで目くじらを立てようとは思わないが、なかなか肝が据わっているなとは思う。

声をかけようと思った瞬間、「あっ」と声が出てしまったのは、彼女の机に一枚の写真が飾られていたからだ。

「あ、嶌さん」と振り向いた彼女は私の視線を追うと、「あ、ご存じですか、この人」

「……相楽ハルキでしょ？」

好きとも嫌いとも言っていないのに彼女はすでに同志を見つけたように瞳《ひとみ》を輝かせ、

「大ファンなんです」

私の素っ気ない態度も意に介さず、

「歌もいいですけど、最高に可愛くないですか？　もう性格も含めて全部が最高で」

「……そう」

「歌番組とか出てるときの喋《しゃべ》り方とか、隠しきれない人のよさが滲《にじ》み出てて」

「でも──」意地悪が胸元あたりからせり上がってくる。「最近はみんな忘れてるみたいだけど、その人、薬物やってたでしょ？　それなのに性格がいいって断言できるの？」

「……いや、そうですけど、昔の話ですし」

「でも事実でしょ。本人に会ったこともないのに、性格がいいって言い切るのはちょっと乱暴じゃない？」

さすがに大人げなかったと反省し、さっき電話してきた人の名前と番号を教えて欲しいと告げる。渡されたメモにしかし社名が記載されていないことを指摘すると、

「あ、ごめんなさい。社名は名乗ってなかったんで、よく知ってる方なのかなって思っちゃって……聞きそびれちゃいました」

こういうところだ。

次からはちゃんと聞いておいてねとだけ言い添えて自席へと戻る。仕方なく電話番号をGoogleで検索して社名を割り出そうとするが、何もヒットしてこない。そもそも048で始まっているのが不可解だった。調べてみれば埼玉県の市外局番のようだが、こんなところから電話がかかってくる心当たりがない。電話をかけてきた人物の名前も明らかに知らないものだったので、いっそ無視をしてもいいのではないかとも思ったのだが、折り返しますと伝えてしまっている手前、無下にはできない。

仕方なく電話をかけると、四コールで受話器が上がる。

「お世話になっております、スピラリンクスの嶌と申します。先ほどお電話をいただいたようなので折り返させていただいたのですが、ハタノ様はいらっしゃいますでしょうか？」

「……嶌さん、ですか？」

「はい。私です」

「嶌衣織さん？」

「……そうですけど」

何とも言えない間の悪さに気味が悪くなってしばらく黙り込んでいると、

「波多野芳恵と申します」

「お世話になります」反射的に返しながら、やっぱり何の心当たりもないことを確信する。いったいあなたは誰なのですかと尋ねなければならないのかと思ったところで、

「波多野祥吾の妹です」

「ハタノ……ショウゴさん」

すぐには何も思い出せなかった。微《かす》かに耳馴染《みみなじ》みがあるようには思われたが、それが誰であったのかはまるで思い出せない。子供の頃見ていたアニメの主人公か、中学のときのクラスメイトか、はたまた前世の恋人の名前か。失礼があってはいけないと懸命に頭の中を捜索していると、波多野芳恵の声が記憶のトリガーを引いた。

「就職活動で一緒だったみたいなんです」

数光年の距離が一瞬にして消失し、八年前の記憶が鮮明に蘇《よみがえ》る。

波多野祥吾。グループディスカッション、最終選考、あの会議室、そして封筒。

想起の連鎖が始まると体中から汗が滲み出る。あの日のことを、あるいはあの日々のことを、忘れていたわけではない。思い出さないよう思い出さないよう、懸命に封をし続けてきたのだ。頭が混乱し、自分の現在地すら見失いそうになる。自分がすでにスピラリンクスに何年も勤務していることさえ忘れそうになったところで、

「兄が、亡くなりました」

兄が。オウムのように頭の中で繰り返し、その言葉の意味するところをゆっくりと

理解していく。「……波多野くんが」

「はい。二ヵ月前です」波多野芳恵は言い、「実家で遺品を整理していたら、嶌衣織さんに宛てたものが見つかったのでご連絡しておくべきかなと思って、会社にお電話させていただきました。お時間があるときでいいので、家に寄っていただくことは可能でしょうか。もしご興味ないということでしたらこっちで処分してしまおうと思うんですけど」

埼玉の波多野家に到着したのは、結局午後九時を回った頃になってしまった。本当はもう少し早くに仕事を切り上げたかったのだが、どうしても処理しなければならない見積もり依頼が立て続けに入り、時間が押した。面識のない人間の家を訪問するには適さない時間になっているのはわかっていたが、この動揺を翌日以降にまで持ち越したくないという思いが勝った。

彼が、私にいったい何を、遺《のこ》したというのだろう。

朝霞台《あさかだい》にある大型マンションの十四階、1401号室に「波多野」の表札はかかっていた。玄関を開けてくれた波多野芳恵の顔を見た瞬間に、記憶の中の靄《もや》が晴れた。波多野祥吾の顔を正確に思い出したのだ。一重なのだが主張のあるつぶらな瞳と、やや面長の骨格が彼を思わせた。仏壇は置いてないとのことだったが、故人の写真とお香立てだけは用意されていた。写真の中の波多野祥吾は髪型こそ違えど、ほとんど私の知る彼の姿そのままであった。線香を上げ終えると、リビングから現れた彼の両親が私に深々とお辞儀をする。今日は息子のためにわざわざどうもありがとうございます。息子を喪《うしな》ったことによる欠落こそ感じさせたが、私に対する彼らの態度は好意的だった。どうやらこの人たちは何も知らないらしい。最悪の可能性も想定していたのだが、ひとまず胸をなで下ろす。

波多野芳恵に案内され、波多野祥吾が自室として使用していた部屋へと向かう。

照明をつけた波多野芳恵は、

「病死でした」とずっと尋ねたかったことを教えてくれた。「別に病気がちな人でもなかったんですけど、悪性リンパ腫《しゅ》で。薄情な話ですけど、もう何年も顔を合わせてなかったんで、まだもうひとつ実感が湧いてこなくて」

「……ここには、もう住んでなかったんですか？」

「この家には数年前までですね。広島の比治山《ひじやま》ってわかりますか？」

「ごめんなさい」

「私も行ったことはないんですけど原爆ドームとかが近いらしくて……一応市内なんですけど、とにかく転勤になってからは一人暮らしでした。もっとも私のほうが先に家を出ちゃったんで——私は江戸川《えどがわ》区で公務員をやってるんですけど——兄と離れて暮らすようになったのは四年前から、ですかね。いずれにしてもこの部屋は何年も使ってなかったのでご覧の有様で」

確かに部屋には生活感がなかった。ベッドの上からマットレスはとり払われており、代わりに埃《ほこり》を被《かぶ》った空気清浄機とエアロバイクが平然と載せられている。机の上には大量の書籍と使われなくなったゴミ箱。波多野芳恵は机の引き出しの中を漁《あさ》りながら、

「思い出とゴミとを分別しようってことで掃除してたんです――わざわざ有休までとって。そしたら出てきたんですけど――ちょっと待ってください。すぐに見つかると思いますんで。変なところには戻してないはずですから。そこの座布団にかけててください」

座布団は苦手だったので断りたかったのだが、気を遣わせるのも本意ではなかったので勧められるまま座り込む。ゆっくりと腰を下ろしながら、自分の足が小刻みに震えているのがわかった。震えているのだなと自覚した途端に、動揺は心臓にも波及する。鼓動が速くなる。何が出てくるのだろう。想像するほどに『あれ』しかないだろうという確信が強まっていく。

緊張の吐息を隠すように差し出されたお茶を飲み干したとき、

「あった、これです」

波多野芳恵は向かいの座布団に腰を下ろし、一枚のクリアファイルを差し出した。中には何枚かの書類が入っている。受け取って表面を覗き込んだとき、透けて見えた

中身に息が止まった。

「兄からは特に何も聞いてないです」

波多野芳恵の表情が明らかに変わる。それまで影を潜めていた訝《いぶか》りと疑いの気配が瞳に漂い始め、同時に照明がワントーン暗くなったような錯覚に見舞われる。これまでの親切な態度は、ひょっとすると私を底のない流砂に引きずり込むための、巧妙な偽装だったのか。

波多野祥吾本人が、おそらくはラベリングのつもりで書いたのだろう。クリアファイルの一枚目に記載されていた黒マジックの文字は、

――犯人、嶌衣織さんへ――

呆然《ぼうぜん》とする私に波多野芳恵は、

「兄が就職活動をしていた年の、ある日――」まっすぐにこちらを見つめたまま語った。「それがどこの会社の選考だったのかはわかりませんが、リクルートスーツで帰ってきた兄が信じられないくらいとり乱したことがありました。しばらく騒いでいたかと思うと、途端に静かになって部屋に――この部屋に――籠《こ》もりっきりになり、今度はすすり泣きが延々と聞こえてきました。冗談抜きに、私は兄が人を殺してしまったのではないかとさえ疑いました。どうしたのと尋ねても何も理由を語ろうとはしません。食事のとき以外は家族の前に姿を見せようともしなくなり、ついにはどこに内

定が出たわけでもないのに就職活動を打ち切ってしまいました。そのクリアファイルが出てくるまでは、そんなこと、すっかり忘れていましたけど」

クリアファイルには、メモのようなものも挟まれていた。うっすらと罫線《けいせん》が引かれているが大学ノートよりもう少し小さい。手帳の切れ端、だろうか。手書きで『得票数』と書かれてあり、さらには九賀蒼太、袴田亮——と、ほとんど忘れていた六人の名前が列記されている。あの会議のときの、得票数の推移が書かれているのだ。それぞれの獲得票数が丁寧に正の字で刻まれている。そして私の名前だけが、強調するように赤ペンで囲われている。『十二票、内定』そんな文字が、さながらダイイングメッセージのように、どこか狂気を孕《はら》んで添えられていた。

さらにクリアファイルには、当時大学生向けに作られたスピラの新卒採用案内のパンフレットも挟まれていた。かつて穴が空くほど読み込んでいたのでよく覚えている。強烈なトリップ感に船酔いにも似た目眩《めまい》に襲われながら、かじかむ指でクリアファイルの中を調べる。それ以上書類は入っていなかったが、下部に異質な膨らみが確認できた。USBメモリと、小さい鍵《かぎ》が挟まっている。

「その鍵が何なのかはわかりません」

波多野芳恵はUSBメモリを手渡すよう言うと、机に置いてあったノートPCを手に取りデータを読み出す。動作が軽快だったので、おそらくこの部屋に放置されていた波多野祥吾の遺品ではない。彼女自身の私物だろう。まもなく読み出されたUSBメモリの中にはテキストファイルとZIPファイルが、それぞれ一つずつ保存されていた。テキストファイルのタイトルは漢字で『無題』。一方でZIPファイルのタイトルは先ほども見た『犯人、嶌衣織さんへ』。

「こっちのZIPには鍵がかかってました。開けようにも、パスワードを打たないと先に進めない仕組みになっています。それも三回誤ったパスワードを入力するとデータが破損する細工まで施されてます。でもこっちのテキストファイルは——」

彼女が『無題』をダブルクリックすると、波多野祥吾が記した文章が表示される。

もうどうでもいい過去の話じゃないかと言われれば、そのとおりなのかもしれない。それでも僕はどうしても「あの事件」に、もう一度、真摯《しんし》に向き合いたかった。あの嘘みたいに馬鹿馬鹿しかった、だけれどもとんでもなく切実だった、二〇一一年の就職活動で発生した、「あの事件」に。調査の結果をここにまとめる。犯人はわかりきっている。今さら、犯人を追及するつもりはない。

ただ僕はひたすらに、あの日の真実が知りたかった。

他でもないそれは、僕自身のために。

波多野　祥吾

気づくと口元を押さえ、画面に釘《くぎ》づけになっている。一行一行、文章を削るように精読するが、どうしても読みこぼしが発生する。混乱しているのだ。たった数行のテキストを数往復してやっと文意を理解したとき、波多野芳恵がPCを閉じた。

「兄は、何かの事件に巻き込まれた――そういうふうに読めます」

波多野芳恵は、もはや私に対する敵愾心《てきがいしん》を一切隠そうとはしなかった。

「そしてその事件の犯人は、あなた――嶌衣織さんであると確信していた。そこのメモに『内定』と書かれていたから、ひょっとしたらスピラで働いているのかもしれない。そう思いながらも、きっと無駄骨に終わるだろうなとあまり期待はせずに電話をしてみました。『嶌衣織さんという方はいらっしゃいますか？』何部署か経由してもらって、ようやくあなたにたどり着いたとき、どんな言葉をかけるべきなのか迷いました。逆に、あなたから兄に言いたいことはありますか？　あなたは兄に何をしたんですか？　あなたはひょっとすると兄に謝らなければいけないことが――」

「ちょ、ちょっと待って――」

「待ちませんよ。だって――」

「本当にちょっと待ってって！　私だってわけがわからないの！」

数多《あまた》の映像がフラッシュバックした。あの会議が――最終選考のグループディスカッションが始まり、封筒がどこからか出てきた。それを誰かが開けてしまい、それぞれの裏の顔が暴かれていった。誰が犯人なのか議論して、互いに疑い、疑われ、最終的に波多野祥吾が自分こそが犯人であると白状して会議室を去った。覚えている。間違いない。得票数でトップだった私は晴れて内定を手にしたが、問題はそんなところではない。

こぼれた言葉は、心からの驚きだった。

「波多野くん……犯人じゃなかったんだ」

「え？」

「犯人は波多野くんだったんですよ。少なくとも、私はそう思って今日まで生きてきました」

私は波多野芳恵にスピラリンクスの最終選考で起こった『あの事件』のあらましを、思い出せる限り正確に説明した。口にすればするほどに現実に起きたこととは、あるいは自分が実際に体験したこととはとても思えなかった。ましてやあれが今日まで続く社会人生活の入り口だったなんて、一種のファンタジーですらある。説明するほどに、昨晩見た夢の内容を語っているような空しさにさえ襲われた。まるで子供が考えた創作のようで、事実、子供である大学生が企てたあさましい計画であった。私は、波多野祥吾が自ら犯人であることを自白したこと、そのまま会議室を退出したことまで伝えきる。波多野芳恵は最初こそどこか心から信用はしていないといった態度で耳を傾けていたが、私の口ぶりにねつ造やごまかしの気配がないことを悟ると、徐々に表情を険しく整えていった。

『犯人はわかりきっている。今さら、犯人を追及するつもりはない』

『犯人、嶌衣織さんへ』

こんな言葉を残しているということは、にわかに信じがたいことではあったが、波多野祥吾は犯人ではなかったということなのだろう。しかしだからといって、なぜ私が犯人扱いされなくてはいけないのだ。どうして私があんな事件を起こさなくてはいけないのだ。

波多野祥吾、犯人はあなたじゃ——なかったのか。

もはや詳細は思い出せない。それでもあの日、あらゆる証拠が、情報が、状況が、彼が犯人であることを示していたはずだ。間違いなく犯人は波多野祥吾だったのだ。もちろん、簡単に信じられることではなかった。波多野祥吾は信頼に足る人物で、とても親切な人間であると、あのグループディスカッションが始まる前までは思っていた。犯人だと判明してからも、心のどこかでは信じ切れていなかった。まさかあの波多野くんが——しかし、最終的には彼自身の人間性よりも、示された証拠の妥当性を信じた。

何せ、一見して素晴らしい人格者だと思える人であっても、心の中に何をしのばせているのかはわからない。仏のような顔で笑いながら、胸に悪魔を飼い慣らしている人間は大勢いる。どころかほとんどの人間が仮面を被って生きている——そんな事実を教えてくれたのが、他でもない、あのグループディスカッションだったのだ。

だが、真犯人は波多野祥吾ではなかった。

なら、誰が。

「……ちょっと、いいですか？」私はそう言って、波多野芳恵のノートPCを触らせてもらう。USBメモリの中に入っていたZIPファイルをダブルクリックすると、彼女が言っていたとおりパスワードを要求する画面が表示された。

——パスワードは、犯人が愛したもの【入力回数制限あり：残り2／3回】——

「……残り二回」

「ごめんなさい」波多野芳恵は少し俯《うつむ》きながら「一度、適当にエンターキーを押してしまったんです。そしたらカウントが減ってしまって」

ロックをかける特殊なアプリケーションを嚙《か》ませてあるのだろう。おそらくはフリーソフトだと思われたが、構造が単純であるがゆえにかえって小細工が利きそうにない。ポップアップされたヒントの意味を考える前に、ひとまず入力欄にカーソルを合わせる。細い傍線が点滅しているのを見つめながら、ようやくパスワードの内容について思いを巡らせてみる。犯人が愛したものということは、すなわちこの私——嶌衣織が愛していたものということだろう。

私は何を愛していたのだろう。

そもそもこのZIPファイルの中には、いったい何が入っているというのだろう。何を入力するべきか、数十秒ほど黙って考えていると、

「もし必要でしたら、お持ち帰りください。元々、あなたに宛てられていたものだったので」

波多野芳恵はフォルダを閉じてUSBメモリを抜くと、クリアファイルの中に戻した。そしてクリアファイルごとこちらに差し出し、

「色々と失礼な態度をとってしまってすみませんでした。もし、何か兄についてわかったら——つまり、私に知らせる必要があると思うようなことがわかったら、連絡ください」

よくよく考えるまでもなく、就職活動は遥か昔の出来事であった。内定を手にして無事に入社できた身からすれば、それこそあらゆる事象は波多野祥吾のメッセージのとおり『もうどうでもいい過去の話』であった。関わる必要はまったくない。

でも私は、波多野芳恵からクリアファイルを受け取った。そして積極的に、八年越しに真犯人を見つけなければならないと決意を固めていた。

理由はたった一つ。

あの日からずっと、ずっと気がかりで仕方なかったことがあった。考えないようにしていた。波多野祥吾の告白をそのまま疑わずに信じようと決めていた。でも、彼の告白が嘘であるとわかってしまった今、私はかの問題についてもう一度、向き合わなくてはならない。

彼の持ち帰った、封筒だ。

どんな理由があったのかはわからないが、彼は封筒の中身は空だと豪語して会議室を去って行った。犯人であったなら当然、封筒の中身にも心当たりはあっただろうが、犯人でないなら中身についての情報を持っているはずがない。畢竟《ひっきょう》、あの封筒の中身は空ではなかったのだ。

最初に波多野芳恵から電話があったとき、私はまっ先に波多野祥吾が保管していた封筒が見つかったのだと予感した。実は波多野祥吾の封筒には私に対する告発がきっちり封入されており、それが何かの拍子に発見されてしまった。それを見た遺族が連絡を入れておかなければということで私に電話をしてきた——しかしそうではなかった。

封筒は、未《いま》だ行方不明。

なら、あの封筒の中身は——

私は握りしめたクリアファイルを鞄の中にしまい、今一度あの会議室へと、忌々しい二〇一一年のグループディスカッションへと舞い戻ることになる。

帰りの電車に乗り込む頃になっても、森久保公彦に犯人扱いをされたわだかまりが微かに胸に残っていた。よもや波多野祥吾以外にも、私が真犯人であると信じていた人間がいるとは想像もしていなかった。体も、心も重かった。一席だけ空いていた優先席に心が吸い寄せられる。いっそ座ってしまおうかと思ったが、結局はつり革を摑み続けることに決めた。目を閉じ、最寄り駅到着のアナウンスが響くのをひたすらに待つ。

そもそも波多野祥吾は何を調べていたのだろう。犯人が私だと確信していたのであるとすれば、それ以上調べることなど何もないではないか。不可解極まりなかったが、すべてはパスワードを突破すれば解ける謎だった。しかし他者の目から自分が何を愛しているように見えたのかというのは、実のところとんでもなく難解な問題であった。

結局、パスワードの入力回数の残りは未だ2／3のままだった。何を打つこともできていないばかりか、これという候補を思い浮かべることすらできていない。

いつもよりさらに重い足どりで改札を抜けると、閉店時間ぎりぎりの成城石井に滑り込み夕食にサラダを買う。

帰宅してリビングのソファに沈み込んだとき、ダムの放水が始まったように蓄積されていた疲労感がどっと押し寄せてきた。瞼《まぶた》が急激に重くなる。すぐ目の前のローテーブルに置いてあるサラダが、数十キロ離れた場所にあるように感じられた。化粧も落とさずに寝るわけにはいかない。わかってはいるのだが、体が言うことを聞かない。

八年前の封筒事件の犯人は、もちろん私ではない。そして波多野祥吾でもなかった。

ならば当然、九賀蒼太、袴田亮、矢代つばさ、森久保公彦の四人のうちの誰かということになるが、個人的な感触としては誰一人として怪しいとすら思えなかった。四人のうちの一人は確実に嘘をついており、自らの罪について白を切っているはず。しかし私はその気配すら嗅《か》ぎとることができない。それがあまりにも不気味で、あまりにも怖かった。八年も前の出来事なのだ。それも強盗や殺人事件ではない。今さら自分が犯人であると名乗ったところで刑事罰に問われるような罪でもないのに、犯人は尻尾《しっぽ》を見せようともしない。森久保公彦以外の全員が、波多野祥吾が犯人であることを信じ、そのことについて全面的に納得していた。

鴻上氏の言うとおり、人事にお願いするとグループディスカッションの映像ファイルは簡単に借りることができた。USBメモリに移してもらい、すでに二度ほど視聴した。さらに、本当に特別ですからねと何度も念を押されながら、当時の六人のエントリーシートを借りることもできた(住所等の個人情報は黒塗りにしてもらった)。犯人特定に直接役立つかどうかは疑問だったが、判断材料が増えるに越したことはない。最初は丁寧に読み込もうと思っていたのだが、すぐにいたたまれない気持ちになってファイルの中にしまってしまった。

九賀蒼太のものはまだ見られる内容だったが、袴田亮は自身が言っていたとおり居酒屋でのバイトリーダーとボランティアサークルで代表を務めた経験からくるリーダーシップが売りですと堂々と嘘をもとにしたアピールを書いており、矢代つばさも同様にファミレスでの接客経験を生かした対応力には自信がありますと書いてあった。詐欺に加担していた森久保公彦は嘘をつかない誠実な人間であることが自己PR欄で強く謳《うた》われており、さらに就活に向けて十四社のインターンに参加したという誇大な実績が綴《つづ》られていた。故人となってしまった波多野祥吾のエントリーシートは、どうにも申しわけない気持ちになってしまいついに読めなかった。自分のものは言わずもがな、激しい自己嫌悪に陥りそうだったので閲覧は早々に辞退した。

いずれにしても、インタビュー、会議の映像、エントリーシート、三つの情報を統合してみたところで、何一つ真犯人に近づけるような新事実は明らかにならなかった。強いて言うなら、犯人が最終選考メンバーの過去を調べるに当たってmixiやFacebookを使っていたこと、そして写真のやりとりに際してはコインロッカーを使っていたことは、新情報といえば新情報であった。ただ情報の入手経路がわかったところで犯人の姿に迫れるわけではない。十年近く前の事件で使われたコインロッカーを調べたところで指紋が出てくるわけもないし、SNS上でのメッセージのやりとりを今さら掘り起こすのもあまりに非現実的だ。

真犯人の目的は内定をとることだったはずだ。それ以外には考えられない。ならば内定獲得のプランを逆算すれば犯人が自《おの》ずと導けそうなものなのだが、これがどうにもうまくいかない。

九賀蒼太と袴田亮は告発内容が重たすぎた上に、それをうまくデマだと退けることができなかった。矢代つばさは封筒の中身を思い切って肯定してみせたが、イメージダウンは避けられなかった。森久保公彦に関しては論外で、自分で封筒を持ち込むというリスクを冒した上にその姿をカメラに捉えられている。封筒の中に入っていた告発の内容も罪の軽いものとは言いがたく、ある意味では最も犯人らしくない。

会議終盤に争点となった、写真に共通して見られる同一の特徴——ノイズと黒い点については、録画映像からもどうにか確認することができた。確かに三つの写真は特徴が一致しており、同じカメラで撮影されたのであろうことが予測された。

すると必然的に犯人か否かを見定めるポイントは四月二十日のアリバイということになり、私は二〇一一年四月二十七日の壮大な追体験をすることになる。アリバイがあるのは私を含めた五人で、唯一終日アリバイがないのが波多野祥吾。なので犯人は、波多野祥吾。

波多野祥吾は犯人ではありません。次に怪しいのは誰ですか——そんなふうに言われた日には、私だって森久保公彦と同じ結論になってしまう。波多野祥吾の次に怪しいのは、封筒を開けられることなく、無事に内定までかっ攫《さら》っていった、この私だ。

短いバイブレーションの音で微睡《まどろ》みから覚める。壁かけ時計は十一時半を指していた。ローテーブルの上のスマホを摑みとると、メッセージの送り主が大学時代からの友人であることがわかる。

『来週の食事会やっぱり衣織も来なよ　いい男の人厳選させたから笑』

そのままソファの上にスマホを落とすと、いきおい遅めの夕食を摂《と》ることにする。目の周りを指先で優しく拭《ぬぐ》ってから、ジャスミンティーをとりにキッチンへと向かう。

衣織、どこかで真剣にいい相手を探さないと、毎日暗い部屋で一人で夕飯食べることになるんだよ。地獄でしょ。いつまでも男から言い寄ってもらえると思ったら大間違いだからね。未来のためにいま頑張るんだよ。ただでさえ衣織、会社に入ってから雰囲気暗いんだから。

ふた月前、先のメッセージを送ってきた友人に言われた台詞だった。部屋の明るさは照明の加減次第でしょ、普通にいつも明るいよと返したが、言われてみればこの部屋は、暗かった。少しばかり広めの部屋を借りてしまったことも災いしている。一人暮らしだと照明をすべてオンにする必要はあまりない。ダイニングにいればリビングは暗く、リビングにいればダイニングは暗い。寝室に籠もっているときは――必然的にいつでもどこかが暗い。

寂しいという感情は二十四時間三百六十五日、一瞬たりとも覚えたことがない――などと嘯《うそぶ》くつもりはない。晴れの日もあれば雨の日もある。ときに寄りかかれる大きな木が欲しいなと思うことは、情けないことに、ある。それでもそんな年に数日あるかないかという有事に備えて、異性との関係を恒常的に繋《つな》ぎとめておく必要性はさほど感じられなかった。何より自分の半身を預けられるほど信用に足る人間など――性別を問わず、だ――世界をくまなく探しても存在しないように思えた。

別に反恋愛主義者というわけではない。社会人になってから二人の男性と交際をした。ただ恋をしたというよりは、交際をすることになったと表現したほうがいくらか実態に即している。食事に誘われる、断るべき理由も見つからないから、まあ、いいかで、ついて行く。大好きとは言えないが、嫌いではない、なら、まあ――ベルトコンベアに身を委《ゆだ》ねるようにしてステップを踏んでいった関係は、どちらも面白いほどそっくりな形で終焉《しゅうえん》を迎えた。思っていた人と少し違うんだね、と言われ、俺のことそんなに好きじゃないでしょ、が続き、相手の浮気が発覚してすべてが終わる。

のめり込んでいたわけではないが、裏切られれば人並みに傷つく。与えるべきものを満足に与えなかった反動だとはわかりつつも、こんな真似をするくらいなら端《はな》からそっとしておいて欲しかったと非難を浴びせたくもなる。我ながら都合がいいなとは思うのだが、心に鎧《よろい》は纏《まと》えない。ただで譲り受けた債権が不良化して借金を背負わされるような気分にいい加減嫌気が差し選んだ自衛の道は、暗い部屋で一人、成城石井のサラダを食べることだった。

強がりではなく、おかげで心は穏やかで、第三者が観測して抱く印象より生活はずっと充実していた。仕事のおかげかもしれない。忙しさは、社会に強く求められていることの証左だ。私は今のところこの世界に存在を認められている。ひょっとすると友人の言うとおり、二十年後に絶望する未来が待っているのかもしれない。それでも、今はこれでいいように思えた。

サラダを食べ終え口元をティッシュで拭ったとき、森久保公彦の声がリフレインした。

――仕事は楽しい？　自分のことを好いてくれていた人を踏みにじってまで手に入れるだけの価値は、やっぱりあった？――

犯人だと疑われたことについては、もはやどうでもよかった。それより気になったのは、波多野祥吾が果たして私のことを好いていたのかという話だった。

嫌われてはいなかったと思う。私自身も彼のことは嫌いではなかった――少なくとも、あのグループディスカッションの日を迎えるまでは。ただそれが恋愛感情へと通じる好意だったのかと考えると、自分でも判然としなかった。あるいはそれは、彼と出会ったのが就職活動期間中だったからなのかもしれない。

犯人はわかりきっている。

彼はそう断言し、私を犯人だと信じ切ったまま、その生涯に幕を閉じた。仮に彼が私のことを好いてくれていたとして、好意を抱いていた人物に裏切られたと感じたときの衝撃は、いかほどのものだったのだろうか。想像しようと思ったが、うまく想像できるはずがなかった。

適度に食欲が満たされ、また眠気が戻ってくる。

『お誘いありがとう。でもごめんなさい。もうしばらく暗い部屋で一人、サラダを食べることにします』

メッセージを返すと、リビングのカーテンを開ける。マンションだったがここは一階なので、窓の外はベランダではなく小さな庭に通じていた。サンダルに足を通して庭の中央へ。外気を目一杯に吸い込み、空を見上げる。大きく欠けた下弦の月を見つめながら、ふと考えた。

やっぱり犯人は、波多野祥吾だったのではないだろうか。

そんな予感は、日に日に強まっていった。

そもそも冷静になれば、波多野祥吾が犯人ではないと確定できる証拠はどこにもないのだ。彼が残したＵＳＢメモリの中に、犯人は別にいるという記述が見つかっただけの話で、それ以外に彼の無実を証明できるものは何もない。いわば本人の自己申告だけを参照しているのだ。

ならばやはり——一度そう考えてしまうと、徐々に封筒事件に対する執着そのものが薄れ始めた。波多野祥吾は犯人であった。それを見事に看破された悔しさから、負け惜しみめいたメッセージを残した。誰に見せるためでもなく、ただ自分を納得させるためだけに、USBメモリにご丁寧にテキストファイルを残したのだ。あり得ない話ではない気がする。少なくとも、四人のうちに別の真犯人がいると考えるよりは、よほど論理的であるとさえ思えた。

そして何より、そう割り切ってしまったほうが私の心にとっては健全であった。彼が犯人であるのなら、彼の持っていた封筒は空だったことになる。よって私に対する告発も、この世界には存在していなかったのだと信じていいことになる。

調査はほとんど手詰まりの状態であった。そもそもからして十年近く前、小さな会議室で起こった事件の真相を暴くという行為が無謀そのものであった。

相楽ハルキのファンである鈴江真希に『指導』をする機会が二度、三度と増えていくに連れて、私の中で封筒事件の真犯人捜しというタスクはみるみる優先順位を低下させていった。

忘れたわけではない。でもおそらくは、このまま忘れてしまったことにしてしまうに違いない。他人事のように、どこかそんな確信を抱いていた。ちょうど賞味期限が切れた調味料に対する態度に似ていた。対処したほうがいいとは思っているのだが、使うことも、捨てることもせず、気づいてないふりを続け、冷蔵庫の中で緩慢に、完全なる死を迎えるのを、ひたすらに待つ。もう今さらとり返しがつかないよねと誰に訊《き》いても同意してもらえるところまで、腐敗が進んでしまうことを、どこかで期待しながら。

しかし無視を諦めざるを得なくなったのは、波多野芳恵から一本の電話が入ったからだ。

「お願いがあるんですけど、いいですか?」

波多野芳恵には一応、封筒事件について改めて調査を始めたことを簡単に説明してあった。絶対に兄の、波多野家の汚名を雪《そそ》いでください——というような涙ながらの後押しはもちろんあるはずもなく、調べるなら好きにしたらいいんじゃないですか程度のリアクションだけをもらっていたので、向こうからコンタクトがあるとは思っていなかった。妙に驚いてしまい夕方のオフィスで声をうわずらせる。

「お願い、ですか?」

「動画があるって、以前教えてくださいましたよね」

「動画……というと、グループディスカッションのですか?」

「それです」

「それが？」

「観せていただくことって可能ですかね？」

意図がよくわからず黙っていると、彼女は少し間を取ってから、

「生前の兄の動画が、思ってたよりも少なくて……もし動いている兄の姿が観られるなら観てみたいなって思いまして」

どうぞどうぞと、貸してあげるわけにはいかなかった。たかが新卒採用試験の映像とはいえ、一応社外秘なのだ。それでも故人の話を盾に取られると事務的な断り文句で退けるのは気が引けた。いっそ貸してしまおうか。いや、そこまでの義理はないはずだ。でも彼女が情報を悪用する心配はない。とはいえ規則を破ってまで協力する必要はあるのか。どう答えたものかスマホを摑んだまま悩み続け、どうにか曖昧な返事で時間稼ぎをする。

悩んだ末に私が見つけた妥協案は、当たり障りのない箇所だけを切り抜いたダイジェスト版なら観せてあげてもいいのでは、というものだった。たとえば波多野祥吾が会議室に入室してくる瞬間、簡単な挨拶《あいさつ》をする瞬間、笑顔で発言をしている瞬間。編集作業自体は三分もかからない。会議の核心に触れることのない場面なら観せても問題ないだろう。管理部に知られたら多少は怒られるかもしれないが、黙っていれば表《おもて》

沙汰《ざた》になるようなものではない。

そんな形でもよければ協力はさせてもらいますけど。さほど魅力的とも思えない私の提案に対して波多野芳恵はそれでもわずかに声を弾ませ、

「ぜひ、お願いできれば」

どうにかその日の仕事を午後七時で切り上げ、慌てて自宅で動画の編集作業を行う。三十分くらいは抽出できるのではないかと甘く見積もっていたのだが、『当たり障りない』と感じられる瞬間は想定していたよりもずっと短かった。どうにか切り貼りしてかき集めても動画の尺が三分程度にしかならないことに頭を抱えるが、代替案を練っている時間はなかった。波多野芳恵との約束の時間が迫っている。頭の中で言いわけの台詞を練りながら、タブレットを抱えて自宅から数分の場所にある喫茶店へと向かった。

遅刻はしなかったが、波多野芳恵はすでに席についていた。私の姿を認めると立ち上がって軽く会釈をし、

「急に連絡してしまってすみませんでした」

「とんでもない。こちらこそ気持ちのいい返事ができなくて、申しわけないです」

波多野芳恵はいえいえと言ってから肩をすぼませた。

「自分でも、本当に意外で」

「意外？」

「兄の動画を観たいなんて思ったことが」

あ、どうぞ座ってくださいと言われ、彼女の正面に腰かける。波多野芳恵はまるで自問自答するように、問わず語りに現在の心境を吐き出し始めた。

「ずっと会ってなかったですし、自慢の兄ってわけでも、大好きなお兄ちゃんって感じでもなかったんですけど……何なんですかね。いざ二度と会えないってことがわかると、何か思い出の欠片《かけら》を集めておきたくなって、兄のよく知らなかったところを、なるべく拾い集めて、自分の中で整理しておきたくなる、っていうのかな」そこまで言うと彼女は自身の饒舌《じょうぜつ》を恥じるように「私、嶌さんに何言ってるんでしょうね」

彼女は笑い返して欲しそうな視線をよこしたが、笑みを返して話題を変えることが適切には思えなかった。私が無言で続きを促すと、

「ほんと、腹立つことも一杯あって。一緒に住んでた頃は喧嘩《けんか》だってしょっちゅうでしたし、その度に友達に愚痴をこぼしたりして……でも、何ででしょうね。いざ友達に『それ酷《ひど》いね、お兄ちゃん最低だね』なんて言われたりすると、愚痴を言っていたのは私なのに、変に頭にきちゃったりなんかして。逆に『この間、芳恵のお兄さんに会ったけど本当にいい人だね』なんて勝手なことを言われるのもそれはそれで面白くなかったりして。でもそういう我ながら矛盾している感情を抱く度に、やっぱり兄は

家族で、他の誰とも違う特別な存在だったんだなって思いが込み上げてくるんですよね。だから……そうなんですよ。だから、遺品の中からあのクリアファイルとUSBメモリが出てきたときに、ちょっと嶌さんに対して複雑な感情を抱いてしまったんだと思うんです。あのときは本当、なんでだか兄の宿敵を見つけたような気持ちになっちゃったんですよ。わけもわからないまま失礼な態度をとってしまって……改めてになりますけど本当にすみませんでした。あ、だから今日は本当にわざわざありがとうございます。どれだけ短くても、兄の横顔をちらっと観られるだけでも――」

「うちに来ますか？」

「……え？」

「うちの中なら、ちゃんと尺の長い動画をお観せできるんで」

思い切った提案をしたことに自分自身、驚いていた。他人を自宅にあげるのは好きではない。嫌いなことの筆頭と言ってもいい。それでも彼女を招き入れようと思ったのは、強烈なシンパシーを覚えてしまったからだ。彼女からこぼれた、整理されているとは言いがたい言葉の数々が、あまりにも心地よく胸に刺さった。友人になりたいと思ったわけでも、過度に同情してしまったわけでもない。ただ彼女にはなるべく誠実に接してあげたい。同じように兄を持つ身として自然とそんな思いに包まれる。

「十五分だけください。部屋を掃除するんで」

私は波多野芳恵を残したまま喫茶店を後にして家に戻ると、いくつかの衣類をクローゼットに押し込んで簡単に部屋を整理する。動画が観られる環境を整えると、彼女に電話を入れ住所を伝えた。

「すごいお家《うち》ですね。さすが一流企業の人って感じで」

「いえいえ、そんなにいいもんじゃないですよ。必ずどこかの照明が落ちてて暗いですし」

「……それって？」

「ごめんなさい。別にそんなに意味のある話じゃないんです」

お酒は飲まないので葡萄《ぶどう》ジュースで許してくださいと言って、冷蔵庫に入っていたウェルチをワイングラスに入れて差し出す。学生時代に酒類も扱う喫茶店でアルバイトをしていた流れで、グラス類には妙なこだわりがあった。酒は飲まないくせに酒飲みが好きそうな小物類は一通り揃っている。インテリア集めに近いささやかな趣味だ。どうせならと思いノートPCを一番大きいテレビにディスプレイとして接続しておいた。つまみなんて気の利いたものは常備されていないので、戸棚に入っていたクッキーだけを申しわけ程度紙皿に載せ、リビングのローテーブルの上に並べておく。

形はどうあれ、波多野芳恵は生きていた頃の兄の姿をもう一度観たいと純粋に願っていた。故人との対面を果たす彼女の隣に腰かけるのは無粋であるような気がして、私はダイニングから動画を観ることに決める。気を遣わせないようにタブレット端末をダイニングテーブルの上に置き、さも残っていた仕事を片づけようとしているのだという気配を振りまいておく。

波多野芳恵の第一声は「わっ、若い」というものだった。

微笑ましい反応だった。グループディスカッションが始まり、波多野祥吾が雄弁に投票ルールについて提案をする瞬間になると、

「こんな喋り方できたんですね」と心から驚いたようにこちらを見つめた。

「私の記憶の中では、波多野くんはいっつもこういう喋り方をしてるイメージなんですけど、家じゃ違ったんですか？」

「もちろんです。こんなしゃきっとした喋り方ができるなんて……別人ですね」

「就活中でしたからね。少し気合いも入ってたのかも」

「家じゃほんと下らないことしか言わない人なんです。ずっとテレビゲームしながらのぺーっと寝転がってるだけの人だったのに……家族でも、家族だからこそなのかな。知らなかった一面ってやっぱりあるもんですね。なんだか申しわけなかったな。もっとちゃんと——」

そこで言葉が途切れる。誤魔化そうと笑顔で頷いてみせたりしていたのだが、結局は嗚咽《おえつ》をこらえきれなくなった。葡萄ジュースを勧めるのも何か違う気がして、ジャ

スミンティーをグラスに入れてローテーブルに置く。部屋の隅にあったティッシュボックスを差し出すと、彼女はたっぷり涙に溺《おぼ》れ続けた。

非情な話になるが、私にとって波多野祥吾の名前は就職活動を終えた時点ですでに鬼籍に入っていたようなものだった。今さら亡くなったという話を聞かされたところで、どうにも死に対する実感は湧いてこない。そこに淡い喪失感はあるが、どこか学生時代の一時期だけ聴いていたアーティストの解散話を耳にしているような、あくまで間接的な寂寥《せきりょう》だけが残った。

でも波多野芳恵はそうではない。彼女にとって実の兄が亡くなったのは、ほんの数カ月前のことなのだ。私は彼女の震える背中を、気づかれるか気づかれないか程度の強さで、そっと優しく撫《な》でた。少しばかり呼吸が落ち着いてきた頃を見計らって、

「波多野くんは、どこに勤めてたの」

あまりウェットな質問は涙に拍車をかけるだけのような気がして、敢《あ》えて色気のないものを選んだ。純粋に興味があったというのもある。

「就活のために留年をしたんですけど」

そんな言葉を耳にした時点でハードルは極限まで下がっていたので、彼女が日本最大手のIT企業の名前を挙げたことに、私は心の底から驚いた。すでに当人はこの世にいないというのに、無邪気にすごいねと称賛の言葉を送りたくなる。

「仕事の内容はよくわからないんですけど、割と楽しかったみたいで、ずっと働きづめでした。親戚《しんせき》の集まる冠婚葬祭にも顔を出さないことがあって、母はよく電話口に向かって怒鳴り散らしてました。『仕事だって言ってるけど、そんなはずない。女とでも遊んでるんだろ』って。でもたぶん母もそんなはずないってわかってて、やっぱり本当に仕事してたんだと思います。病気になってからも限界まで会社には顔を出してたみたいで……ほんと、何なんですかね。あんな人に仕事務まってたのかな……どんな顔して仕事してたんでしょうね」

停止していた動画を再生する。黙って画面を見つめ二十五分ほどが経過したところで、私はまた動画を止めた。

「ここまで、ですか？」とやや物足りなそうに尋ねられたので、

「もちろんまだあるんだけど、ここから先は、ほら――ちょっと、趣が変わっちゃうから」まもなく例の封筒が登場する。どう説明したものかと、言葉を選びながら、

「それに全部観ようと思ったら二時間半あるし。もしそれでも構わないって言うなら止めはしないですけど――」

「観ますよ。多少兄の嫌な姿を観ることになったとしても、今日はせっかくなんで。長居することになるんでご迷惑かとは思うんですけど、可能ならお願いします」

私は小さく頷いてから、再生ボタンをクリックした。

動画の中では、私が扉付近に放置されていた封筒の存在を指摘していた。私はまたダイニングテーブルへと戻り、タブレット端末に向き合うことにした。あまり動画を観ていたくないと思うのは、信頼していた仲間たちが徐々に豹変《ひょうへん》していく姿に耐えられないからではない。

動画の中の私が、今の私とはまるっきり別人であるからだ。

人のことを心から信じ、封筒によって明かされた裏の顔にいちいち驚き、嘆き、落ち込み、そんなはずないよねと無垢《むく》に告発を一蹴《いっしゅう》しようとする。ぶりっ子をしていたのではない。当時は本気だったのだ。そんなおめでたい二十歳そこそこの小娘が、ゆっくりと崖《がけ》に追い詰められていくようにして、絶望を噛みしめる。観ていて愉快なものではない。

ゼロ歳児が十歳になる変化はまさしく奇跡のようで、十歳が二十歳を迎えるまでの変化も革命的であるとは表現できそうだ。その一方で二十歳から三十歳への移り変わりはせいぜいOSのアップデートくらいの微修正であるように思っていたのだが、実際のところ内面の変化はそれなりに劇的だ。

いつ、この嶌衣織は死んだのだろう。

いつから、ここまで人を信じなくなったのだろう。

いつから、人がいくつもの顔を上手に使い分けていることに気づいたのだろう。

っていた。

動画はやがて、波多野祥吾の敗走とともに幕を閉じる。時刻は午後十一時近くにな
波多野芳恵はすべてを見届けると、真っ暗になった画面をしばらく見つめ続けてい
た。波多野祥吾の無実を信じるなら、二時間三十分にわたるこの動画は、悲劇以外の
何ものでもなかった。自身の兄が私を含む五人に犯人扱いされ、弁解もせずに会議室
を後にするのだ。義憤に駆られたとしてもおかしくはない。

しかし波多野芳恵は長いため息をつくと、どこかすっきりとした顔を見せ、

「ありがとうございました」と言った。

私がどう返したものか迷っていると、

「私、公務員になっちゃったんで就活らしい就活はしなかったんですけど、こんな感
じなんですかね、就活って」

「まさか」そんなことないよと続けようと思ったのだが、うまく言葉が出てこなかっ
た。ひょっとしたら、ここまでわかりやすい形で表面化しないだけで、どこもかしこ
も就職活動なんてこんなものなのかもしれない。そんな考えが一瞬だけ頭を過《よぎ》った。

「一番、犯人だと疑わしいのは誰なんですか?」

たぶん、君のお兄さんだよ、と言うわけにはいかなかった。まったくわからないと
言ってしまってから、もっともらしい台詞を慌てて見繕う。

「動画を観たからわかると思うけど、やっぱり二十日のアリバイが焦点になると思う。でもそれ以上のことはどうにもわからなくて」

私はそう言って、それぞれのアリバイを簡単に一枚の表にまとめたメモを手渡した。

	波多野	九賀	袴田	矢代	森久保	私
午後5時	暇	本返却	バイト	バイト	本受取	バイト
午後4時	暇	授業	暇	暇	面接	暇
午後2時	暇	授業	面接	面接	大学	授業

四角で囲んでおいたのが、まさしく写真で押さえられている瞬間だった。それぞれのアリバイについて信頼に足る証人がいることを考えれば、表を見た瞬間に犯人がわかる。一目瞭然《りょうぜん》、波多野祥吾であるとしか考えられない。ある意味で私は彼女に残酷な事実をつきつけたつもりでいた。やっぱり兄が犯人だったんですねと悟り、彼女が兄の裏の顔を受け止めてこの部屋を静かに去ってくれることを、どこかで期待していた。落ち込む彼女にどんな言葉をかけるべきかというようなことまで考え始めていたとき、波多野芳恵はおもむろに手渡したメモをはらりとめくった。ホチキス留めしてあった二枚目以降は、社外の人間には決して見せるべきではない、六人のエントリーシ

ートであった。迂闊《うかつ》だった。それは見ちゃ駄目と声を荒らげそうになったが、手渡してしまったのは明らかにこちらの失策であった手前、怒鳴りつけるわけにはいかなかった。ちょっとごめんなさい、その辺で――やんわり彼女に紙を返して欲しい旨を伝えつつ右手を差し出したのだが、彼女はするすると六人分のエントリーシートに目を通し、

「あの……いいですか？」

「ごめん。それはちょっと見せちゃ駄目なやつだったから、返してもらえると……」

「そうじゃなくて――」

波多野芳恵はもう一度アリバイを記した表に視線を落とすと、

「無理じゃないですか？」

「……無理？」

「一日でこの三枚の写真、撮れないですよ。とてもじゃないけど、こんなペースで回れる距離にないです」

私はようやくメモとエントリーシートの束を受け取ると、改めてざっと目を通してから、

「無理ってことはないでしょ。一橋は国立《くにたち》で、慶應は三田《みた》、そこから錦糸町でしょ。割と小さい三角形だと思うけど」

「この九賀さんって人、総合政策学部です」

「それが？」

「キャンパス、神奈川県ですよ」

私が受け止めきれずにしばらく黙り込んでいると、

「湘南藤沢《しょうなんふじさわ》キャンパス。高校のときの友達が通ってたんで間違いないです」

絶対に解けないと思っていたパズルのひとピース目が、見つかったような心地だった。なまじ慶應の三田キャンパスに馴染みがあったのがいけなかった。タクシーで何度か前を通ったことがあり、その度になんとはなしに校舎を眺めていた。勝手な先入観が生まれていた。ダイニングテーブルに置いてあったタブレットを拾い上げ、地図アプリを起動する。検索をすると、午後二時に国立のキャンパスを出たとして、神奈川のキャンパスまでは電車とバスで二時間近くかかることがわかる。ただここまではさほど問題ではない。午後二時に国立、午後四時に九賀蒼太の写真を撮ればいいのだから、かなりハードスケジュールにはなるが間に合うことは間に合う。しかしここから錦糸町へ一時間で移動することは、確実に不可能であった。アプリの概算では、バスと電車で一時間四十分かかると試算される。自動車を使ったとしても、高速に乗って一時間半――不可能だ。

三枚の写真は、彼ら三人が証言するとおりのスケジュールでは撮れない。

誰かが、嘘をついていたのだ。

しかしそれはそれで奇妙な話だった。写真が撮影された日時が誤っているのではないかという可能性についてはすでに何度か検討していた。前提が間違っているのではないだろうか、と。考え始めてすぐに、それはないだろうと簡単に退けてしまっていたのは、嘘のスケジュールをあそこまで堂々と宣言できる意味と、そのメリットがもう一つ理解できなかったからだ。嘘のスケジュールを告げることによって喜ぶのはその時間にアリバイのある犯人であって、スケジュールを宣告した側ではない。写真を撮られた当事者は言わずもがな、そこに写っているのだから、すでに一種アリバイを証明できている。

嘘をつくとするのなら、目的はただ一つ——犯人をかばうためだ。

「……共犯だったんじゃ？」

波多野芳恵がこぼした言葉に、鳥肌が立つ。

九賀蒼太と、矢代つばさと、森久保公彦の三人が、密《ひそ》かに裏で結託していたというのか。彼らは波多野祥吾が二十日、終日暇にしているという情報を事前に摑み、彼を犯人に仕立て上げるため証言を揃えた。想像するだけで吐き気のするような仮説であったが、さすがにこれは考えづらかった。願望ではなく、論理的に考えてあり得ない。

もし仮に彼らが事前に打ち合わせをしていたのだとすれば、もっとスマートに会議の流れを掌握できていたはずなのだ。内定が目的だとすれば——もちろん三人のうちの誰を内定に推挙するのかはわからないが——もっと直線的に内定に向かってアプローチできたはず。こんな面倒な真似をすることなく、決めた一人に対して組織票を入れればいいだけ。六分の三なのだから、実質的に半分の票を自由にできるのだ。平和的に、効率よく会議を進めることができる。明らかに遠回りをしすぎている。やはり単独犯であるとしか考えられない。

じゃあどうして彼ら三人は、嘘の日時を口にしたのだろう。

そこでふと、矢代つばさの言葉が思い出される。

「……脅、い、い、脅されてたのか」

「脅されてた？」

「犯人に」

私はテレビに繋がっていたコードを引き抜いてノートPCを手元に引き寄せると、音声データを参照する。『yashiro_20190524』のファイルを見つけダブルクリック。五人へのインタビューは本人への了承を得た上で、すべてスマホにて録音をしていた。音声が流れ始めると、記憶をたどりながら細かくシークバーを動かして該当の箇所を探す。三分ほど格闘したのちに、ようやく欲しかった証言にたどり着いた。

――私も会議で「犯人」に脅されて、平気で嘘ついたしね。え？　あぁ、そういえばそうだね。……あれ、そんな記憶があったんだけど、気のせいかな。なんか他の企業にも写真ばらまくぞ、的なことを言われて、それが嫌ならこう言えみたいな脅しを受けた記憶があるんだけど、よくよく考えれば、そんな機会ないもんね。何だったんだろう。変な幻を見てたのかも。記憶もだいぶいい加減だからね。私、みんなの名前も覚えてなかったくらいだし。はは――

本来、犯人に味方する必要などない。むしろみんなで協力して犯人をあぶり出すほうが効率的で、何より倫理的でもある。しかし弱みを握られていたのなら別だ。部分的には犯人の言うことを聞かざるを得なくなる。弱みは他ならぬ封筒の中身それ自体で、選考を受けている他の企業にも暴露するぞなどと言われた日には、命を握られたも同然だ。

理屈はわかったが、今度はどのようにして犯人が脅しをかけたのかという疑問が浮かぶ。もちろん直接顔を合わせて指示するわけにはいかない。会議中にメールを送るというのも現実的ではない。そもそもアリバイを証明する段になる以前には、誰も通信機器に触れていなかった。どうにかして、自分が犯人であることを悟られぬまま、本人にだけ、嘘の日時を宣言するように脅しをかける方法はないものか。

答えを探そうと改めて会議の映像を再生した瞬間に、

「……そっか」答えが手元に落ちてくる。

思いついてしまえば、単純な話だった。

九賀蒼太が最初の封筒を開ける瞬間を確認するが、うまく映っていない。それらしい雰囲気は見せているのだが、決定的な瞬間は映っていない。やはり違うのだろうか。そんな不安はしかし、森久保公彦が封筒を開く瞬間の映像で解消された。

「これ、変だよね？」

「……本当ですね。これ――」波多野芳恵は画面に顔を寄せると、確信したように頷く。「封筒から紙、二枚、とり出してますね」

森久保公彦は、九賀蒼太を陥れるために自ら封筒を開けた。そして中からとり出した紙をそのままテーブルに置くのだが、一同が紙の内容に夢中になっているそのとき――封筒の中にまだ異物感があることを不思議に思ったのだろう、ちらりと手元を覗き見ているのが確認できた。目立つ動きではないので、注意して観察していなければ見逃してしまう。しかし紛れもなく視線が手元の封筒の中身へと動いている瞬間があり、何かを剝がすように二枚目の紙を抜き取っているのがわかる。二枚目の紙のサイズはかなり小さい。クレジットカードくらいの大きさだろうか。

二倍速で再生を続けると、五人の目を盗んで紙面をちらりちらりと確認しているのがわかる。そして矢代つばさが犯人候補は一人しかいないと豪語したあたりで読み終えたのだろう、慌てて紙を握り潰《つぶ》しているのが確認できた。さすがに紙面の文字までは映像から判読することはできなかったが、内容は想像に易い。

『自分の写真が出てきたら、それは四月二十日の午後二時頃の出来事であったと証言しろ。証言しなかったならば、写真を選考中の他社にも送付する』

矢代つばさが持っていたのは、波多野祥吾を告発する封筒であった。なので開封したのは会議の最終盤。映像を確認すると、彼女もやはり封筒の中から二枚目の紙をそっととり出しているのがわかった。そして会議終了まで残り時間が少ないことを危惧《きぐ》したのか、会議の内容を少々無視するような形で自身の写真の日時についての証言を挟んでいる。わざわざ自身の写真について証言する必要は今さらないように思われたし、写真が明らかになってからだいぶ時間が経っているのに唐突に詳細を思い出すという構図もいくらか奇妙ではあったのだが、その謎がここで解けた。

九賀蒼太、森久保公彦、矢代つばさの三人は、犯人から脅されて嘘のスケジュールを証言させられていた。ならば、ここから事件は解決に向けて一直線に進んでいく——そんな幸せな錯覚は数秒ほど私を心地よくしてくれたのだが、そうではないということにすぐに気づく。次の一手の持ち合わせは残念ながら、ないのだ。まだ誰が犯人であるとも、誰が犯人でないとも断言できない。袴田亮がすべて指示していたという構図はわかりやすくて気持ちがいいが、三人のうちの誰かが被害者を装って自身の封筒に二枚の紙をしのばせていた可能性も論理的には否定できない。嘘のスケジュールが判明したことによりわかった事実はたった一つ。

波多野祥吾は間違いなく無実であったのだという、一点だけ。

波多野芳恵に悟られるわけにはいかなかったが、それだけでも私にとっては十分に衝撃的な事実であった。波多野祥吾の残したメッセージは嘘ではなかった。彼が犯人でないのなら、やはり『あの封筒』には、私に対する告発が封入されていたのだ。

逃げるようにキッチンに向かい、動揺を抑えるように冷蔵庫の中からとり出したジャスミンティーを流し込む。

グラスから口を離し、ふと時計を見上げると、針がまもなく日付を跨《また》ごうとしていることに気がつく。動画を最後まで見たのは紛れもなく波多野芳恵の意思ではあったが、その後の推理に関してはただただ私の問題につき合わせただけだ。終電の有無を尋ねるとまだ大丈夫ですと彼女は笑みを見せたが、配慮が足りていなかったのは事実だ。こちらが申しわけない思いを抱いていると波多野芳恵はローテーブルの紙皿を重ねながら、

「確かにもういい時間なので、そろそろお暇《いとま》させていただきますね。家にまで上げてもらっちゃって、その上こんなに長居させてもらって、本当にすみませんでした」

「とんでもない。お皿はそのままで大丈夫だから。どうせゴミ箱にぽんと入れるだけだし」

「いえいえ、このくらい」

片づけを終えた彼女は、玄関の前でもう一度私に礼を言った。

「色々と思うところはありましたけど、今はあの映像、観てよかったと心から思います」

「それなら、よかった」

「こんなに親切にしてもらっちゃって……本当、なんてお礼を言ったらいいのか。蔦さん、こんなに優しい方なのに、兄はどうして犯人だと勘違いしてしまったんでしょうね」

私は何とも答えることができなかった。

「ところで一個だけ、失礼な質問、許してもらえますか？　ただの好奇心なんですけど」

「なに？」

「兄が持ち帰った封筒の中身――蔦さんに対する告発って、何だと思ってるんですか？」

言葉に詰まる。愛想笑いも浮かべられず、しばし硬直する。

訊くべきではなかった質問だと悟った波多野芳恵はすぐに、すみません忘れてください、と残して、部屋を後にした。彼女がエントランスの向こうに消えていったことを扉越しの音で判断すると、私は彼女の質問を忘れるように、慎重にドアロックをかけた。

ベッドに潜ったところで、すぐに眠れないのが感覚的にわかった。頭が冴《さ》えすぎている。

ジャスミンティーのペットボトルとノートPCを持って庭に出る。ガーデンチェアとテーブルについていた夜露を簡単に手で拭うと静かに腰かける。引っ越したときには毎日使うんだと意気込んでいた庭であったが、いざ住み始めてみると完全に蛇足な空間であった。風が吹けば砂埃が舞い、生け垣の向こうからは通行人の喧噪《けんそう》が響き、快適に過ごせる季節は想像していたよりずっと短い。それでも時折こうして庭に出るようにしているのは、家具屋で二時間かけて椅子とテーブルを選んだ自分に対するせめてもの贖罪《しょくざい》だ。稀《まれ》に副作用として、夜風が気持ちを柔らかくしてくれることもある。

ノートPCにくだんのUSBメモリを挿し、ZIPファイルをダブルクリックする。

夜には眩《まぶ》しすぎるディスプレイの中に入力欄がポップアップされる。

――パスワードは、犯人が愛したもの【入力回数制限あり：残り2／3回】――

画面を見つめながら、ジャスミンティーを飲む。パスワードを入力できるチャンスはたったの二回しかない。無駄撃ちはできないという恐怖感から、未だ残り回数は

2／3回のままであった。思いついた単語は一応のところ候補としてメモはしているが、まだこれという単語にはたどり着いていない。

出口の見えない迷宮をさまよっていると、先ほどの波多野芳恵の言葉が蘇った。

『兄はどうして犯人だと勘違いしてしまったんでしょうね』

そのとおりだった。森久保公彦も私を犯人扱いしていたが、彼は波多野祥吾の恋愛感情を利用したのだろうという点だけを根拠に私が怪しいと判断していた。なら、波多野祥吾はどうだろう。彼はやっぱり私のことが好きで、その気持ちを十分に伝えたつもりになっており、恋愛感情を利用されたと直感してしまったのか。私のことを恐ろしく器用な魔性であると、一瞬で判断したというのか。

やり場のない感情が込み上げてきた。甚だ心外だ。何に対して心外だと思っているのかもわからなかったが、とにかく心外だった。苛立ち紛れに、なんとはなしにGoogleで『波多野祥吾』を検索してみる。別に何を期待していたわけでもなかった。ただ手慰みに打ち込んでしまっただけなのだが、入力してすぐに日本に千人も二千人もいる名前だとは思えないし、何かしら本人についての情報が引っかかってくる可能性も十分にあるなと、漠然とそんなことを考えた。エンターを押し込むと予想どおり、間違いなく彼に纏《まつ》わるページがヒットした。

――『散歩サークル：歩《ぽ》っ歩《ぽ》や』OB紹介――

初めての訪問にもかかわらず、思わず懐かしさが込み上げてくる古めかしいサイトだった。十年前でもすでに絶滅危惧種だった、HTMLの初歩だけを学んで作ったような何もかもが素人臭い個人サイトだ。いっそ愛《いと》おしい。年をとるのは何も現像された写真だけではないのだ。ネット上に転がっている情報も、時代の変遷にとり残されてデジタルな加齢臭を放つ。

『OBナンバー065．波多野祥吾――二〇一二年卒。好青年のふりをした腹黒大魔王』

おそらくはメンバーにつけられたであろう、らしくないキャッチコピーに吐息が漏れる。ページにはおちゃらけた雰囲気の波多野祥吾の写真が何枚か掲載され、自己紹介の欄には、感動をありがとう、歩っ歩ょ永遠に――というような、外部の人間から見ればどうともコメントしようのない文章が記載されている。おそらくは大学四年時の彼なのだろうから私が実際に会っていた時期とかなり近いはずなのだが、私が知る波多野祥吾の表情よりも写真の中の彼はだいぶ緩んだ顔を作っていた。なるほど、このお兄さんなら、自宅でテレビゲームをしながらのぺーっとしていそうだ。

ページの上部には『思い出』というリンクがあったのでクリックしてみると、二〇〇六年から二〇一五年までを選ぶことができた。適当に二〇一一年をクリックしてみると、大量の写真がずらりと表示された。『新歓コンパ』『五月駒込《こまごめ》～巣鴨《すがも》』『七月日《にっ》暮里《ぽり》～千駄木《せんだぎ》』『夏合宿お遍路さん』と、イベントごとに写真が分類されている。写真を見る限り定期的にそれなりの距離を散歩していたようで、比較的活発に活動していたサークルであることが窺《うかが》えた。波多野祥吾の姿も見つかる。思い出のお裾《すそ》分けには十分に満足したので、そろそろブラウザを閉じようかと思ったそのとき、ふと波多野祥吾に対する告発のことを思い出した。思えば彼に対する告発は未成年飲酒であった。ならばこのサイトこそが、情報の発掘場所なのではないだろうか。

彼の入学年であるはずの二〇〇八年をクリックすると、案の定『新歓コンパ』のセクションにて波多野祥吾が飲酒をしている写真が見つかった。一年生にもかかわらず、ブルーシートの上で嬉《うれ》しそうにお酒に口をつけている。あまりの無防備さに思わず呆《あき》れてしまう。このような小さな個人サイトをわざわざ巡回して未成年飲酒を摘発する暇人もそうそういはしないだろうが、それにしたって無警戒がすぎる。いかにも大学生らしいなと苦笑いを浮かべて今度こそブラウザを閉じようとしたのだが、ここで違和感にぶつかる。

私は画面に顔を近づけ、改めて波多野祥吾の飲酒写真を凝視した。

果たして、こんな写真だっただろうか。

贋作《がんさく》を見ているような妙な違和感がある。波多野祥吾がブルーシートの上でお酒を飲んでいる写真ということには違いないのだが、どうにもこんな綺麗な写真ではなかったような気がする。もう少しピントがずれていた。それにこの写真で彼が手に持っているのはスミノフだが、あの会議室で開帳された写真はスミノフではなかったような気がする。

気になって動画をチェックしてみると、やはり私の記憶は間違っていなかった。写真が違う。波多野祥吾の着ている服は一緒なので同日の写真ではあるのだろうが、微妙に構図が違う。波多野祥吾が手に持っているのはキリンラガービールで、スミノフではない。もう一度散歩サークルのページに戻ってキリンラガービールの写真を探すがなぜか該当の写真は見つからない。どういうことだろうと思いながらスクロールを続けていると、最下部に『ボツ写真』というコーナーが見つかる。クリックしてみると、先ほどまでのページとは比べられないほど雑多に大量の写真が表示される。写真に一家言ある人間ではないが、確かにボツと銘打たれているだけあって、これまで表示されてきたものよりも写真のクオリティは明らかに低かった。手ぶれ、ピンボケ等のわかりやすい瑕疵《かし》があるもの以外にも、何が撮りたかったのか意図がわからない写真が散見される。

そんなわけあり写真の山の中に、波多野祥吾のキリンラガービールの写真はあった。

やはり犯人は、このサイトから写真を拝借したのだ。

小さな達成感に包まれながら、同時に芽生えた違和感の答えが知りたくなる。

どうして犯人はスミノフの画像を使わずに、わざわざボツ写真コーナーにあったキリンラガービールの写真を使うことにしたのだろう。ボツ写真コーナーに放り込まれていただけあって、キリンラガービールの写真は決していい写真とは言いがたい。被写体が波多野祥吾であることは問題なく認識できるのだが、明らかに当人の輪郭線がぼやけている。ピントが彼の寄りかかっている木のほうに合ってしまっているのだ。時代背景を考えればデジカメで撮ったのだと思うが、カメラ自体もおそらく微妙に傾いている。ビールについても缶の柄が特徴的なのでおそらくキリンラガービールだなとわかるという話であって、もうひとつ鮮明には撮れていない。

一方のスミノフの画像は、正規の思い出コーナーに掲載されているだけある。キリンラガービールの写真に比べ、クオリティの面で確実に上回っていると断言していい。波多野祥吾はピンボケしておらず、スミノフの瓶もロゴを含めて正確に写っており、カメラも傾いていない。

私が犯人であったなら、こちらの画像を使わない理由が見つからない。スミノフの画像はたまたま発見できなかったという話はどうにも考えづらい。リンクが『思い出』『二〇〇八年』『ボツ写真』の順で張られている限り、キリンラガービールに到達する前に確実にスミノフの前を横切ることになる。ということは、犯人はスミノフの画像に気づかなかったわけではなく、敢えて、積極的に、キリンラガービールの画像を採用したということになるのだ。

気まぐれだと割り切るには、あまりにも奇妙だった。二つの画像で異なっているのは、写真のクオリティを別にすれば、持っているお酒の種類、それだけ。

それはつまり、
つまり。

刹那《せつな》、脳内で小さな火花が三つほど迸《ほとばし》った。

結論を急ぐ頭を落ち着かせるために、ジャスミンティーを喉に流し込む。自分でも情けなくなるほどに何度もキャップを締め損ねながら、予測に誤りはないことを確信する。あまりにもささやかな、実に下らない事実ではあったが、ここにきて二つの疑問がいっぺんに解消された。

どうして、波多野祥吾は私が犯人であると誤認してしまったのか。

そして、真犯人が、誰であったのか。

2

犯人とどう対峙《たいじ》するべきなのかは、慎重に考える必要があった。

自身の推測には確かな手応《てごた》えを感じてはいたが、それでも所詮《しょせん》は推測の域を出ない。

あなたが犯人なのかと尋ねたところで、知らぬ存ぜぬと強硬に否認を続けられれば残念ながらこちらの分は明らかに悪かった。私が握っているのは防犯カメラの映像や、GPSの位置情報をもとにした決定的な証拠ではない。犯人へと繫《つな》がった細い一本の線は、力任せに引っ張れば簡単に壊れてしまうガラス製の糸だった。

よって情けない話にはなるが、究極的には犯人の自白に頼らざるを得なかった。うまく誘導し、引き返せないところまで情報を引き出し、穴に落とす。少しでも否認できる道を残してしまえば、永遠に自白は引き出すことができない。必然的に、封筒事件の真相も闇の中へと溶けていくことになる。

思案の結果、私が選んだ道は犯人を除くすべての最終選考メンバーからもう一度、とある証言を引き出すことであった。犯人に逃げ切る隙を与えないためにも、外堀はきっちりと埋めておく必要がある。

私はスピラPay導入にあたって打ち合わせを重ねている病院にいくつかの連絡を入れた後、九賀蒼太に電話を入れた。名刺をもらっているので社用携帯の番号は把握していた。

「あの封筒事件の犯人、波多野くんじゃなかったみたい」

私の言葉に九賀蒼太はしばらく驚いたように沈黙をつくると、

「……本当に？　なら誰が？」

「たぶん」

名前を出すべきか一瞬だけ迷ったが、結局は告げることに決めた。

「犯人は――袴田くん」

九賀蒼太は数秒考えてから、「あれか……野球やってた」

「……そう。少し確認したいことがあるんだけど、時間もらえないかな。一時間ももらえたら十分なんだけど」

「ちょっと色々立て込んでて、そうだな……。無理を言っちゃうことになるけど、今日の午後一時にうちの社屋に来てくれたら、どうにか一時間くらいは空けられるかもしれない。今日はちょうど本社にいるから」

私はPC上のスケジュール画面を見つめながら、業務を圧縮すればどうにか一時間は作れることを確認する。多少の残業は覚悟することになるが、どうという話ではない。

時刻が迫ると、タクシーに乗り込んで六本木のオフィス街へと向かう。そろそろ到着かなという頃に九賀蒼太から電話が入り、喫茶店の名前を告げられる。

「うちの会社の隣のビルの一階なんだ。そこで待っててもらっていいかな」

指示された喫茶店に向かい、ブレンドコーヒーを注文する。店内で待っているより見つけやすいだろうと思ってのことだったが、目論見《もくろみ》どおり、九賀蒼太は私のことをすぐに見つけてくれた。

「急に場所変えて申しわけないね。うちのオフィス二十八階だから、上がってもらうのが申しわけなくて。ちょっと飲み物を買ってくるよ」

彼が店内に消えていくと、ビルのある方角からぞろぞろと黒い集団がこちらにむかって歩いてきた。頭のてっぺんからつま先まで冗談みたいに真っ黒な衣装を身に纏《まと》っている彼らは、もちろん仮装集団ではない。就活生だ。少し表情が柔らかいところを見ると、すでに選考を終えた後だろうか。男女六人が奇妙な距離感で並んで歩いている。やがて私たちからは少し離れた位置のテラス席についた。

「選考シーズンだね」九賀蒼太がアイスコーヒーを片手に戻ってくる。「僕らのときはもう少し早く色々片づいた印象だけど、あの頃と今、どっちがいいんだろう」

どっちなんだろうね、くらい返せばよかったと思うのだが、雑談に応じられるほど心に余裕がなかった。私がナーバスになっていることを察してくれたのか、九賀蒼太は椅子にかけると表情を引き締め、本題を切り出した。

「犯人は、波多野じゃなかったって話だよね」

私は頷《うなず》いて、簡単に今日までのことを説明した。波多野祥吾が亡くなり、彼の遺品から私――嶌衣織こそが真犯人であると訴える文章が見つかった。しかし私は犯人ではない。そこで八年越しに真犯人を捜すべく、当時の人事担当であった鴻上氏を含めて五人へのインタビューを敢行した。そして先日とうとう真犯人を特定できた。しかし犯人の自白を引き出すためには、犯人以外の三人の最終選考メンバーの証言が欲しい。

「それで、僕の証言が必要になったんだね」

「この資料を見ててもらってもいい？」

私はクリアファイルを鞄《かばん》からとり出し、彼の前に置いてみせる。彼が手早く書類を点検し始めたのを確認すると、私は再び鞄の中に手を伸ばす。手帳を摑《つか》んで鞄の底を見つめ、しばらくすると手帳を元の位置に戻す。今度はペットボトルを摑んで鞄の底を確認。またしばらくすると元の位置に戻す。ひょっとすると、駄目なのだろうか。うまくいかないのかもしれない。不安をかき消すように努めて平静を装い、祈りを込めながら、もう一度手帳を摑んだとき——

「これ、間違ってない？」

九賀蒼太の声に、鞄から顔を上げる。

「どれ？」

「これ」

九賀蒼太は波多野祥吾が新歓コンパで花見をしていたときの写真を指差した。

「よく似た写真だけど、あの日、封筒の中から出てきたものとは違うでしょ」

邪気のない顔で、

「持ってるのがお酒じゃないし」

私は、コーヒーを摑んだ。カップに口をつけるが、手に上手く力が入らない。傾ける角度が足らず、結局口に何も含まないまま、カップを元の位置に戻した。

言葉を吟味する時間が、必要だった。

しっかり数十秒、間をとって考えるが、何も問題はないことを確信する。

大丈夫、彼は自白してくれる。

九賀蒼太は、ちゃんと自分の罪を、白状してくれるはず。

「九賀くん、お酒興味ないって言ってたもんね。それでも普通、このくらいわかるんだよ」

「どういうこと？」

「それ、お酒なんだよ。スミノフっていうお酒」

九賀蒼太はまだ、事態を正確に把握できていないようだった。おそらくは発泡酒とビールの違いを理解できていなかったことと同じように、ただ単に無知をからかわれているのだと認識しているようだった。恥ずかしそうに苦笑いを浮かべ、

「え、そんなに有名なの？」

「有名だよ。少なくとも袴田くんと、矢代さんと、森久保くんは知ってた」

三人の名前が出たことに、九賀蒼太はわずかに表情を曇らせた。徐々に警戒心を強

めているようには見えたが、まだ私がここに来たことの意味を、完璧《かんぺき》には理解できていない。

「すでに他の三人には、それぞれもう一度会ったってこと？」

「そう」私は頷いてから、「九賀くんが、最後」

「となると……どういうことなんだろう」

「袴田くんを疑っているっていうのは嘘で、本当は九賀くんが犯人だと思ってたってこと」

「なるほど、騙《だま》したってわけだ」

「そう。あの日のあなたと同じように」

彫刻に最初の一刀を入れたような緊張感があった。一度削り出してしまえば、二度とやり直しはきかない。後戻りはできない。元の空気に、元の状態に、元の会話の流れに戻ることは、絶対にできない。一歩踏み出したからには、このまま怯《ひる》まずに進み続けるしかない。何よりもまず心で負けないように、私は視線を厳しく整えた。

「あなたを疑う根拠を説明して欲しければ、たっぷり説明する。でもできることなら、八年も前の事件について白を切るような真似はして欲しくない。正直に、すべてを、話して欲しい」

九賀蒼太は参ったなという様子でへらっと笑うと、考えるように腕を組んだ。

降参だよとあっけなく自白する前振りのようにも見えたし、困ったな、濡《ぬ》れ衣《ぎぬ》は勘弁してくれよと口にするための準備にも見えた。火種は放り込んだ。発破も終わった。あとはバランスを失った大きな建造物が、右か、左か、どちらに倒れていくのかを見定めるだけだった。私は祈るように、彼の口元から次の言葉が放たれるのを待った。

推理は至極シンプルだった。

波多野祥吾の写真について、犯人がわざわざ『ボツ写真』のコーナーからクオリティの低いものを拾ってきた理由を考えれば、可能性は一つしかない。スミノフの画像ではなく、キリンラガービールの画像を選んだ理由は、スミノフをお酒だと認識できなかったから。

あのグループディスカッションの日の波多野祥吾は、写真を見た瞬間、すぐに理解したに違いない。自分たちのサークルのホームページから画像を引っ張ってきたのだろう、と。しかし同時に疑問を抱いた。どうしてわざわざボツ写真コーナーから持ってきたのだろう。そして瞬く間に私と同じ推理を組み上げた波多野祥吾は、結論だけを間違えた。

就職活動中、あの六人の中でお酒を飲まないと公言していたのは、私だけだった。犯人はお酒に詳しくない人間。ならば犯人は、嶌衣織でしかあり得ない。そう判断したのだろう。

——犯人はわかりきっている。今さら、犯人を追及するつもりはない——

謎がひとつ解ける。気分のいい勘違いではなかったが、そう推理してしまう気持ちに同意はできた。可能なら弁解したい気持ちはあったが、残念ながら死者と交信する方法は、ない。

下戸は嶌衣織一人だけ。私だって当時はそう思っていた。しかし事実はそうではなく、もう一人、まったくお酒を口にしない人間がいた。ただ下戸だからといって即座に犯人だと決めつけるのはいささか極端な話だった。

日頃お酒をまったく飲まない人間であっても、スミノフの瓶を見ればなんとなくアルコールなのかなと思うことくらいはできてもいいはずだ。嗜好《しこう》していなくとも、普通に生きていれば軽自動車と普通自動車の区別くらいはつくもので、エレキベースとエレキギターの違いだってなんとなく理解できるようになるもの。疑問はあったが、発泡酒とビールの違いすら認識できていない人間であったとしたら、あり得るのではないだろうか。そんな予感が、先ほど確信に変わった。目一杯に油断をさせた上で仕掛けた、ささやかな罠《わな》。彼が何気なく口にしてしまった一言は、あらゆる仮説をソリッドに変化させた。

——持ってるのがお酒じゃないし——

それでも、だ。私が切れるカードは、これ、これだけなのだ。

犯人がわかった上で例の動画を見直すと、気づけることはいくつもあった。

会議室に突如として出現した謎の封筒。思慮深い九賀蒼太なら内線で人事に連絡をして引き取ってもらうくらいのことをしてもよさそうなのに、彼は誰よりも先に封を切った。

なぜなら封筒には開くべき正しい順番があったからだ。

『なお、九賀蒼太の写真は森久保公彦の封筒の中に入っている』そんなメッセージを見てしまえば、森久保公彦は射幸心を煽《あお》られ思わず自身の封筒を開きたくなる。告発を受けた袴田亮も、失うものがないのだから自身の封筒を開きたくなる。告発された矢代つばさも仕返しがしたくなる。三つ四つ告発写真が詳《つまび》らかになって被害者が多数派となれば、すべての封筒をオープンにするべきだという議論が活発になり始める。みるみるうちに、会議室は封筒を軸にした議論しかできないようになる。

しかし順序が異なっていた場合、こうはならない。仮に最初に波多野祥吾の未成年飲酒の写真が晒《さら》されたとしたらどうなるだろう。会議室は失笑に包まれて終わってしまう。波多野祥吾もさほどショックは受けないだろうし、他のメンバーもそのくだらなさに笑って、意味がよくわからない封筒は処分してしまおうという話で落ち着いてしまう。彼は周到に計算して封筒を配置し、運用していたのだ。

また森久保公彦と矢代つばさの封筒の中には嘘のスケジュールを発表するように指

示する二枚目の紙が入っていたにもかかわらず、九賀蒼太は封筒から二枚以上の紙をとり出す仕草を見せなかった。彼だけが誰に指示されたわけでもなく、写真の日時についての推論を発表し始めたのだ。さらに言うと、写真の右上のノイズと、左下の黒い点について最初に指摘したのも九賀蒼太だった。写真が撮られた時刻についての議論を持ちかけたのが、そもそも彼なのだ。

これだけ議論を終始引っ張り、自身にとって都合のいいように誘導し続けていたにもかかわらず、どうにも彼が犯人であるに違いないと思えなかった理由は明白だった。一つは彼があの会議の前から私たちにとって揺るぎないリーダーとして振る舞い続けていたこと。もう一つは告発写真によるイメージダウンがあまりにも顕著で、とてもではないが内定をとることはできないと誰もが確信していたからだ。

こんなことをしても、九賀蒼太にはメリットが何一つない。

いずれにしても、事後検証的に様々な考察を試みれば、犯人はどう考えても九賀蒼太以外にあり得ないように思われた。だがこれらの考察は文字どおり『思われた』の域を出てくれない。私が突きつけられる根拠は、やはりどこまでいっても先ほど彼がこぼしてしまった失言、たった一言だけなのだ。袴田亮、矢代つばさ、森久保公彦の三人に同様の罠をすでに仕掛けていたというのは嘘ではない。きちんと全員がスミノフをスミノフだと認識し、そして当然ながらスミノフがお酒であることを理解していた。揺るがしがたい事実ではあるが、それでも脆弱《ぜいじゃく》であることには違いない。

根拠は、たったそれだけ。

長い沈黙の末に、九賀蒼太はようやく腕を解く。それから軽快な動作でアイスコーヒーを一口、口を湿らせる程度《ほど》の量をストローで吸うと、笑顔で両手を広げてみせた。明るい表情で彼が紡いだ最初の一言は、

「どうだろう」

私が辛抱強く次の言葉を待っていると、

「なんて言ったらいいのか、すごく難しいね」

彼はもう一度アイスコーヒーを口に含むと、しばらく遠くを見つめた。ただ目を休ませているだけだと思っていたのだが、彼の視線を追うと先ほどの就活生たちの姿があった。おそらくは大学四年生なのだろう。男女で喫茶店にいるにもかかわらず、大声で騒ぐわけでもなく、会話に花を咲かせるでもなく、何かのロールプレイをしているように、ひたすらに不気味な敬語で言葉を重ね続ける。

「嶌さんの目的は、なんとなくわかるよ」

肯定か否定かの返事を待っていたので、逆に喉元《のどもと》をつつかれたような気になって心が揺れる。動揺を隠すように、ビル風に煽られた前髪を慎重に元に戻したとき、

「今さら、天国の波多野に謝れって言ってるんじゃないでしょ?」

急ぐな。

自分に言い聞かせ、慎重に言葉を玩味《がんみ》し、それが疑いようもない、自白の一言であることを理解する。一つ目の障壁を越えたことに安堵《あんど》の息がこぼれそうになったが、本当の疑問は、そして他でもない私の真の目的は、ここから先にあった。小さな咳払《せきばら》いだけを挟むと、私は両手で包み込むようにしてカップを握りしめる。

「なんで、九賀くんはあんなことをしたの？　あんなやり方じゃ、内定は取れない」

「だからさ、難しいんだって」

「……何が言いたいの」

「内定は、別にいいやって気持ちになってたんだよ。そんなの眼中になかった」

「……なら、波多野くんを貶《おとし》めることだけが目的だったの？」

「やめてやめて。そんなんじゃないんだ。ただなんて言うんだろう、当時は若かったんだよ、僕も。だから本当、説明するのも難しくて……でも強いて言うなら、そうだな。とんでもなく腹を立ててたんだよ」

彼は憑《つ》き物が落ちたように爽《さわ》やかに、はにかんでみせた。

「この間も言ったでしょ？　就活期は混乱期なんだって。今の僕だったら、たぶんあんなことは考えたとしても実行に移さないと思うよ。でも当時は違ったんだ。思い立ったときには体が先に動いてた。今になってみるとその軽率さは、やっぱり褒められたことじゃないと思える。タイムリープでもして当時の自分に話しかけられるとするならば、そんなことはやめておきなよって助言するかもしれない。でも、だ。当時の自分の怒り、『憤り』については、何一つ否定してやる気はないよ。就活は、何年前だっけ……八、あるいは九年前か。そのときに芽吹いた『憤り』は、まったくもって正しいものだと今でも確信してる。どころか怒りの炎は少しずつ大きくなってすらいるかもしれない」

「……何が、そんなに腹立たしかったの？」

「全部だよ、全部。この間も言ったけど、当時、スピラには仲のよかった友達と二人でエントリーしたんだ。残念ながらそいつは二次であっという間に散ったんだけどね」

九賀蒼太はそう言うと、唐突に右手の人差し指を立てた。話に抑揚をつけるための仕草だと解釈したのだが、どうやらそうではないようだった。彼は視線を促すよう、右手を小刻みに上下させてみせる。彼が示していたのは、彼の背後にそびえる巨大なビルだった。

「あそこの二十八階に、いま僕が勤めている会社のオフィスが入ってる。今年で創業四年。従業員は今では単体で二百三十名を超えて、東証じゃないけど一応上場も達成した。昨年度の売り上げはありがたいことに三百五十億円を突破したんだけど――立ち上げたのは川島和哉《かわしまかずや》。ま、別に名前なんて覚えてもらわなくていいけど、とにかくめちゃくちゃ凄《すご》いやつだよ。大学時代から実力は頭一つ抜けてた。同じゼミだったんだけどね。発表の仕方から、適切に結論へとアプローチしていく論理性、何をとっても桁違《けたちが》いの怪物みたいな男だった。文系のくせにアプリの設計から、簡易的なプログラミングまでこなして、まあ、万能だよね。自分と比べようなんてまったく思わない。比べれば比べるほど、惨めになるだけだからさ。そいつに一緒に会社やらないかって話を持ちかけてもらえたときは、まあ嬉《うれ》しかったよ。男なんて結局どこまでいっても自分を誰かと比べて勝ってるか負けてるかを考えてしまう愚かな生きものだから、同級生なんてそれこそライバルそのもの。負けるわけにはいかないってどこかで闘争心を燃やしてしまう。でも彼だけは本当に例外。やっぱり、同級生にして永遠の憧《あこが》れで、僕にとってはこれ以上にない尊敬の対象なんだ」

話の着地点がわからずに困惑の表情を浮かべていると、

「まだ、わからない？」

九賀蒼太は楽しそうに笑うと、二つ頷いてからコーヒーを飲み、テーブルの上に肘《ひじ》を載せた。

「スピラリンクスの選考、二次面接で落ちた僕の友達って、彼なんだよ」

私は反射的に彼から目を逸《そ》らしてしまった。何も見るべきものなどないのに左を、そして右を見てから、意味もなく鼻を触る。

「信じられない思いだった」九賀蒼太は大きなため息をついてから、「それがある意味では、すべての始まり」

何かに感心したような、へえ、という大きな声が聞こえてきた。無論、九賀蒼太に対して誰かが相槌《あいづち》を打ったのではない。先ほどの就活生たちが不意に大きな声をあげたのだ。会話の内容まではこちらに届いてこないが、男子学生が何かを雄弁に語っているのが確認できる。それに対して女子学生が作り物めいた笑みで大げさに頷く。

私は逃げるようにコーヒーを飲み込んだ。

「さらに信じられなかったのは、川島が落ちた一方、自分がみるみる次のステップに進んでしまったことだった。なるほど、僕は実は川島より優秀な人間だったんだな――なんて素敵な思い上がりができるほど自分には酔えなかったし、何より川島は本当に優秀だった。この話をするとさ、誰もが決まって川島をジョブズみたいな男だったんだろって思いたがるんだ。言うなれば、優秀ではあるけど、人間としてはどこか――ってね。でも断言するけど、それだけは、ない。彼は人間としても実に魅力的だった。ま、川島の話はもういいや。とにかく、ここで僕はとんでもなく大きな疑問にぶつかったわけだよ。『企業は本当に、優秀な学生を選抜できているのか？』って。さらにはもっと根源的なところまで話を敷衍《ふえん》させてもいい。言い換えるなら、『就活って、本当に機能してるのか？』」

九賀蒼太は、残っていたコーヒーを勢いよく飲み干した。

「気づいたら僕は川島が落とされたスピラの最終選考に残ってた。これだけで僕の中では十分に、『就活』の不備を証明できた心地だったんだけど、さすがにたった一つの事例だけですべてを語るのはどうだろうかと、少しは冷静な自分もいることにはいた。混乱期の就活生なりに、もう少し慎重に見定めてもいいんじゃないかって思ったわけだ。

あの日、渋谷のスピラ本社に集まった最終選考メンバー。確かに一見して優秀そうだった。話をしてみても、表面上はそんなに悪そうじゃない。でも、個人的な手応えとしては誰も彼も川島を退けるほどの人材には思えなかった。そんなあるとき、高校時代の友人とたまたま食事会をすることになったんだ。同級生と集まれば就活の話になるのは時期を考えれば当たり前の話で、僕はスピラの最終選考についての話をしたわけだよ。今はこんなメンバーと、グループディスカッションに向けた準備をしてるんだ、って。そしたら一人の顔色が途端に変わった。

『そいつって、あれじゃないか。詐欺セミナーやってたやつだろ』

驚いたよ。でも驚きと同時に、ほら見ろ、って感情がふつふつと沸き上がってきた。やっぱりクズが紛れ込んでるじゃないか。そしてすぐに気づいた。クズは詐欺に加担してた男だけじゃない。この僕もじゃないか、って。あの野球部の大柄の——袴田だっけ——に言われたとおりだよ。僕は中出し馬鹿野郎で、れっきとした『人殺し』だ。呆《あき》れつつも、やっぱり徐々に苛立《いらだ》ちは無視しきれなくなっていった。人事は優秀な人材をみすみす落選させた上に、クズを二人も最終選考に残してる。そんな考えが揺るぎようのない確信に至ったのが、あの飲み会の日の『デキャンタ騒ぎ』のときだった」

「……デキャンタ騒ぎ？」

「嶌さんも覚えてるでしょ。最終選考メンバーで何回か集まって打ち合わせを重ねてたあるとき、みんなで飲み会をしようってなったこと。細かいことはさすがに忘れたけど、僕は用事があったから少し遅れて行くことになったのは覚えてる。お店はいわゆる学生が好きそうな安い居酒屋じゃなくて、少し雰囲気のいいスペインバルみたいなとこだったのも、なんとなく覚えてる。あの時点で僕らはだいぶ打ち解けてもいたから多少は騒がしくしてるかもしれないとは思ったけど、到着したとき、目に飛び込んできた馬鹿騒ぎにはさすがに吐き気がしたよ。百歩譲って酒好きが酒を飲んで騒いでるだけなら好きにしたらいいとも思えた。でも彼らはお酒が飲めないと言っていた君の前に大きなデキャンタを置いて、これを今日は飲み干させるんだと豪語した。当時は隠してたけど、こっちもお酒は苦手な質《たち》だったからね、唖然《あぜん》としたよ。その幼稚さに、下品さに、すべてにおいてのレベルの低さに。リクルートスーツ着て優秀な社会人の卵ぶった態度をとりながら、その実なんてことはない。ただの馬鹿な大学生じゃないか」

「……そんなこと、あったっけ」

「忘れるわけないよ、あんなグロテスクな光景。仮に君が覚えていないのだとしたら、お酒を飲まされすぎて記憶がなくなってたんだ。それくらい醜い飲み会だった。ま、いいや。何にしても、選考方法変更の連絡が来たのは、その飲み会が終わった直後だった。僕は一人でメールの文面を何度も読み返しながら、決意しちゃったわけだ。青臭くね。見せつけてやろう、って。きちんと教えてあげよう、って。ここにいる六人、残らず、全員、最終選考に残すべきではないろくでもないクズだったってことを。……誰にって、それはもちろん、無能な『人事』、ひいてはこの『社会』にね。

当時、どうだった？　大げさに言うわけじゃなく、僕は人事っていうのは、会社の中でもエリート中のエリート、選ばれた社員の中の一握り中のたった一握りだけが配属されることを許される部署だと信じて疑わなかったんだよ。今思えば笑い話だけど、だって、そうだと思わない？　就活生を前にした彼らの、あの尊大な態度。そうでもなければ説明がつかないでしょ。入社してからびっくりしたよ、社内での人事部の立ち位置。誰一人として人事部を花形部署だとは認識していなかった、どころか——それ以上、敢《あ》えては言わない。でも、こんな無能どもに生殺与奪の権利を握られてたんだって思ったら、いよいよ殺意が湧いてきたよ。人を見極められるわけないのに、しっかりと人を見極められますみたいな傲慢《ごうまん》な態度をとり続けてさ。当時、彼らは何を見ているんだろうって必死になって考えた。この間も言ったとおり、漫画の中みたいに画期的で、だけれども揺るぎようのない絶対的な指標があるに違いないって思い込もうとしてたんだ。間違いを犯さない、裏技があるって。

でもさ、そんなもの、なかったんだ。あるわけがないんだ。

すごい循環だなと思ったよ。学生はいい会社に入るために嘘八百を並べる。一方の人事だって会社の悪い面は説明せずに嘘に嘘を重ねて学生をほいほい引き寄せる。面接をやるにはやるけど人を見極めることなんてできないから、おかしな学生が平然と内定を獲得していく。会社に潜入することに成功した学生は入社してから企業が嘘をついていたことを知って愕然《がくぜん》とし、一方で人事も思ったような学生じゃなかったことに愕然とする。今日も明日もこれからも、永遠にこの輪廻《りんね》は続いていく。嘘をついて、嘘をつかれて、大きなとりこぼしを生み出し続けていく。そういう社会システム、すべてに、だね。やっぱりものすごく憤ってたんだ。だから『あんなこと』をやってしまったわけだよ。

もちろん、あんなことをやったところで社会には何も変革をもたらすことはできないし、スピラの人事担当と最終選考メンバーがびっくりして終わるだけなのはわかってた。でも、やらざるを得なかったんだよ。僕は若くて、混乱していて、激しく憤っていて、川島を落としたスピラに対する興味は地に落ちていて、あの時点ですでに四社の内定をもらってた。調べてみれば、出てくる出てくる、メンバーたちの汚い過去の数々。ＳＮＳを使って情報を集めて、詐欺被害者に大学に行くようけしかけてみたり、撮った写真にノイズと黒い点を加工してくっつけて波多野が暇だって言ってた日に撮影されたものだと証言してもらえるよう調整したり、いろんなことをやったよ。当日は敢えて議論を煽るようなことはせず、封筒なんて処分するべきだという態度をとってみせたりもした。そのほうが封筒に固執する全員の醜さがより際立つような気がしたからね……事実、君と波多野以外は醜く暴れ回ってくれた。ま、とにかく、本当に馬鹿だったと思う。何をやってるんだよ、って、今の僕ならそう思える。でも当時はそうは思えなかった。僕が代わりにやってやろうって思ったんだ。この間抜けな社会の欠陥まみれのシステムにクソを投げつけなくちゃ、って。それが混乱した就活生である僕にとっての『フェア』だったんだ。……逆に教えてよ、嶌さん。どうだった？」

何も喋《しゃべ》っていないのに、私はなぜか息が切れそうになっていた。首筋に浮かんでいた汗をハンカチで静かに拭《ぬぐ》う。普通に返事をしようと思ったのに、喉が微《かす》かに震えていることに気づく。誤魔化すようにコーヒーを飲もうとしたところで、すでに中身が空であることを思い出す。情けないほどに動揺していた。

「……どうだったって、何が？」

「久しぶりにみんなに会ったんでしょ。かつての最終選考メンバーたち」

「……それが？」

「印象は変わった？」九賀蒼太は俳優のような甘い笑みを浮かべて、尋ねた。「八年経って、あぁ、やっぱりこの人たちって、実はものすごくいい人たちだったんだ、って、考えを改めること、できた？　これはあくまで僕の勝手な予想だけど、そうはならなかったんじゃないかな？　僕も含めたあの六人、一人残らずみんな、とんでもないクズだった。犯人に仕立て上げるために波多野の封筒には花見の写真を入れたけど、本当は彼だって裏でとんでもない非道を働いていた。安心してよ、ちゃんと、六人、全員、みんな、ろくでもない人間だったから。言うまでもないけど——」

そこで一度言葉を切り、やはり場違いなほど爽やかに微笑んでから、

「君を含めてね」

何か、言わなくちゃ。

しかし使命感とは裏腹に、喉にゴム毬《まり》でも挟まったように声が出なかった。言いたいことは、言うべきことは確かにあるはずなのに、言葉が出てこない。何度も仕切り直すように唾《つば》を飲み込んではロを開き、言葉を吐き出す代わりに息を吸い込んでは口

を閉じる動作を繰り返す。このままではいけない。意を決し、彼の瞳《ひとみ》を食い入るように見つめ返した。

「私の——」声が裏返らないよう、細心の注意を払いながら、「私の封筒——」

「びっくりしたよ」九賀蒼太は私の言葉を遮ると、アイスコーヒーの入っていたカップを点検するよう、手に持って丁寧に観察し始めた。「僕もまさか、嶌さんがあんなことをする人だとは想像もしてなかったからね。当然、封筒の中身には心当たりはあるわけでしょ?」

「……中身は」

「もちろん空なわけはないよ。波多野はなぜか空だって言い張って出て行ったけどね。きっちり入ってた。保証するよ。内容は未《いま》だに覚えてるし、写真のデータも家に残ってる。あれが表沙汰《おもてざた》になっていたら、どうだろうね……君の内定は、たぶんなかったんじゃないかな。その場合はどうなってたんだろう。誰が内定を手に入れてたんだろうね」

「……返して」

九賀蒼太はカップをテーブルに戻すと、不思議そうに、まるで聞いたことのない言語で話しかけられたかのような表情で、私のことを見つめた。

「そのデータ……まだあるなら、返して欲しい。それができないなら、せめて波多野くんが持って帰った封筒の中に何が入っていたのか、教えて欲しい」

聞き届けると、小さく笑ってから、

「やっぱり、それが目的だよね」

私は切実な視線で、彼のことを見つめ続けた。

しかし彼は、まるでたった今突発的な記憶喪失に陥って私の存在を忘れてしまったかのように、意味のないとしか表現しようのない行動をしばらく続けた。カップの周りについていた水滴を拭い、ストローの入っていた袋のしわを両手で伸ばす。眼精疲労を気にするように、目を閉じて眉間《みけん》に指を添える。指についたごみを払い、ため息をついては腕時計を確認する。

焦《じ》れた私がもう一度、口を開こうと思ったそのとき、

「やめておこうよ、それは」

視界が歪《ゆが》むほど、心が萎《しお》れていくのがわかった。ゆっくりと意識が世界から遠のいていく。どうにか椅子から崩れ落ちないよう、体中に弱々しく力を込める。

九賀蒼太はカップを摑んで立ち上がった。

「嶌さんが内定を取れたのは、いわば僕のおかげなわけだよ。誰もが自分の汚い部分を晒された中で、君だけが唯一、ノーダメージであのグループディスカッションを終えることができた。あの封筒のおかげで、君は内定を手中に収めた。だから、このく

らいの嫌がらせは許してよ。そのくらいの業を背負ってもらって初めて、本当の『フェア』だ。そうでしょ？」

彼はまもなくゴミ箱に向かって歩き始めた。あまりにも軽い足どりで動き始めたので、カップを捨てたらすぐ席に戻ってくるものだと疑わなかったのだが、彼はそのままオフィスのほうへと歩き出した。さすがに別れの挨拶《あいさつ》くらいはするはずだ。十メートルほど離れたあたりでもまだどこか楽観していたのだが、彼は振り向こうとすらしない。

本当に、これで終わりにする気なのだ。

追いかけなければ、呼び止めなければ。わかってはいたが、しかし私には体力も気力も、彼から封筒の中身をとり返す算段もなかった。悔しさと苦しさが胸を残酷なまでの高温で焼いた。完全にその場から動けなくなっている。

「私、洞察力には自信があって、自己分析は得意なんです」

まるでマイクで音を拾ったように、透き通った女性の声が鮮明に届いた。声の主は考えるまでもない。先ほどから目についていた就活生――リクルートスーツ姿の女子学生であった。遠目にもわかる泣きぼくろが印象的な彼女は、背筋を目一杯に伸ばし、みなぎる自信を隠そうともせず雄弁に語る。

「自分自身のことも、会社のことも、心の目を開いて見つめればきちんと把握できるんですよ。人事の人だって意地悪をしようとなんてしてないはずですから、就活って、たぶんそんなに怖いものでも、大変なものでもないんですよ」

私はしばらく彼女の瞳と、彼女の泣きぼくろを、黙って見つめ続けていた。

帰社してからの記憶はほとんどない。誰に心配されるようなことも、叱責《しっせき》されるようなこともなかったので、ほどほどにうまく立ち回れていたのではないかと思うが、とにかく何も覚えていなかった。混濁した意識が少しずつ冴《さ》えてきたのが午後十一時頃で、私はタクシーに揺られていた。まだ終電までは余裕があったのだが、駅まで歩く自信がなかったのだろう。どこか他人事のように、そんなことを考える。

ふと、波多野芳恵に連絡を入れなければという使命感に駆られ、スマートフォンをとり出した。こんな時間に電話をするのは非常識ではという考えに至ったのは、彼女が電話口に出た後のことだった。慌てて夜遅くにごめんなさいと添えると、彼女は気分を害した様子もなく、

「割と夜更かしなんで、お気になさらず」と答えてくれた。「ひょっとして、あのパスワードがついてたファイル、開けられたんですか？」

「あぁ……そうじゃないんだけど」

私は、真犯人は九賀蒼太であったことを伝えた。よくよく考えてみれば、波多野芳

恵にとって犯人は波多野祥吾、ないし私でさえなければ誰でもよかったはずで、わざわざ連絡を入れる必要はなかった。案の定、彼女の反応は、なるほど、そうだったんですね、あの格好よかった人ですね、という程度のものであり、私は何のために電話をしたのだろうと急に申しわけない気持ちになり始めた。会話が途切れる気配を察してくれたのか、彼女のほうから、

「よかったですね、犯人が見つかって」

「……そうだね、ありがとう。一応、報告しておこうと思って、夜遅くにごめんね」

「封筒の中身はとり返せなかったんですか」

「……え？」

「声が落ち込んでる感じなんで」

見透かされていることに、異様な緊張感を覚える。何も言葉を返せずにいると、波多野芳恵は慰めるような声色で言葉を続けた。

「それが気になってたんですよね、嶌さんは。封筒の中身、心当たりがあるから、どうにかしてとり返したかった。じゃなければ、何年も前の事件にあんなに一生懸命にならないですもん。封筒、何が入ってたんですか？　そんなに、何年経とうとも絶対にとり返さなくちゃいけないほどに、嶌さんにとって不都合な事実が封入されてるんですか？　嶌さんの過去の汚点って、今の嶌さんにとってそこまで――」

「わからないんだよ」

意味がわからなかったのか、聞きとれなかったのか。波多野芳恵は「え？」と尋ねたきり、しばらく黙り込んだ。

「心当たりがあるから怖いんじゃないんだよ。心当たりがまったくないから、怖くて怖くて仕方がないんだよ」

真面目に、生きてきたつもりだった。

小さい頃から、怒られることよりは褒められることのほうがずっと多かった。いい高校に入り、いい大学に入り、いい会社に入ろうと邁進《まいしん》した。入社試験では思わぬ騒動に巻き込まれたが、結果、とてもいい会社に入れた。いい会社員でもあろうと頑張ってきた。いい人間であるはずだと、いい人間でありたいと願い続けてきた。きっといい人間だと信じていた。

でも、そうじゃないと主張する人がいるのだ。

波多野祥吾が持ち帰った封筒の中身が、仮に空ではなかったとしたら——そんな可能性を考えてみたことは、一度や二度ではない。あの中に、私に対する何らかの告発が入っていたとしたら、それは何なのだろう。何度も何度も考えた。ときに眠れない日だってあった。私は何をしてしまったのだろう。その度に、大丈夫大丈夫と強引に自分を慰めた。犯人である波多野祥吾が空だと言っているのだから、あの封筒の中身は空だったのだ。嶌衣織は何も、悪いことなどしていない。しかしもはや、そんな妄想を抱くことすら許されない状況となった。

就活生だった当時の私は、あのときの最終選考メンバーのことを心から信頼し、尊敬していた。やっぱり有名企業の最終選考にまで残る人間はひと味もふた味も違う。みんな優秀で、でもそれだけじゃない。優しくて親切で、思いやりもある。そしてそんなメンバーに私も名を連ねることができている。子供っぽい表現になるが、最高の仲間であると頭から信じて疑わなかった。だからこそ封筒の存在によって彼らの真実の顔を知ってしまったとき、世界がひっくり返るような衝撃を受けた。

あのグループディスカッションのとき、私は封筒を開けないで欲しいと涙ながらに訴えた。これ以上、誰にも裏切られたくない。一枚、一枚と封が開けられていく度に、皮膚にナイフで深い傷をつけられていくような痛みが走った。波多野祥吾が犯人であると白状したとき、とうとう心が完全に壊れた。人を信じるという回路が過熱によって完全に焼き切れた。

あの二時間三十分のグループディスカッションが終わった瞬間に、私の人生は大きく変わった。それは、スピラの内定を手に入れたというだけの話ではない。会議室から出た私は人を信じられなくなり、そして、自分さえも信じられなくなった。

誰もが胸に『封筒』を隠している。それを悟られないよう、うまく振る舞っているだけ。

そしてそれは自分も例外ではないのだ。

「嶌さん……？」

通話中だったことを思い出すと、慌てて沈黙を埋めるように、ごめんとだけ言って電話を切った。タクシーが走り出す。目を閉じていると余計なことを考えてしまいそうだったので、流れゆく街並みをじっと、ただ見つめることだけを目的として、見つめ続けた。

「嶌さん、ちょっと相談いいかな」

嫌な予感はしたが、無視をするわけにはいかなかった。翌日のオフィス、出勤して間もなく背後から近づいてきたマネージャーは、鈴江真希を引き連れていた。

「この間の面接官の件なんだけどさ」

この間の、と簡単に言ってくれるが、すでに何週間も前の話であった。どうしてまだ解決できていないのだ。少しばかりの苛立ちを覚えたが、無理ですと言い続けるのもただ駄々をこねているようで説得力に欠ける。懇切丁寧に自分が抱えている病院関連の業務を今一度説明しようとすると、

「そうそう、そこなのよ」

「……何が、ですか？」

「画期的なアイデアをね、考えてきたのよ」

　マネージャーは自慢の新製品でも紹介するような手つきで鈴江真希のことを示してみせた。

「蔦さんに担当してもらってる三社のうち二社を、思い切って次世代のニューヒロイン鈴江さんに任せてしまおうと思うのよ」

　呆気《あっけ》にとられて、何も言えなかった。さすがに冗談だろう。この折衝は私にしかできないとまで言い切るつもりはない。それでも人間関係をゼロから構築してきたのは他でもないこの私で、大詰めにきて担当が代われば相手に与える心証は少なからずよくない。仮にマネージャーが引き継いでくれるということならまだ仕事が上流に渡ったということで体面は保たれる。でも入社一年目、それもＯＪＴ中の新人に代わると言われたら、相手は相当に訝《いぶか》るはずだ。病院の業務は我々からすれば想像もできないほどに徹底した縦割りで、細かな仕事ごとにそれぞれ信じられないほどの数の担当者が紐《ひも》づいている。コンセンサスをとるべき人間の数は異常と表現しても問題ないほどに多い。もらった名刺の山を見ているだけで頭が混乱してくることもある。本気でマネージャーはこの子に仕事を引き継ぐつもりなのか。『見積もり依頼、確認いたしました。追ってご送付いたしますので今しばらくお待ちください』のメールを送るのに一時間半もかけるこの子に、こんな繊細な仕事を任せられると思っているのか。

「鈴江さん、この数週間でめきめきと力をつけてるし、まあ、俺もバックアップに回るしね。いいチャンスだと思うんだ」

何遍も見てきたマネージャーの空疎な褒め言葉に、しかし鈴江真希はその気になったように笑顔で頷いてみせる。私はそんなすべてに圧倒されてしまった。どうにか難色を示して仕事をとり戻そうとするが、もう決めたことなんだよ、頼むから俺の顔を立ててくれ、な、な、で押し切られ、去って行く二人の背中を見送ることしかできない。

失敗は火を見るより明らかであった。病院に最初にアプローチをしたのは何年前だっただろうか。考え始めると空しさで胸が押しつぶされそうになる。手柄を横どりされるのが惜しいのではない。横どりできるならしてもらって構わない。逆に言えば、病院の仕事がうまくいったからといって私に莫大《ばくだい》なインセンティブが入るわけではないのだ。ただこのままいけば、きっと全員が後悔することになる。私も、マネージャーも、そして仕事を任された鈴江真希も。

先日、鴻上氏にインタビューしたときの言葉が蘇《よみがえ》ってしまいそうになり、慌てて記憶に封をする。それだけは、絶対に思い出してはいけない。

まもなくマネージャーから、私が面接官を担当する日程と、人事部主催で行われる事前の講習会の案内がメールで転送されてくる。その瞬間、自分が面接をする姿がクリアに想像できてしまった。面接官の椅子に座り、学生たちの前に裁判官面で座る、自分の姿が。

――人を見極められるわけないのに、しっかりと人を見極められますみたいな傲慢な態度をとり続けてさ――

途端に手が震え始める。慌ててトイレに逃げ込んで、鏡の中の惨めな女に、大丈夫大丈夫と励ましの言葉を与えた。あなたは今日までうまくやってきた。あなたはきっと大丈夫。いつものように冷静に、クールに、今回もきっと問題なく乗り越えられる。

しかし鏡の中の女は私に向かって悪態をつく。自分のこともよくわかっていないお前に励まされたところで、説得力の欠片《かけら》もない――言い終わると、鏡の中の女は苦しそうに目を細めた。

往々にして弱っているときに限って参加したくないイベントごとは用意されているもので、この日は鈴江真希の少し遅めの歓迎会が予定されていた。午後七時からスタートと言われていたが、業務に追われていた私が割烹《かっぽう》居酒屋に到着したのは、午後九時になろうかという頃だった。誰も私の登場など期待していなかっただろうに、待ってましたと酔っぱらいたちが騒ぎ、鈴江真希も拍手を送ってくる。空気を悪くしたいわけではないので、なるべく柔らかい表情で遅れてごめんなさいと詫《わ》びて末席につき、お茶だけを頼む。

途中参加は会話の流れを掴むのも難しい。適当に愛想よくお茶を飲んで終わりを待とうと決めていたのだが、マネージャーが最近の子はどんな音楽を聴くのかと尋ねたところで、少々風向きが変わってきた。主役だった鈴江真希は当然のように、私は断然、相楽ハルキ推しですと高らかに宣言すると、彼の音楽と人柄がいかに素晴らしいかを滔々《とうとう》と語り始めた。

確かに彼は以前、薬物使用をしていたが、その理由は十分同情に値するものであることが最近になってわかった。というのも、彼が最初に薬物を使用せざるを得なくなったのは、音楽についての勉強をするために留学していたニューヨークでの出来事がきっかけとなっている。『葉っぱも吸えないやつとは友達になれない』音楽仲間に大麻を勧められた相楽ハルキは、それでも頑なに使用を拒否した。そんな彼の真面目ぶった態度を面白くないと感じたとある現地の音楽関係者が、ある日のライブ終わり、泥酔してソファで寝てしまった相楽ハルキの静脈にひっそりとコカインを打ち込んだのだ。

それこそが、彼の依存症との闘いの始まりだった。たった一度の使用であっても、簡単には止められないのがコカイン。彼を依存症に仕立て上げたかった仲間は、彼に二度目、三度目の服用を笑顔で勧めた。苦しみから逃れるためにまた次なる薬物を求めてしまう。どれだけ崇高であろうとしても薬の連鎖は断ち切れない。日本に帰国してからも密《ひそ》かに薬を使用し続けていたことが発覚してしまい、事情を知らない世間から大バッシングを浴びたのがおよそ十年前。現在はすでに依存症を克服し、違法薬物排除のための啓蒙《けいもう》活動にとり組んでいる。

そんな話をしながら、鈴江真希は明らかに私のことをちらちらと横目で確認していた。彼女は全員に話しているふうを装いながら、その実、相楽ハルキの人格を疑う発言をしてみせた私に向かって話をしているのだ。平生だったら、へえ、そうだったんだ、知らなかった、あのときはごめんねとその場をとり繕う演技をする程度のことはできた。同じようなシチュエーションはすでに何十回と経験してきた。

しかしこの日ばかりは、無理だった。

彼女が、相楽ハルキは実は家族思いの優しい人間で、障害を抱えている妹さんが大学進学に伴い上京する際には、一緒に住んで彼女を支えてあげることにしたのだと語った瞬間に、

「——ていう、情報をどこかで見たんでしょ？」

あぁ、言ってしまった。後悔しながらも、こちらもこちらで限界だった。一度折ってしまったサイリウムが元に戻らないのと同じで、一度開かれてしまえば私の口からは次々に言葉がこぼれだした。

「別にその歌手と会って、本人からそういう話を聞いたわけでもなければ、実際にニューヨークで彼が仲間と一緒にいるところを見たわけでもないんでしょ？」

まだ、飲み会の空気は絶望的には壊れていなかった。可愛い一年目の社員に対して、先輩が軽い茶々を入れた——そんな戯れとして処理できる空気であった。しかし私を説得しきれなかったことに思うところがあったのか、鈴江真希は不服そうに、

「でも事実です。どう考えたって、いい人なのは間違いないんですから、いい人だって言いますよ。勝手な印象だけで語るのはやめてくださいって言いたいんです、私は」

「いい人って、何？」

よしておけばいいのに——自分で自分を冷静に分析しつつ、意地悪な顔で返している自分がいる。弱いものいじめをしている自分に泣きそうになっている自分もいる。それでもやっぱり勝手な言い分が許せなくて、喉元からせり上がってくる言葉をせき止められない自分がいる。

「どれだけ必死になってかき集めても、そんなの表に出てるほんの一部の情報でしょ？」

いくつか自分にとって解釈のしやすい情報を集めて、つなぎ合わせて、それでその人のことを全部知った気になるのは、ちょっと早計なんじゃない？　それこそ十年前は『薬物使用』っていう単語だけを拾い上げて、みんなしてバッシングを繰り返してたんだから、それと何も変わらないとは思えない？　その人が裏で何をしてるかなんて、絶対にわかりっこないんだよ。不倫してるかもしれないし、子供を堕《お》ろしてるか

もしれない。会ってみて、仲よくお喋りして、何日も一緒に過ごして、それでもまったくその人のことがわかっていなかった——世の中そんなことだらけなんだよ。あなたはその人についてどれだけのことを知ってるの？　人のことを完全に見極められるの？　私は自分のことだってわからないよ。

おそらく——全部は口にしなかった。全部を口にしていたら、今日は本当にありがとうございましたと、笑顔で別れの挨拶を口にする鈴江真希の姿は見られなかったに違いない。私はぎこちない笑みで彼女を見送ってから、とびきり惨めな気持ちでタクシーに乗り込んだ。

「スピラでは四年前から、集団面接については五項目の総合得点で採点することになっています——というのは、講習会でもお伝えしたかと思います」

現人事部長は、三十代半ばの女性だった。社員数の少ない会社なのでなんとなく存在こそ認識はしていたが、これといった接点はなかった。彼女は長机にかけた私たち三人に『Check sheet』と書かれた紙を配ると、手早く説明を始めた。

「午後一時のスタートと同時に学生が四人ずつ、この部屋に入ってきます。制限時間は一組三十分。四人の自己紹介を聞いた後に、平石《ひらいし》さん、岩田《いわた》さん、嶌さんの順番で学生にそれぞれ質問をしていただければと思います。質問内容は公序良俗に反しない限り基本的に自由ですが、何を訊《き》いたらいいか迷ったらストックシートの中から好きなものを選んで尋ねてください。評価五項目については、一つ目がアティチュード、二つ目はインテリジェンス、三つ目はオネスティ、四つ目はエア、五つ目はフレキシビリティ。それぞれ五点満点で採点して、チェックシートに記入してください。また数値評価とは別に『誰が何と言おうとこの人は絶対に次の選考に進めたい』と思った学生がいた場合は、二重丸をつけておいてください。基本的に無条件で二次選考に進めます。ただし二重丸の使用は一人三回までで。一方で『他の誰がどのような評価を下そうとも、この人は絶対に次の選考に進めるべきではない』と感じる学生がいた場合は×印をつけておいてください。こちらは二重丸とは反対に無条件で落選ということになります。あり得ないと思いますが万が一、二重丸と×印がバッティングした場合には×印を優先します――説明は以上ですけど、何か質問は？」

私が尋ねたいことはたった一つ『どうすれば相手の本質を見極められますか』――これだけだった。横文字が好きな会社なので評価項目は一見して難解だったが、翻訳してしまえばなんてことはない。態度、知性、誠実さ、雰囲気、柔軟性。それぞれを五点満点で採点すればいい。実に単純明快だ。呆れかえるほどに単純だ。

ところで、この世界にこんなにも単純で、こんなにも難しい作業が、他にあるだろうか。

肩が微かに揺れるほど心臓が大きく脈打っていた。テーブルに置いておいた五百ミリのジャスミンティーがすでに空になっている。何か飲みたい。もう一度、お手洗いにも行きたい。

「……眠いな」

「眠いすね」

「あれ、ゲームって、昨日配信事故やってなかったか？」

「そうなんすよ。僕以外の営業、全員血相変えてトラブル対応ですよ。実際、こんなことやってる場合じゃないんです」

「……たるいな」

「たるいす」

私以外の二人は、それぞれリンクスと、ゲームアプリ部門の営業担当であった。どうやら二人は面識があったようだが、私は両者ともに知らない。最初は気を遣ってこちらにも話を振ってくれていたのだが、私の反応が芳しくないのを見て徐々に何も話しかけてこなくなった。

学生としては、何度も向こう側の席に座ってきた。当時はモーションキャプチャーよろしく、一挙手一投足に対して何かしら採点が下されているものだと信じて疑わなかった。一秒たりとも気を抜くものかと神経を尖《とが》らせていた。しかしどうだろう。初めて座ったこちら側の陣営に用意された設備は、アイテムは、武器は、たった一枚、五項目の評価基準が記載された、採点シートだけだった。煎《せん》じ詰めれば判断基準は、私個人の感性だけということになる。もっと身も蓋《ふた》もない言い方をすれば、『なんとなく』──それ以上でも以下でもない。そしてそんな重責を担わされている人間たちの口からは、眠いと、たるいがこぼれる。

用意されたボールペンは、握ったそばから汗でつるつると滑り出す。やはり一度、お手洗いに行かせてもらおうと思ったところで、扉の向こう側から兵隊の行進のような足音が響いてきた。気づいたときには最初の四人が人事に案内されて入室してくる。間違い探しクイズかと紛《まが》うような、短髪、色白、痩身《そうしん》、黒スーツの男子学生が四人ずらりと並ぶ。彼らの表情が一様にゲシュタポを前にしたような緊張感に包まれているので、こちらにも緊張が伝播《でんぱ》する。

結論から言うと、ここから二時間、私はたっぷりと地獄を味わうことになる。

「私は大学で社会心理学を専攻し、学んで、参りました。大学において培ってきた人の心の動きを捕まえるという、能力は、きっと御社においても、役に立つものと確信しております」

絵本を読み上げているのかと思った。不自然なイントネーションで覚えてきた言葉をただ朗読する彼の評価は、申しわけないが低く設定しても問題ないだろう。フレキシビリティは「1」でいいはずだ。インテリジェンスも「1」でいいか。その他の能力も高いとは思えない。

「学生時代に一番力を入れたのは、サークルでの活動でした。ミスコンなどのイベントを主催するサークルの代表を務めていたんですけれども、企画の立案運営、さらには終わった後にしっかり改善点を見つけてPDCAを回す――そういった作業に学生時代からとり組むことができましたので、きっと即戦力の活躍ができると思います。学生時代に運営したイベント数は五十以上にも上りました」

実に流暢《りゅうちょう》に語る。スタイルも顔もいい男の子だが、それゆえにどこか嘘くさい。果たしてイベントを五十以上も立案運営することが可能だろうか。PDCAなんて言葉、使うだけ使って悦に入っているんじゃないか。ミスコンを運営し続けてきた男を心から信用できるのか。気づくと私はオネスティの項目に「1」を入れている。そこはかとない傲慢な印象も減点対象だと妄信し、アティチュードにも「1」を。

「居酒屋でバイトリーダーを務め、ボランティアサークルでは代表を務めていました。なのでリーダーシップは誰にも――」

果たして何人目のサークル代表だろう。どう考えても全員が全員サークルで代表を務めているはずがない。ただでさえ嘘くさい経歴に耳が飽きているのに、居酒屋のバイトリーダーと、ボランティアサークルの代表と言われれば、無条件で拒絶反応が生じてしまう。私はまたチェックシートに、「1」を、「1」を「1」を――そして「1」を。

休憩時間に人事が一度チェックシートを回収すると、

「蔦さん、もうちょっと高く採点できないですか？」

「……高く、ですか？」

「ええ、ちょっと他の面接官の方とズレが大きくて」

人事が見せてきた私以外の面接官のチェックシートには、信じられないことにずらりと「5」「4」が並んでいた。二重丸がつけられている学生もいる。言葉を失った。

この二人は、あの学生たちのどこを見て、何がいいと思ったのだろうか。無条件で二次選考に進めたい学生など、一人としていなかった。ひょっとして同じ空間にいながらにして、私とは別の学生を評価していたのだろうか。

「ま、ここまではしょうがないので、後半の部からはもう少しだけ、全体的に点数高めにお願いします。ちょっとずつ慣れてくると思いますんで」

慰めの言葉は、しかし私の心をさらに深く抉《えぐ》った。ここまではしょうがない、ちょっとずつ慣れてくると思います。ありがたい言葉だった。なるほど、私はそれでいいのかもしれない。しかし学生はどうなるのだ。ここから見る学生は、意味もなく急に下駄を履かせてもらえることになる。これまで見てきた学生は何なのだ。基準を変えていいはずがなく、ましてや面接官が慣れてきたから採点が安定してくるなんて話、あっていいはずがないじゃないか。

私は人の人生を握っているんだ。私がボールペンでここに数字を記した瞬間に、彼ら、彼女らの、向こう数十年の未来が変化してしまうのだ。

「さっきの学習院の女の子、雰囲気よかったよね」

「いや、それは岩田さんがむっちりした子が好きなだけでしょ」

「やめろお前、人聞きの悪い。でもあれだな、あり得るな」

この人たちは、何とも思わないのだろうか。私たちは学生の運命を握りながら、しかし同時に極めて残酷な事実を突きつけられているのだ。この人たちに、プライドはなかったのだろうか。誇りはなかったのだろうか。自分はあのIT最難関との呼び声も高いスピラリンクスの入社試験をくぐり抜けてきた精鋭だという、自惚《うぬぼ》れはなかったのだろうか。

私はあった。そしてそれがいま、椰子《やし》の実の皮を乱暴に素手でむしられていくように、ゆっくりと、暴力的に削り取られていく。自分がくぐり抜けた試験は所詮こんなものだったのだ。

パズルを組み上げていくように証明されていくのは、九賀蒼太の正しさだった。

――人を見極められるわけないのに、しっかりと人を見極められますみたいな傲慢な態度をとり続けてさ——

思い出さないようにしていた、鴻上氏へのインタビューの後半部分が蘇ってくる。

『実は、この間、新卒採用の面接官をお願いされたんです。断ったのでたぶんやることにはならないと思うんですけど、面接官をやる上でのコツって、何かあるんですかね？　相手の本質を一瞬で見抜くテクニックみたいなものは』

私の質問に対して、鴻上氏は笑顔で、答えてくれた。

■インタビュー一人目：（株）スピラリンクス元人事部長——鴻上達章（56歳）

二〇一九年五月十二日（日）14時06分～

中野駅近くの喫茶店にて②

……え？　それはまた面白い質問ですね。でも非常に単純ですよ。笑ってしまうほどに単純です。ちょっとその前に、甘いものを追加で頼んでもいいですかね？　私、生クリームに目がなくて……意外ですか？　ま、人間そんなものですよね。「犯人」の正体だって、まさしく意外そのものだったんですから。

あ、すみません。このパンケーキをひとつ、ええ、お願いします。すぐで大丈夫です。

ええ、それで、何でしたっけ……面接官をやる上でのコツと、相手の本質を一瞬で見抜くテクニックでしたね。これはもうね、本当に簡単に一言で言い表せますよ。

いない、いない。そんなものない。これに尽きますね。

相手の本質を見抜くなんてね、保証しますけど、絶対に、百パーセント、不可能です。できると思うことそれ自体が傲慢なんですよ。スピラのときは、何人の応募があったんでしたっけね……一万人は来なかったと思いますけど、初年度は確か五、六千人くらいの応募があったんじゃないですかね。とんでもない数ですよ。その中からたった一人を選抜するのが当時の私の仕事でした。五千分の一、真に最も優秀な人をたった一人採用するなんて、そんなのどうです。冷静になればわかるじゃないですか。神様にだってできないですよ。

面接なんて長くたって一時間かそこらです。そんな短時間で、相手の何がわかるっていうんですか。三回か四回繰り返したところで、相対するのは三、四時間程度です。何もわかりなんてしないですよ。

私が新卒で入ったのはとある紡績会社だったんですけどね、人事に配属になったのは三年目になったときでした。当時は躍起になりましてね、何か画期的な採用システムを確立してやろうと意欲に燃えていました。しかしすぐに気づくわけです。そんなものはこの世界のどこにもないんだな、と。焼き魚を綺麗《きれい》に食べられる人を採用する企業、挨拶がちゃんとできる人を採用する企業、フェルミ推定が上手にできる人を採用する企業──いろんな会社がありますけど、みんな大体、数年で風変わりな採用システムは廃止になっています。なぜって、うまく機能しないからです。悲しいことにね。『落とした学生の中に、もっと優秀なやつがいたんじゃないか？』──保証しますけどね、一万パーセント、いましたよ。絶対にいました。学力を測っているわけじゃないんで、どうしてもとりこぼしは生じます。ここだけの話ですよ、眠いなぁって思いながら読んだエントリーシートはどうしても頭に入ってこないですし、もう二次には十分な数の学生を進めちゃったから、ここから先の学生は流しで──なんてことは、まあ、ありますよ。そんな中に実はとんでもない実力者がいたんじゃないか──考えるだけ無駄です。絶対にいました。でも、どうしろっていうんですか？　どうしようもできないんですよ。

逆に『面接に受かる必勝法を教えてください』と学生にアドバイスを求められたときも、私は同じことを言いがちです。精一杯の助言はしますし、やれるだけのことはやってみたらいいと言いますが、やっぱり最後は圧倒的に『運』です。学生が不完全な人間であるのと同じように、人事だって不完全な人間なのですから、やっぱりこの世界に絶対はないわけです。就活生向けのマニュアルと同様に、書店には山ほど人事担当者向けの採用ガイドというものが用意されています。優秀な人材を引き寄せる採用の法則、面接質問集100、やってはいけない採用Q&A——棚を見れば一目瞭然《りょうぜん》じゃないですか。人事だってよくわかってないんです。どんな選考をすれば優秀な学生をとれるのか、相手の内面を見極められるのか、なぁんにもわかってなんかないんです。ショックを受ける学生もいますけどね、それが事実ですから。

ただコンサルになる前までは、こんなこと口が裂けても言えませんでした。自分が窓口をやっているときは、こちらも学生にとってはいわば企業のイメージキャラクターになるわけですから、ね。どうしても好印象を与えようとして嘘をつきがちです。入社後のミスマッチを防ぐためにも、人事は嘘をつくべきではないという論調も強まってきてはいますが、それでもみんな大なり小なり嘘をつきますよ。……思えば、どうでした？　私のスピラでの人事部長っぷりは。はは……あれも今思うと笑えますね。当時の私、中途でスピラリンクスに入ってまだ二年くらいだったんですよ。新卒採用を始めたいんで、その道の経験者が欲しい——ヘッドハントされて入社して、慌てて態勢を整えようと奔走して。説明会ではIT企業の広告塔らしく懸命に熱い言葉で語りかけ続けましたよ。我々の理念は、我々のビジョンは、我々の未来は——実は当時……私ね、SNSの『スピラ』、使ったことなかったんですよ。必死で隠してましたけどね。人事なんてそんなものです。

馬鹿馬鹿しいでしょ？　本当に馬鹿馬鹿しいと思います。

社会は日々、めまぐるしく変わります。SNSのスピラが隆盛を極めた時代は遥《はる》か昔。AIだ、クラウドだ、キャッシュレス決済だ、O2O、IoT、シンギュラリティ――いろんな言葉が生まれては、おそらくはまた少しずつ埃《ほこり》を被《かぶ》って廃れていくでしょう。でもそんな中にあってね、この『就職活動』だけは、何十年も前からまったく形を変えずに残り続けているんです。ずっと面接、性格診断、筆記試験、そしてグループディスカッション――どうしてなのかって、これしかないからなんですよ。

よくね、欧米式の採用方法を導入すべきだなんて安易に喧伝《けんでん》する方がいますけど、あれはあれで地獄ですよ。横にも縦にも動けない、金縛りのような採用方法です。だからね、やるしかないんですよ。この馬鹿馬鹿しい、毎年恒例の、頭の悪いイベントをね。

『将来的に何をやらせるのかは決まっていないけど、向こう数十年にわたって活躍してくれそうな、なんとなく、いい人っぽい雰囲気の人を選ぶ』

日本国民全員で作り上げた、全員が被害者で、全員が加害者になる馬鹿げた儀式です。完璧なんて目指せるわけがないです。どうです？　あなたにだって心当たりがあるでしょ？　駄目な先輩、駄目な後輩。どうしてこんなやつがこの会社にいるんだろう。そう思ってしまう人の、一人や、二人。そういう人も、見事に入社試験をくぐり抜けてしまってるんです。理由は悲しいほどに簡単です。

確実にいい人を選ぶということが、まったくもって不可能であるから。

そうだな……ここまでお話ししたんだから、正直にお伝えしてしまいましょうか。面接などの短い時間の対面だけでは学生のことは見極められない——そんな問題点を解決しようと、新しい選考方法を考えた時期が私にもありました。きっかけはとある知り合いの人事担当の言葉でね、彼は言うわけですよ。『面接では優秀そうだと思っていたのに、いざ新入社員研修が始まるとてんで駄目——そんなやつが毎年必ず何人かいる。そして往々にして、そういうやつはこちらが駄目だと気づくよりも先に、すでに新入社員同士であいつは駄目っぽいぞと噂になっていることが多い。教師から見ているよりも、学生同士のほうが互いの性格を把握しやすい——みたいなことなのかもしれない』

なるほど、これだ——と、思ってしまいましてね。思いついてしまったわけです。ある程度の人数までこちらで絞ったら、いっそそこから先は学生同士で選びあってもらったほうがいいんじゃないか、って。といっても放っておいても就活生同士、互いに打ち解けようとはしてくれないですからね。共通の目的を与えるわけです。『課題がうまく達成できれば、全員に内定を出しますよ』って。ある程度仲よくなったなと思ったら、選考方法の変更を連絡します。

だからね、『東日本大震災の影響で採用枠が減りました』というのは嘘でした。もっともらしい言いわけが必要だったんで、たまたま発生した震災を利用してしまったんですね。これはきっといいグループディスカッションになるに違いないと思っていたんですが、結果はあなたもよくご存じのとおりで、とんでもない結末を迎えてしまいました——あぁ、ごめんなさい。あなたが選ばれたのは心からよかったと思ってるんです。お世辞ではなく、本当にね。

ちょっと、余計な話もしてしまいましたね。あっ、やっと届いた。パンケーキはこっちで……ありがとうございます。うん、生クリームの量が、これはいいですね。期待が高まります。

白状するとですね、私、こういう癖があるんです、ほらこの癖——今日もすでに何回かやってると思います。何かある度に、こう、左手の薬指のところを右手で触ってしまうんですね。きっかけは結婚指輪です。元々指輪をする習慣のなかった人間なので、どうにもつけ始めたときから異物感が耐えられなくて……ずっと邪魔だな、邪魔だな、と思ってこうやって触ってたらですよ——指輪をする必要がなくなっちゃったんです。……ははは。指には何も嵌《は》められていないのに、癖だけが残っちゃって……笑い話ですんで、どうぞ笑ってください。

さあ、どうです？　相手の本質を一瞬で見抜くテクニック——そんなものが、この世界に存在すると思いますか？　人事がほんの短い時間で、常に最適な学生を採用できているると思いますか？　もし可能だとしたらですよ、少なくともこの薬指にはまだ指輪が残っていた──そんな気が、私はしますけどね。

3

「では次の面接は来週の月曜日になりますんで、またよろしくお願いします」

魂を半分ほど、叩《たた》き潰《つぶ》されたような心地だった。

すぐに自分の席に戻るような気にはなれず、ふらふらと喫茶スペースの端に腰かけ、心の回復を待つようにコーヒーをすする。しかし流血を伴う酷《ひど》い裂傷を、短い午睡で治そうとしているような空しさがあった。一杯や二杯のコーヒーでどうにかなるような問題ではない。

諦《あきら》めて自席に戻ると──心臓が止まるかと思った。蛍光灯がすべて青色に変わったような衝撃が走る。

私の机の上に、一枚の封筒が置かれていたのだ。

キーボードの上、まるで気づいてくださいと言わんばかりに、最も目立つ位置に、間違っても見落とすことがないように、明示的に、何かの象徴のように、長3サイズの、白い封筒が、そっと、置かれていた。

ていく。

息を呑《の》み、そんなはずはないと冷静になる振りをして、しかしすぐに確信が加速していく。

それは見れば見るほどに、かの日、波多野祥吾が持ち帰ってしまった封筒にそっくりであった。私が見たい見たいと思ってやまなかった、叫びたくなるほどに忘れたくて仕方がなかった、あの封筒に違いない。どうして封筒は突如としてここに現れたのか。働かない頭で必死に理屈を考えた。波多野芳恵が実家で見つけたものを届けてくれたのか、あるいは九賀蒼太が持ってきたのか。途端に毒が体中に回ってきたように、全身がしびれ始める。

これでやっと救われる。否、とうとう殺される。

冷たくなった右手でそっと封筒を掴《つか》み、感覚のない指先でそっと中身を摘《つ》まみ出す。

――『マクセル アクアパーク品川 ペア招待券』

お取引先からのプレゼントだそうです。離席中だったので置いておきます。鈴江――

妄想のたくましさに自嘲《じちょう》の笑みを浮かべたかったのだが、ほんの短い時間であっても、表情をとり繕う余裕は私に残されていなかった。

椅子に座り込んで頭を抱える。私は封筒を一度、二度、三度、それ以上細かくする必要がないことを自覚しながら四度、乱暴に引き裂いてから、くずかごの中に放り込んだ。

せめてあの封筒の中身が、わかれば。

九賀蒼太に口を割らせることができないとわかった今、あの封筒の中身に迫る方法はたった一つ――波多野祥吾の残したZIPファイルのパスワードを突破すること、それだけであった。中に何が入っているかはわからない。私に対する罵詈《ばり》雑言が延々と連ねられている可能性もあれば、封筒の中身とはまるで関係のない考察が並んでいる可能性もある。それでも、私が望みを託せる場所はここしかなかった。

――パスワードは、犯人が愛したもの【入力回数制限あり：残り2／3回】――

私が愛したものは何だ。これまですでに何十時間にもわたって向き合い続けてきた難題に、もう一度正面から向き合う。『uso／嘘』か『giman／欺瞞』か。メモ帳にストックされた単語はすでに百に達しようとしていたが、たった二回しか残されていない入力のチャンスの前では、いずれもあまりに根拠に乏しいように思われた。思い切ってこのリストの中からそれらしい上位二つの単語を選んで入力してみようか。でも、間違っていたら答えは永遠に失われる。どうにかして鍵《かぎ》を開けたい、どうにかしてこのファイルの中身を確認したい。それだけで、それだけで少しは救われるはずなのだ。

キーボードに指を添えては離しを何度も繰り返し、ようやく恐る恐る数文字打ち込んでみてはすぐに削除する。どうして自分のことなのに、こうもままならない。前に進むことも後ろに戻ることもできずにいる自分に腹が立ち、何かが限界に達した。苛《いら》立《だ》ちに任せて空になったジャスミンティーのペットボトルを壁に投げつけると、想像していたよりもずっと騒々しくフローリングの上を暴れる。馬鹿なことをしている。物に当たるなんて子供じゃないか。自己嫌悪に押しつぶされ、ほとんど死にたい気持ちになってくる。

しかし転がったペットボトルを拾うために立ち上がった、そのときだった。

さながら数学のテストで導き出した答えが整数だったときのような、明瞭《めいりょう》で、確かな手応《てごた》えがあった。なんて間抜けだったのだろう。考えれば考えるほどにこれしかなかった。あまりにも身近すぎるがゆえにかえって一度も候補に上ってこなかったのだ。でも、間違いない。当時から今に至るまで間違いなく私が嗜《し》好《こう》し続け、そして周囲から見ても好んでいるように見え続けていたもの——これしかない。スペルミスがないよう慎重に私が打ち込んだ文字は、

『jasmine tea／ジャスミンティー』

指が震えた。

これで、開く。中には何が入っているのだろう、開いたら何かが変わるのだろうか、

何も変わらないのだろうか。すっかり正しいパスワードを見極めた気になっていた私は、切り替わった画面表示をしばらく適切に認識できなかった。

——パスワードは、犯人が愛したもの【入力回数制限あり：残り1／3回】——

すでにデスクトップに解凍されているのだろうか。それともデフォルトでおかしなフォルダが解凍場所に指定されているのだろうか。間抜けな遠回りの後に、私はようやく事態を正確に理解した。

残りの入力回数が減っている。

パスワードが、間違っていたのだ。

相当な自信があったので、誤答であることが素直に受け入れられなかった。同時に妙な焦りが生まれてしまい、なるほど『jasmine／ジャスミン』だけでよかったのではないだろうか、あるいは『tea／ティー』のほうこそが正しいパスワードだったのだろうと合点し、すぐに次のパスワードを入力しようとしてしまう。しかし冷静になるまでもなく、残りの入力可能回数はたったの一回だけだった。jasmi——まで打ち込んだところで慌ててバックスペースを連打し、手で口元を押さえる。もう間違えられない。

軽率にパスワードを打ち込んでしまった後悔が押し寄せる。あとたったの一回。たったの一回で、最後の希望が絶たれてしまう。早まっておかしな文字列を入力しないよう、一度ノートPCから距離をとる。立ち上がって室内をゆっくりと歩き、乱れていた呼吸を整える。

一周して再びノートPCの前に戻ってくると、ローテーブルの上に置いたままにしてあったくだんのクリアファイルが目に留まった。中には新卒採用案内のパンフレットが挟まっている。波多野芳恵からこのクリアファイルを受け取ってからUSBメモリには散々アクセスし、一緒に入っていた小さな鍵も再三にわたって確認をしてみた。しかしこのパンフレットだけはどうにも見る気が起きなかったのは、就活期に眺めきったつもりになっていたからだ。

気を落ち着かせるため、何の気なしにパンフレットへと手を伸ばす。意味もなく何ページか捲《めく》ってすぐに元の位置に戻そうと思っていたのだが、思わぬ驚きにしばし呆《ぼう》然《ぜん》と眺めてしまう。いっそ、戦慄《せんりつ》さえも覚えた。入社してから次々に舞い込んでくる膨大な業務に追われてすっかり顧みる機会を失していたが、それは信じられないほど、虚飾に満ちたパンフレットだった。ページの端から端まで、虹《にじ》色の砂を撒《ま》いたような輝きに満ちている。絶妙なワークバランスで平日の夕方は趣味の時間に、社員は同僚というよりは親しいファミリー、ダーツやボードゲームに興じながら会議ができるミーティングルームを完備。待っているのは最高の社会人生活。

確かにダーツのできるミーティングルームは、ある。新宿に移転した今も規模こそ縮小されたが一応のところフロアの隅に用意されている。でもダーツをプレーしながらスマートに会議をしている人たちを私は見たことがない。私はダーツの矢に触れたことすらない。冷静になればわかる。ダーツやボードゲームをしながら生産的な会話などできやしないということが。

　あんなものは一種の広告だったのだ。

　こんな会社は、どこにもなかったのだ。

『スピラリンクスが提供するフィールドで、あなたは【成長《Grow up》】を超え、新たな自分へと【超越《Transcend》】する』

　クリアファイルの中に丁寧に戻すのも面倒になり、放り投げるようにしてローテーブルの上に落とす。はらりパンフレットが上品に着地したのを見届けると、私もそのままソファにくずおれる。目を閉じてこのまま寝てしまいたかったが、空転を続ける頭がそれを許してくれない。無関係なことを考えようとすればするほどに頭は冴《さ》え、考えたくないことばかりが心を占拠する。限界だった。このままそっと音楽をフェイドアウトさせていくみたいに、この世界から退場できたらいっそ楽なのかもしれない。さすがに心がバランスを崩しすぎていると思ったとき、スマートフォンが震えた。鈴江真希からのメールであった。

　――マネージャー、嶌さんへ――

家に帰ってからも仕事をしているのは殊勝なことだと感心しつつ、こういう件名をつけるところが彼女のよくないところなのだと、本人不在の説教が心の中で始まってしまう。件名は本文の要約だ。これではマネージャーと私にメールが宛てられていることはわかっても、どんな内容なのかは開封してみなくてはわからない。どうして人事が研修できちんと教えておかないんだ――そんなことを考えていたとき、ふと、違和感のさざ波が立った。

ソファの上で体を起こし、何の変哲もないメールの件名に釘《くぎ》づけになる。

――マネージャー、嶌さんへ――

当たり前だが、この件名を見て、嶌衣織がマネージャーであると誤読する人はいないだろう。読点がなければ、つまり『マネージャー嶌さんへ』と書かれていれば紛らわしいとは思うが、二つの名詞の間に読点が入っていれば、マネージャーと嶌衣織がそれぞれ別人であることが、当たり前ではあるが、わかる。

ならば、だ。

私は波多野祥吾が遺《のこ》したクリアファイルを今一度、手に持ってみる。黒マジックで書かれている文字は、

――犯人、嶌衣織さんへ――

これも、同じことが言えるのではないだろうか。どうしても先入観から『犯人であ

る嶌衣織さんへ』という言葉だと認識していたが、『犯人と、嶌衣織さんへ』という言葉だと読み解くことも、不可能ではない。しかしそんな可能性があるだろうか。波多野祥吾が、事件の真犯人のことをきちんと見破っていた。犯人は嶌衣織ではなく、九賀蒼太であると、すべて看破していた。仮説の検証、考察には時間が必要だったが、細かい作業を省いて思い切ってそうであったのだと仮定してみる。

するとどうだろう。私はノートＰＣを今一度手元に引き寄せ、入力欄をじっと見つめる。

私ではなく九賀蒼太が愛したもの。それだったら、わかるのではないか。

何よりも先に指が動いた。考えるまでもなかった。たった四文字のアルファベットを打ち込み、エンターキーに指を添える。

これでいいのだろうか。押し込む前に自問する。『jasmine／ジャスミン』や『tea／ティー』のほうがまだしも正答の可能性が高いのではないだろうか。本当に最後の一回を、こんな不確定な可能性に捧《ささ》げてしまっていいのだろうか。回数制限はあるが、幸いにして時間制限はない。もっと時間を使って考えればいいのではないだろうか。

あらゆる問いかけにノーを突きつけ、最後に私の背中を押したのは、あるいは願望だったのかもしれない。そうだったら、とても嬉《うれ》しい。そうであったのなら、私は救われる気がする。そうであって欲しい。あってくれ。私がラストチャンスを託した文字列は――

『fair／フェア』

押し込んだ瞬間に、画面が変わる。開かれたZIPファイルの中には、テキストファイルが一つと、三つの音声ファイルが保存されていた。驚きの余韻に浸るのも忘れ、ダブルクリックでテキストファイルを開く。

読み終わったとき、私はそれまでとまったく異なる世界にいた。今が何時であるのかなんて実にどうでもいい些末《さまつ》な問題であった。クリアファイルに挟まれていた小さな『鍵』を握りしめ、私は部屋を飛び出した。

【犯人、蔦衣織さんへ（仮）.txt】

作成日時：二〇一一年十一月十五日、19時06分

気づくと、あの事件からすでに半年以上が経過している。

よくよく振り返ってみても、我ながら相当腑抜《ふぬ》けさせてもらったこの半年だった。親には就活はどうした、やめたのか、ふざけるな、真面目にやらないと後悔するぞと毎日のように文句を言われたが、それでも立ち上がる気になれなかったのだから、お

かしな言い方になるが僕は本当に落ち込んでいたのだと思う。

あのグループディスカッションの日、封筒の中から出てきたのは僕が心から大好きになれた人たちの、知りたくなかった過去であった。会議が進むにつれて、グループディスカッション前までの関係が嘘だったかのように、僕らの間には悲しい溝ができていってしまった。これ以上に酷いことなどないと思っていたのだが、最終的にはあらゆる情報が僕を犯人に仕立て上げるために機能していたことを知り、完膚なきまでに打ちのめされた。

僕に対する告発写真が明らかになった瞬間、犯人は簡単にわかってしまった。九賀くんだ。写真はどう考えても『歩っ歩や』のホームページから引っ張ってきたものなのだが、封筒の中からはなぜかボツ写真コーナーの画像が出てきた。推理を披露するのが目的ではないので細かいところは省略するが、間違いなくお酒に詳しくない人間の犯行だとわかった。あのメンバーの中でお酒を飲まなかったのは二人。一人は嶌さんだが、フロントで働いている彼女が有名なウォッカの瓶を知らないはずがない。なら犯人はもう一人の下戸、九賀くんでしかありえない。

伏線はあった。最終選考メンバーみんなで飲み会をした日のことだ。九賀くんは突然、僕のことをトイレに連れ出すと、お酒の飲めない嶌さんにあんなにワインを飲ませるなんてどうかしてると詰め寄ってきた。それはそうだ。途中から来たのだから九賀くんが事情を知るはずがない。僕はちゃんと説明をしなくてはと思って簡単に事情を話したのだが、九賀くんが「僕は酒を飲まないんだ。詳しくもない。だからウェルチがどんな酒なのかも知らない。でもアルコール度数が低かろうと飲めない人間には飲めないんだよ」と言った途端に笑い上戸の悪い癖が出てしまって、それ以上の説明ができなくなってしまった。

これは完全に僕の失態だ。ただその後に九賀くんが、「揃いも揃って、お前ら最低じゃないか」と口にしたのはやっぱり気分のいいものではなかった。違うんだ、説明を聞いて欲しい。そんな僕の言葉を無視して九賀くんは「やっぱりこういうことだったんだ。お前らには心底失望させられた」と一人で納得し始めたので、そこから軽い口論が始まってしまった。

「そんな言い方ないだろ？　みんな優しいし、本当に素晴らしい人たちだよ。それは九賀くんだって十分に理解できているはずだろ？」

「何も知らないからそんなことが言えるんだよ」

「何も知らないって、九賀くんは何を知っているって言うんだよ」

「まだ、わからない。でも少なくとも自分がクズだっていうのはわかる」

「またまた、九賀くんこそ一番に素晴らしい人で――」

「僕は、恋人孕《はら》ませて、子供ごと捨てたクズだよ」

このやりとりが、ある意味では彼にとっての宣戦布告だったのだと思う。僕を犯人に仕立て上げたのも、ひょっとすると、このやりとりが引き金になっているのかもしれない。きっと彼なりの清算だったのだ。

グループディスカッションの最終盤。真相を見破ることができてしまった僕は、ひょっとすると真犯人は九賀くんであると指摘するべきだったのかもしれない。挽回《ばんかい》できるできない、内定がとれるとれない以前の問題として、真実を詳《つまび》らかにすることを最優先する態度こそが、ある意味では誠実だったのかもしれない。それでも当時の僕にはそれができなかった。当時は酷く驚き打ちのめされ、呆然とする以外に何もできなかったということもあるが、やっぱりそれ以上に心のどこかでは九賀くんのことを信じていたかったのだ。

彼のことが。そしてあの最終選考メンバー全員のことが、心から好きだったのだ。

『歩っ歩や』のみんなや、バイト先の先輩の助力によってどうにかこうにか立ち直れたのが、だいたい九月をすぎたあたりのことだった。ただ、立ち直れたと言いつつも、それはグループディスカッションのことをうまく忘れることに成功していたというだけの話であって、トラウマを克服できたというような話ではない。目を背けるのが上手になっていただけなのだ。

就活を実質的に打ち切ってしまっていたこのときの僕に、内定はもちろん一つもなかった。まだ頑張ればどうにか年度内に就職先を見つけることは不可能ではなかったが、さすがに急ピッチで再びリクルートスーツに袖《そで》を通せるほどタフでもなかったし、どうせなら一三年卒ということにしてもらったほうが色々と都合がいいだろうと判断した。大学の課題はこなしつつ、ゼミの先生に便宜を図ってもらって『留年』という形にしてもらうことにした。

今年度から就活情報サイトのオープンは十二月に後ろ倒しになったので、時間には若干の余裕があった。さあ、どうしようか、そんなことを考えたとき、僕はあの忌まわしきグループディスカッションの思い出に、もう一度、真っ正面から向き合うべきなんじゃないかと考えた。どうせならきっちりと清算して、新たな就職活動に臨みたい。

きっかけは不意に思い出した、ある日の光景だ。

最終選考メンバーで飲み会をした日の帰り道、矢代さんが堂々と優先席に座っていたことを、突然、はっと思い出したのだ。確か隣の席に自分の鞄《かばん》まで置いて席を潰していた。止めさせるほどではないかなとは思いつつ、あまり褒められた行動ではないなとあのときは思っていたのだが、ふと、そうではないのではないかという考えがよぎった。あれは彼女の傲慢《ごうまん》さの象徴ではなく、むしろ優しさの表れだったのではないか。

それをきっかけに、僕は敢《あ》えて自分のことを信じてみることにした。やっぱりあの五人は、みんないい人たちだったのではないだろうか、と。だって、そうではないか。

九賀くんは写真を用意することによって何かを証明してみせたつもりになっていたのかもしれないが、やっぱりあんなものは所詮《しょせん》、ただの写真にすぎないのだ。グループディスカッションはたったの二時間半。でもそれまで僕らは何時間も、何日間も、何週間も、上野のレンタル会議室で疑似仕事を一緒にしてきたのだ（思えば当日もそんなことを会議中に言った記憶がある）。彼らが悪人でないことを、僕はどうしようもなく知っていた。彼らが優秀で、素晴らしい人間であることを、愛すべき仲間であることを十分に理解できていた。

というわけで今さらながらではあるが、あの日の九賀くんの宣戦布告を真っ向から受けようと決めたのだ。彼が全員の悪事を暴いたつもりになっているのならば、僕はそのさらに裏側を調査してやろうじゃないか。その結果、彼らがやっぱり揃いも揃って救いようのない悪人であったのなら、そのときは潔く九賀くんに対して白旗を振って、自身の人を見る目のなさを嘆きに嘆き続ければいい。

結論から言うと、この勝負については僕の「勝ち」と言ってよかったように思う。長々と九賀くんの用意した封筒に対する反証をここに書き連ねるのも何か違うような気がするので、三つの音声データをＺＩＰに同封しておく。重要な『証人』による、袴田くん、矢代さん、それから森久保くんについての貴重な話が録音されている。おそらくは九賀くんも知らなかった事実に違いない。きっといつか君に聞かせてやりたい。お僕が最近、折に触れて思い出すのは嶌さんが話してくれた月の裏側の話だ。月は地球に対して常に表側だけを見せているそうで、裏側を地球から見ることは叶《かな》わないらしい。果たして月の裏側はどんな様子なのだろう。

実際に調査された結果によると、月の裏側は表側に比べて起伏が大きく、クレーターの多さが目立つらしい。言ってしまえば、ちょっと不細工なんだそうだ。ある意味でそれはあの封筒の中身にも似ているなと、そんなことを考えた。

封筒の中には紛れもない、僕らの一部分が封入されていた。日頃は見えていない、見ることの叶わない『裏側』が封入されていた。何よりもフェアを大事にする九賀くんらしく、そこには必要以上に煽《あお》るような文句は何も記されていなかったが、誰にとっても知られたくない一面であったことには違いあるまい。僕らは封筒の中に隠されていた一部分を見て、勝手に失望して、あろうことか当人全体のイメージを書き換えてしまった。月の裏側に大きなクレーターがあることを知った途端に、まったく関係のなかったはずの表側に対する印象も書き換えてしまったのだ。

当たり前だが、彼らは全員、完全な善人ではなかったかもしれない。でも完全な悪人であるはずがなかったのだ。

おそらく完全にいい人も、完全に悪い人もこの世にはいない。

犬を拾ったからいい人。

信号無視をしたから悪い人。

募金箱にお金を入れたからいい人。

ゴミを道ばたにポイ捨てしたから悪い人。

被災地復興ボランティアに参加したから絶対に聖人。

健常者なのに優先席に遠慮なく腰かけていたから極悪人。

一面だけを見て人を判断することほど、愚かなことはきっとないのだ。就活中だから本当の自分があぶり出されてしまうのではなく、就活中だから混乱してみんながわけのわからないことをしてしまう。グループディスカッションでは確かにみんなが醜い部分を見せ合ったかもしれないが、そんなものはやっぱり、月の裏側の、ほんの一部にすぎないのだ。

九賀くんに対して、憎い気持ちはある。それでも事情を知らない人間に彼が悪人であるイメージをすり込むことは避けたいので、このテキストファイル以外に犯人の名前は明記しないことにする。彼が犯人であるという事実もまた、月の裏側のほんの一部分にすぎないのだ。

ひとまず現状は、犯人のことがわかっている人だけがこのテキストファイルを読むことができるようにパスワードも設定しておく。いつかこのテキストファイルを自分以外の人に、それも本当に読むべき人だけに、読んでもらうために。

いつになるかわからない。でもいつかこの文章を九賀くんに、あるいは嶌さんに見せてもいいなと思えるほど、僕が成長し、あのグループディスカッションが遠い思い出の中に溶けてくれた頃に、きっとこのファイルを二人に送付しようと思う。それまではひとまず（仮）のままでUSBに保存しておく。

九賀くんへ。

封筒を用意したことはもちろん許されないことで、下品な行いだったと心から思う。でも君が自身がクズである証明として語った「孕ませて堕《お》ろさせて振った」というエピソードについては一言だけ言わせて欲しい。

君は、まったく、悪くないじゃないか。

会ってきたよ。君との子供を諦《あきら》めざるを得なかった、原田美羽さんに。彼女は君のことを何時間もかけて、涙ながらに擁護していた。彼は悪くない、彼は悪くない、彼女は何度も僕に訴えた。二人の間のことは二人の間のことだから、知ったようなことを書きたくはないし、敢えて彼女とのインタビューを録音したファイルはここに残さない。でももう少し、自分のことを許してあげたらどうだい。君はたぶん厳しすぎるんだ。他人にも、社会にも、そして何より自分にも。すべては君らが選んだ道で、どうしようもなかったことじゃないか。僕はもう少し、君が楽になってもいいんだと、そう思う。

最後に、嶌衣織さんへ。

あの封筒を用意したのは、実は僕ではありませんでした（というのは、ZIPのパスワードを突破できているのですでに承知しているものと思います）。仮にこのファイルの存在によって真犯人の存在を初めて知り、心の平穏を乱すようなことになってしまっていたのだとしたら、心よりお詫《わ》び申し上げます。

嶌さんに犯人であると誤解されたまま終わるのはなかなか辛《つら》いものがありましたが、敢えて犯人を指摘せずに会議室を去ったのは他でもありません。心を乱すことなく嶌さんにスピラリンクスの一員になってもらうためには、あれが最善の道だろうと判断したのです。封筒の中身は空だと言い張れば、少なくとも嶌さんは封筒について余計な気を回す必要はなくなる。お節介だったかもしれませんが、不器用な僕にはあれが最善の振る舞いに思えたのです。

嶌さんがあのグループディスカッションを経て内定を手に入れたことに、どんな思いを抱いているのかはわかりません。それでも僕は封筒の中身が晒《さら》されなかったことを差し引いても、あなたが最も内定に相応しい人間であったと確信しています。あなたはグループディスカッションの最中、封筒による告発を悪しきものだと糾弾し、みんなが封筒騒動に飲まれていく中にあってただ一人、涙ながらに正しい道を示し続けてくれました。

　少しばかり真面目すぎるがゆえに、悩み始めるとどんどんと自分を追い詰めてしまうのではないかなという部分だけが個人的には心配ですが、きっと杞憂《きゆう》だろうとどこかでは楽観視しています。何せ僕ら六人が選んだ内定者ですから、きっとスピラリンクスというフィールドで存分に力を発揮してくれるものと思います。袴田賞の最優秀選手部門受賞者の力、目一杯に見せつけてください。僕に何を言われてもあまり心には響かないかもしれませんが、頑張って。応援してます。

　ちなみに持ち帰った封筒についてはどのように処理するべきか本当に悩みました。捨ててしまおうかなとも思ったのですが、勝手に処分するのもどこか違うような気がしたので、とりあえず保管しておくことに決めました。就活中に僕がレンタル倉庫を使って資料の管理をしていたことを覚えていますでしょうか。就活を終えても倉庫は荷物置きとして使い続けるつもりなので、当面借りっぱなしになっていると思います。スペアキーを同封しておきますので、気になるようだったら中身を見るなり、処分をするなり、お好きなように処理してください。『ラッキーストレージ朝霞』の名前で検索すれば住所はわかると思います。番号は鍵に書いてあるのでそちらを参照してください。封筒はなるべくわかりやすい位置に置いておこうと思います。中身については誓って見ていません。でもたとえ嶌さんについてのどんな秘密が封入されていようとも、きっとあなたの価値を貶《おとし》めるようなものではないと確信しています。

そんなものは素晴らしく光り輝く嶌さんの、ほんのささやかな一面にすぎないのですから（ちょっと臭いですね）。

僕は一年遅れ、これから就職活動ということになりますが、スピラに負けない素晴らしい会社に入れるよう、全力で頑張りたいと思います。嶌さんや他の四人に比べると、自分はつくづく責任感が足りていなかったなと、痛感させられている日々です。たったあれしきの衝撃で半年も腑抜けていた自分がとにかく情けない。

いつか僕が社会人として成長し、あなたと一緒に――スピラリンクスと一緒に仕事ができたら、とても楽しいだろうなと、そんな妄想に胸を躍らせております。

またいつかデキャンタで乾杯しましょう。

あなたのことがとても、とても、好きでした。

波多野　祥吾

4

なぜか、今なら走れると思い込んでいた。

何年も、試してもいなかった。今なら嘘のように、滑らかに両足が動いてくれるんじゃないだろうか。そんなはずもないのに。

マンションのエントランスを出て思い切り右足で地面を蹴《け》り上げすぐに、そのまま歩道に倒れ込む。幸いにして骨盤に痛みはなかったが、膝《ひざ》を大きくすりむいてしまった。通行人に訝《いぶか》しげな視線を送られながら立ち上がり、タクシーを拾うために駅のほうへと歩き出す。歩き出してまもなく、あぁ、そういう障害を持っている人なんだなと理解してもらえる。

兄の運転する車の助手席で事故に遭ったのは、大学二年生のときだった。信号無視をした車を避《よ》けようと兄は急ブレーキを踏んだのだが、衝突は回避できなかった。相手と兄に怪我はなかった。シートベルトをしていたので体こそ投げ出されなかったが、勢いよく前に押し出された膝がダッシュボードに引っかかり、衝撃をすべて骨盤で受け止めてしまった。

骨盤骨折、典型的なダッシュボード損傷ですねと言われたので、よくある事例だったのだと思う。リハビリは必要になりますが、骨盤の折れ方が浅いので歩行機能はどうにかとり戻せると思います。ただ走ることは——絶望したが、私よりも遥《はる》かに兄のほうが絶望していたので、かえって冷静になれた。事故の原因は兄にないと言っても本人は割り切れない様子だったので、これは私が後遺症を綺麗《きれい》さっぱり吹き飛ばすしかないと奮闘した。医者の言うとおり、歩行機能は戻った。徐々に歩き方も洗練されてきているように思う。それでもやっぱり、私の歩き方は健常者のそれとは明らかに異なる。靴は買う度に、右足の底から先に駄目になる。

大通りに出ると、運よくスライドドアタイプのタクシーが目の前をとおりかかる。乗車の際に腰をかがめなくて済むので、下半身への負担が少ないのだ。運転手にラッキーストレージ朝霞の住所を告げ、すりむいた膝に滲《にじ》んでしまった血をハンカチで拭《ぬぐ》う。

さすがに波多野祥吾がテキストファイル内で触れていた、矢代つばさの優先席の件はもう覚えていない。そんなことがあったのだと言われればそんな気もするが、記憶は定かではない。優先席については座れるものなら座りたいといつも思う。しかし若い女が座っているというだけで嫌な顔をされることが多く、一度大声で怒鳴られたことを契機に我慢するようになった。

波多野祥吾がそんなことがあったと言うのだから、きっとあったのだろう。矢代つばさは私が座りやすいように、率先して優先席に座ってくれたのだ。何年も前の厚意を無駄にしてしまった反省が胸に込み上げる。

そして波多野祥吾の手記を見て、ようやく九賀蒼太が『デキャンタ騒ぎ』と呼んだ出来事について思い出した。

あの日は最終選考メンバーで懇親会をやろうという話になり、矢代つばさがとっておきがあるといってお洒落《しゃれ》なお店を紹介してくれたのだ。予約は森久保公彦が担当することになった。値の張る店だったので、軽い食事と一、二杯のお酒を——という話だったはずなのだが、情報がうまく伝わっておらず森久保公彦は値段を見ずに飲み放題コースを予約してしまった。値段は二時間で六千八百円。学生が簡単に払える金額ではないということを知ったのは、森久保公彦と袴田亮が二人して店に到着した後だった。さすがにキャンセルしようという話になったのだが、当日になってからのキャンセルは不可能ですの一点張り。森久保公彦は絶望し、とんでもないことをしてしまったと途方に暮れた。その落胆ぶりがほとんど自殺寸前のように見えたので、袴田亮は私と、波多野祥吾、矢代つばさの三人を入り口前で待機させると、

「悪いんだけど、三人とも今日はお酒がめちゃくちゃ飲みたくて仕方なかった——って感じで店に入ってきてくれないか？」

「何それ？」と矢代つばさが尋ねると、

「いや、もうなんかな、森久保が自分のせいでみんなにとんでもない支払いをさせてしまう——ってめちゃくちゃ落ち込んでるんだよ。だから、小芝居を打って欲しいんだ」

「僕は構わないけど、嶌さんは確かお酒飲まないよね？」

そんな私は、店の前に飾ってあった飲み放題のメニュー表の中にウェルチの文字が

あったことに気づく。さすがに値の張る飲み放題コースだけあって、変わり種のドリンクが用意されている。お酒は飲めないが、デキャンタになみなみ大好きなウェルチを注いできてもらえれば、私は無限に飲んでいられると言って親指を立てた。まるで赤ワインのように見えるのではないだろうか。

「それでいこう。みんなマジで頼む。本当に森久保の落ち込み方すごいから、お酒が飲める組はガンガン飲んでくれ。お願いしていいよな？」

誰も嫌がりなどしなかった。たった一人を励ますために、みんなして大いに楽しんだ。

九賀蒼太は私に対し、八年ぶりに最終選考メンバーに会って印象は変わったかと尋ねてきた。どうせ相も変わらず最低な人間たちだったのだろうと決めつけてきた。私は反論するべきだったのに、口を噤《つぐ》んでしまった。

袴田亮と久しぶりに会ったのは厚木の狭い公園だった。土曜日の昼間ということもあって、老若男女、たくさんの人たちがベンチや芝生の上でそれぞれの時間を楽しんでいた。そんな中、平然と野球をやり始めた子供たちを、私を含めた多くの大人は見て見ぬ振りしてやり過ごそうとした。しかしボールが隣のベンチに腰かけていたお婆《ばあ》さんの横をかすめていったとき、袴田亮は敢然と立ち上がって子供たちを叱りつけた。

その口調は確かに厳しいものだったかもしれない。子供たちにとっては恐怖そのものだっただろう。それでも彼は逃げ出した子供を含めた全員を公園に集めると、いかにルールを守らないスポーツが危険なものであるのかを切々と説いた。一円の得にもならないのに、自身の休憩時間を使って、呆《あき》れるほど丁寧に語り続けた。最後には近くのコンビニで人数分のアイスを買ってやると「もう二度と危ないところで野球はしないと誓え、そんで野球を教えて欲しかったらおじさんのところに来い」と言って彼らを解放した。

矢代つばさの使っていたエルメスの鞄《かばん》は、大学時代とまったく同じものであった。とんでもない物持ちのよさだ。何カ所も修理の跡があり、本人はボロいから早く新しいのが欲しいと言っていたが、思い入れがなければ、物を大切に扱う人でなければ、決してできないことだ。

そして彼女が立ち上げた会社は、主に東南アジアやアフリカの発展途上国に対し治水をメインにした支援を行う慈善会社であった。資金繰りは難航しているらしくお金がないと言っていたが、彼女が見せてくれたパンフレットの中ではたくさんの人々が笑顔の花を咲かせていた。

森久保公彦はオーナー商法についての説明を私にしてくれた。自分がいかに悪いことをしてしまったのか、いかに非道な真似を働いてしまったのか、少し自虐がすぎないかと思うほど悪しざまに語った。その実態を知った私は「森久保くんは詐欺グループに騙《だま》されてただけで一切悪くない。完璧《かんぺき》な被害者だよ」とフォローするつもりで、本心から言ったのだ。しかし返ってきた彼の言葉は、騙されるほうが悪い。お金につられてほいほいと甘い話に飛びつくほうが悪い。自業自得。

未《いま》だに彼は罪の意識に苛《さいな》まれているのだ。

九賀蒼太だってそうだ。私の足のことを未だに覚えていて、わざわざ障害者用の駐車エリアに車を停めておいてくれた。先日は二十八階まで上らせるのが申しわけないと言って一階の喫茶店を待ち合わせ場所に変更してくれた。確かに彼がやってしまったことは決して褒められたことではない。しかしその性根がすべて腐っていると判断するのはあまりにも一元的だ。

そして波多野祥吾――いや、波多野くん。あなたは手記の中で自分のことを腑抜《ふぬ》けだとか責任感がないだとか綴《つづ》っていたが、とんでもない。私が八年間も、信じるべき人たちを信じ切れなくて絶望していた中で、あなたはたったの半年で立ち上がることに成功したのだ。落ち込み続ける私とは正反対に、全員を信じ切ることによって苦境を乗り越えた。私もあなたみたいにあるべきだった。あなたのようにありたかった。責任感がない。笑わせないで欲しい。あなたはこれから日本で一番大きなIT企業に就職して、悪性リンパ腫《しゅ》に蝕《むしば》まれながら、最後の最後まで一生懸命に自分の仕事をまっとうするのだ。あなたほど責任感の強い人間はそうそういはしない。

あのグループディスカッションの日、私が中身について思いを巡らせないように、罪を被《かぶ》ってまで封筒の中身は空だと言って会議室を去ってくれた。さらに今は、あなたの手記によって心を救われようとしている。あなたには感謝してもしきれない。そんなあなたに優秀な人間だと褒めてもらえて、嬉《うれ》しくないはずがない。

タクシーを降りると、目の前にはいくつものコンテナが山積みになっていた。随分大きな倉庫を借りていたのだなと思いながら敷地内を歩いていると、奥には少しばかり規模の小さな倉庫が並んだスペースがあった。ちょうど更衣室にあるロッカーのようなものが屋外にずらりと並んでいる。鍵《かぎ》に書いてあった番号を確認して該当のロッカーの前に立つ。震える指で鍵を回すと、かちゃり、心地よい音が響いた。

中には、想像していたよりたくさんの荷物が詰まっていた。あとで波多野芳恵に報告してあげたほうがよさそうだと思いながら、すぐに、私は扉の内側の棚に一枚の封筒が挟んであることに気づく。

――波多野祥吾さん用――

摑《つか》んだ瞬間に幻のように溶けてしまうのではないかと思った。さすがに紙は微《かす》かに黄色く焼けていたが、紛れもなくそれは、あのグループディスカッションの日に見た封筒であった。紙の隙間に指を通そうとするが、きっちりと糊《のり》づけがされてある。彼の申告どおり、封は一度も切っていないようだ。

私は封筒を握りしめながら、目を閉じた。そしてこの封筒をどうするのが正解であるのか必死に考えた。中に入っているのは、所詮《しょせん》は月の裏側の一部分。どんなものが入っていようと、波多野くんの言うとおり、所詮は私という人間のほんの小さな一側面に違いない。ならばわざわざ中身をあらためる必要はないじゃないか。むしろこれを見ずに破り捨ててしまうことこそが、私にとっての克服に違いない。

さあ、破り捨てて、すべて終わりに。

しかし封筒を真ん中あたりからひと思いにちぎってしまおうと思ったとき、私は自分がそこまで強い人間ではないことを知る。八年が経過した糊づけは、少し指の先に力を入れると思っていたよりもずっと簡単に剝《は》がれてしまった。何が出てくるんだろう。何が入っているんだろう。この八年間、何度も考えてきた問題の答えが今ここにある。私は、私はどんな人間なのだ。私は何をしてしまったのだ。私はどんな悪者なのだ。

とり出した紙面を見た瞬間に、私は長いため息をついた。

印刷されていた写真はたったの一枚。ちょうど私が自分の家に入ろうと玄関扉に手をかけているところを押さえたものだった。もちろん今の家ではない。学生時代は兄と一緒に住んでいたので、写真には私を家の中に招き入れようとする兄の姿が一緒になって写っていた。

嶌衣織の兄は薬物依存症。嶌衣織の兄は歌手の『相楽ハルキ』。二人は現在同居している。

（※なお、波多野祥吾の写真は矢代つばさの封筒の中に入っている）

こんなものに、
こんなものに、何年も振り回され続けてきたのだ。

今となっては兄のことを悪く言う人はほとんどいなくなった。でも九賀蒼太が封筒の中にこの写真をしのばせた当時は違う。おそらく私が相楽ハルキの妹であることがわかれば、私の人格すら疑われたのだ。『同居している』という文言を添えたのは、ともすると私も薬物を使っていた——というような印象操作をしたかったからなのかもしれない。

あらゆるものが何周もして、私の手元に戻ってきた。兄が悪いことをしていたという報道を受けて兄のことを強烈にバッシングしていた人々。その経緯に同情できる部分があると知らされた途端に手のひらを返した人々。私も、おんなじだったんだ。おんなじことをして今日まで生きてきてしまったんだ。

十年近くため込んでいた涙が、ぽろぽろと際限なくこぼれ始める。夜風が吹きつけたとき、誰かがそっと背中にブランケットを載せてくれたような気がした。幸せな幻想に思わず笑ってから、空を見上げる。

信じられないほどに、月が綺麗だった。


【袴田くんの高校時代の後輩『荒木《あらき》祐平《ゆうへい》さん』.mp3】


まあ、そのとおりと言えば、そのとおりなんですよ。

袴田先輩がキャプテンをやってた代のうちの野球部で、自殺者が出てしまった。原因はいじめだった。ここについてはやっぱり、どうとり繕おうともそのとおりなんです。でもなんて言うんですかね、この勘違いは、僕らとしてもやっぱりどうしようもなく悔しいんですよ。

自殺したのはいじめの被害者じゃなくて、いじめの加害者なんですから。

なんか、ピンとこないですよね。順を追って説明します。

死んだのは僕にとっては一つ上だった佐藤勇也って人なんですけど――ええ、だから袴田先輩が三年生、佐藤先輩が二年生、僕が一年生だったって感じですね。佐藤先輩は、まあ、少なくとも僕らの目から見れば――っていう前置きはしておきますけど、人生で出会った中で一番のクズでしたよ。正直なところ顔も思い出したくないです。外面はいいんですよ。童顔で、作り笑いが上手で。顧問も嫌ってはいなかったと思いますよ。上の人に好かれるのがとにかくめちゃくちゃうまいんです。

ただ上には媚《こ》びへつらう一方で、下の人間には信じられないくらい高圧的なんです。まだ威張ってるだけならいいんですけどね、勝手に練習メニューを作ってそれを一年に強要するんですよ。「洗礼だ」なんて言ってね。へらへら笑いながら。通常の練習メニューが終わって、三年が帰ったのを確認してから僕らだけ居残りですよ。それも延々続く意味のないランニング、無茶な重量のベンチプレス、倒れるまで続くスクワット。でも一番酷《ひど》かったのはあれですね。僕らは地獄ノックって呼んでたんですけど、五メートルくらいの距離ですかね、もう本当に、すぐそこの距離ですよ。そこから思いっきりボールを打ってくるんです、佐藤先輩が。硬式野球部でしたから、もちろんボールはカッチカチですよ。佐藤先輩が飽きるまで下級生の誰かがノックを受けなくちゃいけませんでした。ボールが直撃して眼窩底《がんかてい》骨折してしまった部員もいましたよ。もちろん佐藤先輩に脅されて、理由は誤魔化しましたけど。

　ひょろっこい人でしたからね、誰かが殴っちゃえば簡単に倒せたと思います。みんな佐藤先輩のこと嫌いでしたからね。一斉に飛びかかればどうにでもできたと思います。でも、ほら。それができないのが運動部じゃないですか。上級生は神様でしたから。

でもそんな神様に、さすがに僕らは立ち向かわざるを得なかったんです。このままいけば、そう遠くないうちに死人が出るんじゃないかって思いましたから。決死の覚悟ですよね。一年の何人かで協力して例の地獄ノックを動画に収めたんです。それで袴田先輩のところに。

そうですね、驚いたっていうよりは、青ざめてましたね、袴田先輩。さすがにこれは学校に報告しようってことを言い出したんですけど、それは大丈夫ですって僕らは止めたんですよ。問題が発覚すれば、当たり前ですけど大会は出場停止ですからね。悪かったのは佐藤先輩だけで、袴田先輩たちはめちゃくちゃ一生懸命練習してましたし、本当に尊敬できた人たちだったんで、普通に大会出て欲しかったんですよ。

「でも、最低限のケジメはつけなくちゃいけない」

そう言って、ですね、袴田先輩は佐藤先輩に対して、自分が一年生に課していたメニューをすべて自分でもやるよう言いつけたんです。通常メニュー終了後に、きつめのランニングと、ベンチプレス、スクワット。と言っても、僕らがやらされていたメニューの比じゃないですよ。あくまで常識の範囲内のトレーニングを課したんです。地獄ノックは袴田先輩が打つことになりましたけど、これもやっぱり僕らが受けていた怪我をするようなノックとは全然違いますよ。ホームからサードに向かって打ってただけですから、普通のノックでした。血を吐くまでやらせるからなみたいなことは袴田先輩も言ってましたけど、本当に普通のノックでした。数は多かったですけどね。今日から毎日これだから、一日たりとも部活を休むなよって袴田先輩が言った瞬間、まあ、スカッとはしちゃいましたよね。いい気味だな、って。佐藤先輩、見たことないようなビビった顔をしてて、もう唇まで真っ白でした。許してください許してくださいって何度も叫んで。

佐藤先輩が首吊ったの、その翌日なんですよ。信じられなかったですよ。気持ちは若干わかりましたけどね、もう野球部じゃ生きていけない感じはありましたから。でも、だからって、ねえ。まさか死ぬとは思わないじゃないですか。遺書もあったんですけど、あろうことか、野球部内で自分がいじめに遭ってるって書いてあったんです。そこからはもう、あっという間でしたよ。野球部は無期限活動休止、当然大会への出場はとりやめで、主犯だと思われた袴田先輩にいたっては退部扱いですよ。でもさすがにそんなのって、あんまりじゃないですか。だから自殺の数週間後ですかね、佐藤先輩の親が少し静かになってきた頃を見計らって、僕ら一年生みんなで署名して、袴田先輩は悪くない、どころか僕らを救ってくれたんだって学校に報告して……。佐藤先輩の地獄ノックのときの映像があったのが大きかったですね。学校もすぐに信じてくれて、検討されてた退学処分も、部活の除籍扱いもなくなって。

だから、なんて言えばいいんですかね。死人も出ちゃったし、決してハッピーエンドとは言えないですよ。でもどうなんでしょう。僕は袴田先輩に感謝してますし、袴田先輩は何も悪いことはしてないと断言したいです。

ちょっとおっかないところはありますけどね、やっぱりいい人ですよ。この間もお線香あげに行ったとき、絶対辛《つら》いはずなのに気丈に笑顔を見せてくれて……あれ、ご存じないですか？　この間の地震でご両親が──ええ、そうです。すごい人ですよ、ほんと。

あの人、「みんなどう思う？」とか「みんなはどうする？」って言葉をよく使うんですよね。強引な雰囲気に見えることもありますけど、やっぱり根っからのキャプテンなんですよ。ただ、人の機嫌をとるときに、お菓子とかアイスとか渡しておけばいいと思ってる節はあって、あれはどうかと思いますけどね。口も悪いし。

でも、うん。僕は好きですよ。袴田先輩のこと。

【矢代さんの中高の同級生『里中多江《さとなかたえ》さん』.mp3】

なんて言うのかな、知的好奇心が旺盛《おうせい》なのは間違いないんだけど、それ以上に根が負けず嫌いなんだと思うんだよね、つばさの場合。なんか、変な子なのよ。私が言うのもなんだけど。

とにかく自分の知らないことがこの世にあること、あるいは行ったことのない土地がこの世に存在すること、それから見たことも聞いたこともない文化や常識が存在すること、そういうのが、悔しいらしいんだよね。よくわかんないけど、負けず嫌いの射程に『社会』が入っているんだと思うのよ、イメージとしては。だから純粋に知識を欲しているというよりは、地球との知識比べに負けたくないって思ってる感じ。たぶんね、割と的を射てる分析だと思うよ。

ただ、つばさがそういう性格になっていった経緯には、少なからず学校で結構なレベルの『嫌がらせ』を受けてたことが関係してると思うのね。まあ、嫌がらせの内容については皆まで言わないけど、とにかく学校という世界の『狭さ』、『窮屈さ』に腹が立っていたせいで余計に視界がどんどんと外のほう外のほうに向いていったんだと思うの。人と仲よくなるよりは、勉強したり、実際にどこかに出かけて知見を広めたいっていう方向に、興味が、ね。ま、あくまで私の勝手な考察だけど。

やっぱり嫌がらせを受けていた最大の原因は、九分九厘、顔だと思うよ。ただお弁当食べてるだけで、授業受けてるだけで、登下校してるだけで自動的にモテちゃうんだから、そりゃ顰蹙《ひんしゅく》買いますよ。みんなが憧《あこが》れてた先輩、同級生、みんながみんな自動的につばさに惹《ひ》かれていく。もう少し要領のいい子なら、いろんな方向からの攻撃をうまくいなして生きることはできたんだと思うよ。でもつばさ、ほら、負けず嫌いだから。ひとことふたこと言い返しちゃうんだよね。そういう意味で本当に可愛くない子だったと思うよ。私はそういう部分含めてなんだか気持ちよくて好きだから構わないんだけど、まあ、とにかく不憫《ふびん》な子だよ。女子大に行ったのも、そういう煩わしさから少しでも遠ざかりたかったからかもしれないね。

大学に入ってからは、まあ水を得た魚ですよ。笑っちゃうくらい生き生きしてたね。学びたいことが学べる。やりたいことだけに時間を割ける。遊びに誘ったところで、まあつき合いの悪いこと悪いこと……元気そうだったから、それでいいんだけどさ。一番すごいときはね、何だったかな、英会話教室と、中国語教室と、何かのビジネススクールと、あと何だったかな——とにかく、四つくらい習い事をかけもちしてたのね。そうすると、当たり前だけど時間以上に足りなくなるのが、お金。どうしようかななんて相談してくるから、習い事どれか諦めるしかないでしょって言ったら、それだけはあり得ない。じゃあ割のいいバイトでも探すしかないでしょ——そしたら翌日よ。「キャバクラで働こうと思う」って。笑ったよね。百パー無理だと思ったもん。案の定、そんなに人気はないみたいだね。普通に客の前で彼氏の話とかしてるらしいし。

あ、そうそう。彼氏はね、ずっといるの。同じ高校の同級生だから、私も顔見知りでね。まあ、見栄《みえ》っ張りなしょうもない男よ。金ないくせに無理して、誕生日だったか記念日だったかに大学生の分際でエルメスの鞄をプレゼントしてね、つばさにしこたま怒られてたよ。「お金を大事に使え。どうせなら、私はこのお金で海外旅行に行きたかった。高いものをプレゼントされたら捨てるに捨てられないじゃないか」まあ、なんだかんだ円満なカップルだよ。普通にまだつき合ってるね。来年どうなってるかは知らないけど。ははは。

ま、とにかく、そんなわけだからキャバクラは週二回だけで、時給分だけ稼いで終わりって感じだね。えっとね、一度、お店の中での順位を訊《き》いたら、あのときは確か『ナンバー13』って言ってたかな。どんだけ人気ないんだよって笑ったよね。あんだけ顔がいいのに客呼べないって、相当ムスッとしてんだろうね。ま、割はいいみたいだし、たまに楽しい話も聞けるから悪いバイトじゃないって言ってるけどね。

お金がある程度貯まると、すぐに海外旅行。もちろん見た目には気をつかってるとは思うし、服にも化粧品にもそれなりにお金は使ってると思うけど、それ以上にやっぱり海外旅行にガンガンお金使ってるね。でも海外行っても観光もそこそこに、現地でボランティア活動とか泥臭いことし始めるのよ。泥臭いって、本当に泥臭いことでさ、なんか井戸掘ったっていうのは聞いたことあるよ。だから私、つばさとは絶対に一緒に旅行に行かないって決めてんの。だってね、そんなの旅行じゃないでしょ。

とにかく、総じてあの子は、よくも悪くも誰にも媚びないんだよね。それがときにワガママに見えたり、ヒステリーを起こしているように見えたり、軽い雰囲気に見えたりする。欠点は多いっちゃ、多いんじゃないかな。

でも、そういうとこ含めて、私は好きだよ。いいやつって言っていいんじゃないかな。

【森久保くんの大学の同級生『清水孝明《しみずたかあき》さん』.mp3】

お金があんまりないんだって話は、よくしてましたね。

そりゃもちろんデリケートなことですから、どのくらい貧乏なのかなんて話を具体的にはしませんでしたけど、母子家庭だとは言ってましたね。お父さんが小さい頃に亡くなったのか、離婚したのか――はちょっとわかんないですけど、とにかくシングルマザーで、稼ぎはあんまりなかったみたいで。だから、森久保は死んでも国立に入る必要があって、一浪はしたものの、予備校には『通わずに』大学受験したらしいですよ。それで一橋なんで、まあ、大したもんですよね。僕だったら無理ですよ。参考書はブックオフで買って、自宅のリビングで勉強したって言ってましたね。

高校は学費免除の特待生だったって言ってましたよ。そりゃそうですよね。じゃなきゃ独学で受験なんてできないですよ。やっぱり地頭がいいんでしょうね。ちょっと格好いいなって思っちゃいましたよ。このままスピラ行っちゃうのかな、行っちゃったら金銭的な苦難をものの見事に乗り越えて大金持ちへの道まっしぐら。ものすごいサクセスストーリーだなって思ってたんですけどね。さすがにそうは問屋が卸さなかったみたいで。でもやっぱりすごい努力家ですよ。バイトいくつもしながら、勉強もおろそかにせず、いやほんと、すごいやつですよ。

そんな中で、ですね。僕が見つけちゃったんですよ。オーナー商法の説明員募集の貼り紙。

言いわけするわけじゃないですけど、本当に絶妙な塩梅《あんばい》で怪しくない募集広告だったんです。すごく地味で毒気のない単色刷りのポスターが、公民館に貼ってあったんですよ。信じちゃうじゃないですか。僕も森久保ほどではなかったですけど、お金にはほどほどに困ってましたからね。すぐに森久保に連絡して、一緒に行ってみないか、って。日給三万円だったんですかね。いい話見つけちゃったって無邪気に喜びましたよ。

もうね、一日目の終わりに、すぐ、ですね。森久保がおかしいって言い始めて。どうやら利益の出る仕組みが不可解だと思ったみたいなんです。僕は正直、あんまりピンときてなかったんですけど、やたらめったら森久保が騒ぐんで運営の人に質問をしに行ったんですね。これってどういうことなんでしょう、って。そしたらまあ、子供にはわからないんだよ黙っとけだなんだって、ちょっと尋常じゃない怒り方をされましてね、そこで僕もようやく気づいたんです。ちょっとこれは怪しいぞ、と。とりあえず、翌日もシフトが入ってたんで行くことには行ったんですけど、そこですぐに辞めたいって言って逃げ出しましたね。

だから実質、詐欺に加担してしまったのは二日間だけです。バイト代も結局払われなかったです。だから、どうなんですかね。悪いことをしてしまったには違いないですよ。でも被害者だと言えば、被害者じゃないですか。僕も、森久保も。ちょっと言いわけがましいですけど。別に黙ってればよかったと思うんですけど、良心の呵責《かしやく》があったんでしょうね。家庭の事情を考えると、やっぱり人様のお金を騙し取ってしまったっていうところに、相当な罪悪感があったんだと思います。大学に報告しちゃったんですよ。詐欺に加担してしまったって。もちろん大学は僕らのことを守ってくれましたよ。君らは悪くないと太鼓判を押してくれました。でもどこからなんですかね、話が漏れちゃって、ところどころ大きく脚色されて、詐欺をしてたらしいって噂だけ独り歩きして。ちょっとだけ居心地の悪い時期もありましたね。学内で。

でもそういう意味でも、本当に森久保には感謝してますよ。あそこで森久保が気づいてなければ、僕は今もあの詐欺バイトに参加し続けてた可能性があるくらいですから。大学でちょっと居心地が悪い時期があった――なんてレベルの被害で済んで本当によかったですよ。森久保がいなければ、僕は名実ともに犯罪者になってるところでした。

嘘がね、嫌いなんですよ、森久保は。ちょっと神経質なくらい。だから就活のときもたぶん嘘はついてなかったんじゃないかなと思いますね。インターンは本当に十数社に行ってましたし、受ける会社の関連書籍とか本当に全部読み漁《あさ》ってましたし。まあ、なんて言うんですか。明るくて元気なやつとは間違っても言えないですよ。ちょっと面倒くさいやつではあります。ケチなところもありますしね。

ただ好きですよ、僕は。自慢の友達です。間違いなく。

5

「兄のこと、嶌さんはどう思ってたんですか？」

答えをはぐらかしたまま、波多野芳恵が借りてきたコンパクトカーを降りる。追いかけるように運転席から降りた彼女の表情は、からかっているというよりは私の本音を心から知りたがっているふうであった。誠実に答えようと開いた口は、しかし結局真実を見つけられずにゆっくりと閉じられてしまう。

「今さら、何とも言えないですよね」

助け船に乗るような形で淡く頷《うなず》く。

「でも私はあの動画を観たときから、兄は嶌さんのこと好きだったんだろうなって、何となく気づいてましたよ」

「……本当に？」

「嶌さんに向ける視線だけ、少しだけ格好つけた感じだったんですよ」

「そうだったかな」

「間違いないです。それにずっと嶌さんに票入れてたじゃないですか」

「それが？」

「あんなのほとんど好きな人投票みたいなものじゃないですか。好きだから票を入れちゃうんですよ。『あなたは優秀だと思う』と『あなたが好きです』の境界って結構曖昧《あいまい》ですよ」

なかなか鋭い考察だなと感心しながら当該のロッカーまで案内し、私は鞄《かばん》にしまっておいた鍵《かぎ》を彼女に差し出す。いやはや、本当に鋭い考察だ。波多野芳恵は礼を言ってから受け取ると、波多野祥吾が長いこと借りていたロッカーの扉を開く。

「わ……本当に一杯詰まってますね」

封筒を回収した翌日、私は波多野芳恵に電話を入れた。クリアファイルに入っていた例の鍵は、お兄さんが借りていたレンタル倉庫の鍵だった。中には封筒以外にもいろいろなものが入っていたので、どうせなら遺品を整理して綺麗《きれい》にしてあげたほうがいいのでは。私の役目としては鍵を渡してそれで終わりでよかったはずなのだが、せっかくなので整理作業に同席させてもらうことにした。日曜日の昼下がり。ささやかでも、彼の弔いに参加したくなったのだ。

波多野芳恵は軍手を嵌《は》めるとロッカーの中を注意深く観察し、

「いかがわしいDVDとか出てきたらどうしましょう」

「それ、嫌だね」

「嫌ですね」小さく笑ってから、「とりあえず私が一旦《いったん》荷物を全部出しますね。力仕事をやらせるのは申しわけないんで。外に出したものの中で明らかにゴミっぽいものがあったら、この袋に入れる作業だけお願いします。そのまま処分しちゃうんで。迷ったら何でも訊《き》いてください。たぶん大体はゴミだと思うんですけど」

「了解」

中からは、様々なものが出てきた。エナメルバッグに、ボストンバッグ。おそらく未使用のまま綺麗に折りたたまれたトートバッグ。やたら鞄の類《たぐい》が多いなと思っていると、奥からは書籍がたくさん出てくる。ハードカバーのビジネス書、漫画本に、赤茶けた新書。プライベートな品々を身内でもないのにつぶさに観察するのも申しわけなかったので、なるべく一目でゴミとわかるものだけを積極的に処理することに決めた。ただのビニール袋や乾いたマーカーなどが意外にたくさん詰め込まれていたのだ。

「あぁ、こんなとこにしまってたんだ。懐かし」

最後の最後になって、最下部から大きなプラスチックケースが出てきた。波多野芳恵は両手でそれを引っ張り出すと、中から出てきた大量のゲームソフトを前に感嘆の声をあげた。いずれも一目で最新のものではないことがわかるカセット式のソフトばかりだった。今さら遊ぶ気にはなれないが、かといって捨てるのも忍びない。売るのも薄情な気がするなどと独りごちながら、波多野芳恵はケースについた埃《ほこり》を払うために私からは少し離れた位置へと移動していく。やがて波多野芳恵はケースを拭《ふ》き終え改めて蓋《ふた》を開けると、

「ん、なんだこれ」こちらに背を向けたまま、ケースの中からソフトを一本取り出す。

「ヨウイチって誰だ？」

「ヨウイチ？」

「ソフトに名前が書いてあるんです」波多野芳恵は振り返ってソフトの一つを見せてくる。カセットの裏面には確かに子供の拙い筆跡で『ヨウイチ』という名前が記されていた。

「さては、返し忘れてるな……ほんとあの人、小さい頃からこういうところあるんですよね」

「はは」

笑いながら、どうしてだろう。私は何やらうっすらとした不安の香りを覚える。少しだけ強めの風が吹いたところで、手持ち無沙汰《ぶさた》な私はロッカーの中へと視線を逃がした。すでに荷物はすべて外に出し終えていた。ゴミの処理も終えている。私にできることは何もないなと思っていると、ふとロッカーの底に違和感を覚えた。

木の板が、敷いてある。てっきり金属製のロッカーの底面だけは木製なのだと思っていたのだが、そうではない。骨盤を気遣いながらゆっくりとしゃがみ込み、何の気なしに木の板に触れてみる。固定されていなかった。力を入れずともするするととり外すことができ、底に溜《た》まっていた埃が小さく宙を舞う。

木の板の下には、白い――A4サイズの、封筒が隠されていた。

振り返ると、波多野芳恵は今度はカセットについた汚れと格闘していた。私に背を向けたまま、力強く雑巾をカセットにこすりつけている。彼女に黙って封筒をとり出してしまったのは、封筒の表面に書かれた宛名が私を激しく誘惑してしまったからだ。

――株式会社スピラリンクス人事部　鴻上達章様――

切手は貼ってあるが、消印は押されていない。封も、されていない。もう一度、波多野芳恵がこちらに気づいていないことを確認してから、中身をゆっくりと抜き出してしまう。

紙面を見つめると、静かに時が止まった。


拝啓　貴社におかれましてはますますご盛栄のこととお喜び申し上げます。

この度は、先日の貴社新卒採用試験、最終選考（グループディスカッション）について、やり直しをお願いしたくご連絡させていただいた次第です。

グループディスカッションにおいては私が他の候補者を妨害するような工作を行ったというあらぬ嫌疑をかけられましたが、まったくの濡《ぬ》れ衣《ぎぬ》です。犯人は私ではなく九賀蒼太氏であることを、私は証明することができます。その場ですぐに反論ができなかったことを、現在は深く反省し、後悔しております。

つきましては、貴社におかれましても、晴れて内々定となりました嶌衣織氏に対する告発内容が気になっているのではないでしょうか。私が持ち帰った封筒を同送いたしますので、ご確認いただければ幸いです（何を隠そう、グループディスカッションの際には、この封筒を円滑に持ち帰るために、自身が犯人であると罪を被《かぶ》るような発言をしました）。内容をご確認の上、嶌衣織氏が内定に相応しくないと判断された場合は、どうか再度の選考を実施していただければ——


そこで紙面から視線を切り、封筒を裏返す。日付はどこにも書いてなかった。

果たして波多野祥吾はこれを、いつ、書いたのだろう。いつ、送付することを断念したのだろう。私に対するUSBを残したのが先か、後か。最終選考メンバーの知人たちにインタビューを敢行したのが先か、後か。知ってはいけない宇宙の秘密を紐解《ひもと》こうとしている。禁忌に触れてしまった予感に、それ以上の考察は中断した。読んだ瞬間、踏み潰《つぶ》されたガラス細工のように私の心は粉々に砕け散ってしまうのではないか――そんな予感はしかし鮮やかに消え去る。我ながら感心してしまうほど、私は冷静だった。涙は浮かばず、代わりに柔らかく口角が持ち上がる。随分と久しぶりに、自然に笑えたような気がした。

私は文書を封筒に戻すと、それをゴミ袋の中にそっと放り込んだ。

「さっきの質問だけど」

「はい？」

波多野芳恵は作業を中断し、こちらを振り向いた。

私は笑いながら、

「波多野くんのこと、どう思ってたのかって質問だけど」

「あぁ、はい」

「好きだったよ」

波多野芳恵は一瞬だけ驚いたように目を丸くしたが、すぐに満更でもなさそうに微笑んだ。私は改めて天国の彼に礼を言う。ありがとう波多野くん。嫌みでも、皮肉でも、お世辞でもない。本当にありがとう。波多野祥吾。最終選考をともに闘った戦友にして、泣いていた私にブランケットをかけてくれた——好青年のふりをした、腹黒大魔王さん。

社食で昼食を済ませて自席に戻ると、外回りから戻ってきたマネージャーと鈴江真希が私の許《もと》へとやってくる。妙に誇らしげなマネージャーと、照れ笑いを隠しきれない鈴江真希を見れば報告の内容は概《おおむ》ね予想できたが、私はそれをきっちりと聞き届けることにする。

「無事に病院二社とも、シンデレラガール鈴江さんの大活躍によって大筋合意にこぎつけましたよ」

私は素直な気持ちで快挙を称え、彼女に対してこれまでのいくらか刺々《とげとげ》しかった態度を詫《わ》びる。しかし当の本人はもう一つピンときていない様子で、

「嶌さんの引き継ぎ資料が本当に丁寧だったので、そのままの流れで対応することができました。マネージャーも本当に丁寧にサポートしてくれたので、ほとんどお二人のおかげです。ありがとうございました」

「今度、ご飯でも行こう」

「え、いいんですか？　ぜひお願いします。私、本当に以前から嶌さんともっとお話してきたらって思ってたんです」

「ありがとう。じゃ、私の兄も呼んでいいかな」

「……え、お、お兄さんですか？」

「会ってみてあげてよ。悪い人じゃないから」

鈴江真希は戸惑いながらも、奇妙な提案に対して精一杯の難色を示してみせる。私は困っている彼女に対し、まあ、いいからいいからと、聞き分けのない先輩を演じ、強引に約束をとりつける。これくらいのサービスはしてあげないとバチが当たるだろう。兄は私に頭が上がらない。どれだけ忙しくとも、一時間くらいは時間を作ってくれるはずだ。

その日の午後三時、二度目の面接官に挑んだ私の前に、見覚えのある学生が立った。

女子大生の知り合いなどいない。芸能人か、有名なスポーツ選手に似ているだけなのだろうと自分に言い聞かせてみるが、あまりに強烈すぎる既視感の正体が知りたくなる。よく利用している店の店員か、あるいは遠縁の子だっただろうか。しばらく記憶の中を彷徨《さまよ》っていたのだが、彼女が自身の長所を力強い口調で語ったときにすべてを思い出した。

「洞察力には、人一倍、自信があります」

左目の下に、印象的な泣きぼくろ。

九賀蒼太と喫茶店のテラス席で話をしたときに見かけた、就活生だ。

さほど奇跡的でもない邂逅《かいこう》であったが、ささやかな偶然に胸が揺れる。改めて見るととても綺麗な子だった。目が大きく、肌つやもよく、指先は羨《うらや》ましくなるほどに細長く、白い。アナウンサーのように聞きとりやすい声で、一切の淀《よど》みなくすらすらと言葉を紡いでいく。緊張の陰はない。どころか面接官の脳裏に意地でも自分の存在を焼きつけようとするように、まったく怯《ひる》むことなくこちらの目をまっすぐに見つめ返してくる。

「たとえば人に会ったとき、あるいは困難な状況に直面したとき、さらには自分自身の問題にぶつかったとき——たとえどんな状況にあっても、的確な判断を下せる自信があります。そういった鋭い洞察力は御社の一員となったときにも、きっと力になれるものと考えています」

言い切った彼女は、その後もいくつかの質問に対して如才なく、惚《ほ》れ惚れするような答えを、まさしく立て板に水といった様子で口にした。私の隣に座っていた面接官が手応《てごた》えを感じたように頷く。そのさらに隣の面接官もこれまでとは明らかに異なった様子で言葉を噛《か》みしめている。私のチェックシートにも思わず「4」や「5」といった高得点が並ぶ。

すでにすべての項目の採点を終えていたが、まだ質問時間が残っていた。順番が回ってきた私はそれまでのようにストックシートの中から適当な質問を選ばず、初めて自分の言葉で問いかけてみたくなる。

「鋭い洞察力は、社会人にとって――あるいは人間にとって何よりの武器です。きっと弊社でも、あるいは他社に入ることになったとしても、その洞察力が存分にあなたのことを助けてくれることと思います」

「ありがとうございます」

「ただ――」私は慎重に間をとってから、「世の中には、悲しいことに巧みに嘘をつく人がいます。自分は騙《だま》されない、自分はあらゆるものを見極められる。そういった自負があったとしても――いや、あるからこそ――あなたを幻惑するような出来事が多々発生します。ときに卑劣としか言いようのない手を使って嘘を披露してきます。最も信じられると思っていた人が、組織が、いとも簡単に嘘をつくという瞬間に数多《あまた》遭遇します。そんなありとあらゆる種類、大小様々な嘘を、ご自慢の洞察力で見事に嚙みわける自信は、ありますか」

「あります」彼女はまるで反射神経をアピールするように、間髪容《い》れずに答えた。そしてすでに十分に伸びていた背筋をさらに伸ばし、「誠実に、誠実に、心の目で相手の言うことを見極めれば、不確実な情報に惑わされることはないと信じています」

私は微笑んで、「ありがとうございます」

彼女の言葉を臓腑《ぞうふ》の最も深い部分でしっかりと味わい、転がし、体に染みこませ、
私は彼女の名前に×印を記す。二度と顔を見ることもないだろうと思っていた彼女は、
退出直前になって自ら手を挙げた。

「逆に私から質問、よろしいでしょうか」

人事に許可をもらうと、彼女は一礼をしてから無垢《むく》な少女の瞳《ひとみ》で問いかけた。

「御社のパンフレットを拝見したときから、ダーツやボードゲームに興じながら会議ができるミーティングルームの存在について、非常に強い興味を持っていました。皆さんはどのようなタイミングで、どの程度の頻度で使用されるのでしょうか？　またそのミーティングルームで実際に生まれた画期的なアイデアがありましたら、ご教示いただければ幸いです」

私を含む三人の面接官は、互いに回答権を譲り合うように黙り込んだ。コウノトリを信じている少女に現実を教えるような真似は可能なら誰だってやりたくない。堂々と嘘をつくべきか、あるいはパンフレットの嘘を指摘するべきか。沈黙が隠蔽《いんぺい》の気配を漂わせてしまう前に、人事の女性が口を開いた。

「使用する頻度は部署によって様々です。しかし自由な発想は自由な議論から生まれるという弊社の理念を体現したミーティングルームは、ときに予約がバッティングす

るほど人気のある設備です。具体的にそこで生まれたアイデアというのはコンプライアンス上の問題もあるのでお答えしかねますが、あのミーティングルームがなければ生まれなかったアイデアは無数にあると断言いたします」

鋭い洞察力の持ち主である彼女は、さすがと称《たた》えたくなるほどの手際で見事に人事の嘘を看破する——ことはできなかった。彼女は傍目《はため》にもわかるほどわかりやすく舞い上がり、恋に恋する少女の笑顔で、

「貴重なお話、ありがとうございました」

瞬間、気が変わった。

人事がチェックシートを回収する直前、私は×印をボールペンで乱暴に擦《こす》って消してしまうと、正反対の意味を持つ二重丸を書き記す。あまりに極端な評価の移り変わりに人事はさすがに疑うような視線を向けてきた。当然だろう。不真面目に採点していると思われても仕方がない。

「これで、大丈夫です」

私は疑問を呈される前に先んじて答えてしまう。

「ああいう子、知ってるんですよ」

「知ってる？」

「ええ。大丈夫です。色々と辛《つら》い出来事にも直面するかもしれませんが、きっと乗り

越えられる子です。ちゃんと成長できる——いや、違うか」

私は一人、思わず噴き出してしまってから、それでもどこまでも真剣な気持ちで、

「超越《Transcend》、できる子です」

解説

瀧《たき》井《い》朝《あさ》世《よ》

「たぶん、嫌になるくらい理屈っぽいと思います」
浅倉秋成《あさくらあきなり》は自身のことをそう語る。作品を読めば「そうだろうな」と思う。『六人の嘘つきな大学生』は、そのロジカルモンスターっぷりが存分に発揮されたミステリーだ。二〇二一年に単行本が刊行され、第十二回山田風太郎賞の候補となり、年末にはTBS系の情報番組「王様のブランチ」の「ブランチBOOK大賞2021」を受賞。翌年には第四十三回吉川英治文学新人賞、第二十二回本格ミステリ大賞小説部門の候補となり、第十九回本屋大賞では五位にランクイン。二〇一九年刊行の前作『教室が、ひとりになるまで』で注目度が高まってきた著者が、ここで大ブレイクを果たした。

本書は著者にとってはじめて超常現象を使わない小説であり、はじめて大学生を主人公とした小説でもある。きっかけは編集者からの「就職活動の話を書かないか」という提案だったという。ちなみに自身も大学生時代に就活を経験済みである。

第一部の主軸は、とある就職試験。二〇一一年、成長株のIT企業スピラリンクスの新卒採用の最終選考に残ったのは、六人の大学生。当初はグループディスカッションを実施し、内容次第で全員内定もあると告げられていたため、六人は定期的に集まって対策を練っていた。しかし直前になって採用枠が「一つ」になり、ディスカッションでは「六人の中で誰が最も内定に相応《ふさわ》しいか」を議論してほしいとの通達が。選考当日、主人公・波多野《はたの》の提案で三十分毎に投票を行うことにして二時間半のディスカッションが始まるが、早々に部屋で不審な六通の封筒が見つかる。そこにはそれぞれの「罪」が綴《つづ》られていた。内容や状況を鑑《かんが》みると会社の人間が用意したとは思えない。つまり、この封筒を用意した〝犯人〟は六人の中にいる——。

選考過程の間に挿入されていくのが、のちに行われた、当時の人事部長や学生たちへのインタビューだ。名前は名言されないがインタビュアーは内定を勝ち取った人物である。つまりインタビューイーとして登場するのは選考に落ちた人物で、彼らがその後どんな人生を歩んだのかも見えてくる。

八年後が舞台となる第二部では、スピラリンクスに入社した人物が関係者にインタビューすることになった経緯、そして最終選考の真相が明かされていく。また、その人物が社内で新卒採用試験の面接官を打診され悩む様子も盛り込まれる。単行本刊行当時にインタビューした際、著者は「実は就職活動というテーマを提案された時に一番書きたいと思ったのは、採用側の話だったんです。自分が就職活動をした時に一番違和感があったのは、『あなたたちちゃんと選べますか』ということでした」と語ってくれた（WEBサイト「カドブン」二〇二一年四月八日掲載のインタビューより）。作中のインタビューパートでは、個々人の就活に対する思いも語られるが、おそらくそこには自身の実感も反映されているのだろう。

会話劇の中であっという間に状況が変化するスピード感、さりげない言動に潜む伏線、そして構成の妙に圧倒される本作。前述のインタビューで情報を小出しするテンポが絶妙だと伝えると、著者は突然「『ダウンタウンのごっつええ感じ』の「世紀末戦隊ゴレンジャイ」というコントが……」と言い出した。

「悪者が浜《はま》ちゃんで、YOUさんが襲われて『助けてー』というと『待てー！』といってゴレンジャイが一人ずつ『アカレンジャイ！』『キレンジャイ！』と登場してポーズをきめるんですけれど、毎回コスチュームがおかしい、というコントです。初回はアカレンジャイが現れてキレンジャイが現れるまではいいんですが、次も赤、その次も赤で、最後に黄色が出てきて大笑いとなる。あれがもし赤、赤、赤、黄、黄だったら面白くないんです。あのゴレンジャイを思い出しながら、どの順番が面白いかを考えていきました」

まさか『六人〜』のインタビューでゴレンジャイの話になるとは思っていなかったが、つまりは順番が非常に大事、ということ。では、具体的にどのように話を組み立てているのか。件《くだん》のインタビューと、『俺ではない炎上』刊行時のインタビュー（「別冊文藝春秋」二〇二二年七月号掲載。ネット転載あり）で印象に残った点をまとめてみる。

■メリハリを設定：まず最初に、冒頭からラストまでの折れ線グラフを作るという。事件発生、新事実の発覚など、話の盛り上がりポイントをグラフの高低で表すのである。全体を見て平坦《へいたん》に思えたら、新たな高低差を作って調整するという。

■読者の心理をコントロール：（作品にもよると思うが）犯人が謎のゾーン、犯人A説ゾーン、犯人B説ゾーンなどと話のどの段階で誰が疑わしいかを決め、最後に種明かしゾーンを設定する。

■プロットは長め：プロットは原稿用紙百枚程度になるという。これはかなり長い。ご本人いわく「文章を整えていない下書きみたいな感じ」。

■重要エッセンスはエクセルで管理：小説内に絶対に出さなければならないエッセンスをエクセルの一覧にして、書き終えたらセルの色を変える。そうすれば一目で「これを書き忘れている」とわかる。「このシーンではまだこれは要らない」と思ったらセルを移動できるので、ラクなんだそうだ。

　こうした準備があるからこそ、読者を飽きさせず、驚かせる物語が生み出せるのだ。ただ、伏線回収の鮮やかさで高評価を得る著者だが、それで満足しているわけではないようだ。それについては以前訪れたという、つけ麵《めん》店での経験で説明してくれた。その店ではつけ汁をポケットコンロに載せて汁が冷めないよう配慮がなされており感心したという。しかし……。

『これはいい発想だわ』『このコンロいいよね』って言われ続けたら、きっとお店の人は『確かにコンロを用意したのは俺だけれど、もうコンロはいいからつけ麵の味の感想を教えてくれ』って思うだろうな、っていう。僕もたぶん、若干そう思う気がします。伏線って、張らないですむなら張らなくていいと思いますし。とはいえ、『ちょっといいコンロ用意しときます』っていう気持ちもあるんですよ。理想は全パラメーター100点ですよね。ミステリーとして読みたい人も満足して、物語として読みたい人も満足して、総合点が高いものが書けたらいいなと、つねづね思っています」

　その流れで、どんでん返しについても訊《き》いてみた。

「どんでん返すのは大変じゃないんですよね。『男だと思っていたでしょ？　女でした！』とかって、いくらでも書きようがあるので。ただ、それによって付随する何かの味が変わらなきゃいけないとは思います。『これ、コンロで温める必要ありましたか？』みたいなどんでん返しはどうなのか、と」「サトウでもタナカでもどっちでもいい、というところを、『えっ、タナカだったの！』と言ってもらうために頑張るのが小説なんだろうと思います」「だからトリックやオチって、テーマから遠ざけちゃいけない気がします。そうでないと、驚かせるだけのパズルドッキリにはなるけれども、小説にはならないんだろうな、って」

実際、『六人の嘘つきな大学生』では強烈に浮かび上がってくるテーマがある。おそらく、読者の中では話が進むほどに、登場人物一人一人に対する印象が二転三転したはずだ。他者の言動のひとつをピックアップして、その表面だけを見てジャッジすることなんてできない、ということを体感したのではないか。翻って考えてみると、私たちは日々、たとえばSNSで偶然見かけた人に対し、じっくりと検証することなく「どう評価するか」、もっというならば、「その人を信頼するか」「その人を否定するか」を決めてはいないだろうか。しかし人間は、すべてが善良で正しい人とすべてが極悪で間違っている人に振り分けられるわけではないのだ。本作の終盤、完全に善良に思えた人物のほの暗い一面が描かれるのは、著者にもそういう思いがあり、一人だけ善人のまま物語を終わらせたくなかったからではないか。断片的な情報（偽情報を含む）で判断され否定される怖さは現時点での最新作『俺ではない炎上』でも描かれている。これはＳＮＳ炎上から始まる逃亡劇で、スリルと驚きを味わわせながらも、訴えてくる内容は非常に真摯《しんし》で誠実だ。

著者のロジカルモンスターっぷりは小説作品だけでなく、原作を手掛けている小畑《おばた》健《たけし》の漫画『ショーハショーテン！』でも堪能《たんのう》できる。こちらは少年二人がお笑い芸人を目指す話で、作中でも笑わせるだけでなく、「この状況はこうするとこういう笑いが起きる」といった分析が明快に語られていてはっとさせられる。浅倉氏は小学生の頃から同級生とお笑いをはじめ、大会に出たこともあるという。どうしたらウケるのか理屈でずっと考えてきたそうで、それが結実した作品だといえるだろう。謎であれ笑いであれ、現代社会に対する疑問であれ、とことん理屈を突き詰めた思いを、極上のエンターテインメントに昇華できる作家なのである。

本書は、二〇二一年三月に小社より刊行された
単行本を文庫化したものです。

六人《ろくにん》の嘘《うそ》つきな大学生《だいがくせい》

浅倉秋成《あさくらあきなり》

令和5年 6月25日　初版発行
令和6年 8月5日　15版発行

発行者●山下直久

発行●株式会社KADOKAWA
〒102-8177　東京都千代田区富士見2-13-3
電話　0570-002-301（ナビダイヤル）

角川文庫 23687

印刷所●株式会社暁印刷
製本所●本間製本株式会社

表紙画●和田三造

●お問い合わせ
https://www.kadokawa.co.jp/（「お問い合わせ」へお進みください）
※内容によっては、お答えできない場合があります。
※サポートは日本国内のみとさせていただきます。
※Japanese text only

ISBN 978-4-04-113401-6　C0193

◇◇◇

角川文庫発刊に際して

角川源義

第二次世界大戦の敗北は、軍事力の敗北であった以上に、私たちの若い文化力の敗退であった。私たちの文化が戦争に対して如何に無力であり、単なるあだ花に過ぎなかったかを、私たちは身を以て体験し痛感した。西洋近代文化の摂取にとって、明治以後八十年の歳月は決して短かすぎたとは言えない。にもかかわらず、近代文化の伝統を確立し、自由な批判と柔軟な良識に富む文化層として自らを形成することに私たちは失敗して来た。そしてこれは、各層への文化の普及滲透を任務とする出版人の責任でもあった。

一九四五年以来、私たちは再び振出しに戻り、第一歩から踏み出すことを余儀なくされた。これは大きな不幸ではあるが、反面、これまでの混沌・未熟・歪曲の中にあった我が国の文化に秩序と確たる基礎を齎らすためには絶好の機会でもある。角川書店は、このような祖国の文化的危機にあたり、微力をも顧みず再建の礎石たるべき抱負と決意とをもって出発したが、ここに創立以来の念願を果すべく角川文庫を発刊する。これまで刊行されたあらゆる全集叢書文庫類の長所と短所とを検討し、古今東西の不朽の典籍を、良心的編集のもとに、廉価に、そして書架にふさわしい美本として、多くのひとびとに提供しようとする。しかし私たちは徒らに百科全書的な知識のジレッタントを作ることを目的とせず、あくまで祖国の文化に秩序と再建への道を示し、この文庫を角川書店の栄ある事業として、今後永久に継続発展せしめ、学芸と教養との殿堂として大成せんことを期したい。多くの読書子の愛情ある忠言と支持とによって、この希望と抱負とを完遂せしめられんことを願う。

一九四九年五月三日

角川文庫ベストセラー

悪いものが、来ませんように　芦沢　央

助産院に勤めながら、不妊と夫の浮気に悩む紗英。育児に悩み社会となじめずにいる奈津子。2人の異常な密着が恐ろしい事件を呼ぶ。もう一度読み返したくなる心理サスペンス！

いつかの人質　芦沢　央

幼いころ誘拐事件に巻きこまれて失明した少女。12年後、彼女は再び何者かに連れ去られる。少女はなぜ、二度も誘拐されたのか？　急展開、圧巻のラスト35P！　注目作家のサスペンス・ミステリ。

グラスホッパー　伊坂幸太郎

妻の復讐を目論む元教師「鈴木」。自殺専門の殺し屋「鯨」。ナイフ使いの天才「蟬」。3人の思いが交錯するとき、物語は唸りをあげて動き出す。疾走感溢れる筆致で綴られた、分類不能の「殺し屋」小説！

マリアビートル　伊坂幸太郎

酒浸りの元殺し屋「木村」。狡猾な中学生「王子」。腕利きの二人組「蜜柑」「檸檬」。運の悪い殺し屋「七尾」。物騒な奴らを乗せた新幹線は疾走する！『グラスホッパー』に続く、殺し屋たちの狂想曲。

AX アックス　伊坂幸太郎

超一流の殺し屋「兜」が仕事を辞めたいと考えはじめたのは、息子が生まれた頃だった。引退に必要な金を稼ぐために仕方なく仕事を続けていたある日、意外な人物から襲撃を受ける。エンタテインメント小説の最高峰！

角川文庫ベストセラー

本性　伊岡 瞬

他人の家庭に入り込んでは攪乱し、強請った挙句に消える正体不明の女《サトウミサキ》。別の焼死事件を追っていた刑事の下に15年前の名刺が届き、刑事たちは過去を探り始め、ミサキに迫ってゆくが……。

ピンクとグレー　加藤シゲアキ

12万部の大ヒット、NEWS・加藤シゲアキ衝撃のデビュー作がついに文庫化！　ジャニーズ初の作家が芸能界を舞台に描く、二人の青年の狂おしいほどの愛と孤独。各界著名人も絶賛した青春小説の金字塔。

閃光スクランブル　加藤シゲアキ

不安から不倫にのめり込む女性アイドルとそのスクープを狙うパパラッチ。思い通りにいかない人生に苛立つ2人が出会い、思いがけない逃避行が始まる。瞬く光の渦の中で本当の自分を見つけられるのか。

Ｂｕｒｎ．―バーン―　加藤シゲアキ

天才子役から演出家に転身したレイジは授賞式帰りの事故により抜け落ちていた20年前の記憶が蘇る。渋谷の街で孤独な少年を救ってくれた不思議な大人との出逢いと別れ、彼らとの過去に隠された真実とは――。

傘をもたない蟻たちは　加藤シゲアキ

天才肌の彼女に惹かれた美大生の葛藤。書いた原稿がそのまま自分の夢で再現される不思議な現象にのめりこんでいく小説家の後悔……単行本未収録作「おれさまのいうとおり」を加えた切ない7編。

角川文庫ベストセラー

四畳半神話大系　森見登美彦

私は冴えない大学3回生。バラ色のキャンパスライフを想像していたのに、現実はほど遠い。できれば1回生に戻ってやり直したい！　4つの並行世界で繰り広げられる、おかしくもほろ苦い青春ストーリー。

夜は短し歩けよ乙女　森見登美彦

黒髪の乙女にひそかに想いを寄せる先輩は、京都のいたるところで彼女の姿を追い求めた。二人を待ち受ける珍事件の数々、そして運命の大転回。山本周五郎賞受賞、本屋大賞2位、恋愛ファンタジーの大傑作！

ペンギン・ハイウェイ　森見登美彦

小学4年生のぼくが住む郊外の町に突然ペンギンたちが現れた。この事件に歯科医院のお姉さんが関わっていることを知ったぼくは、その謎を研究することにした。未知と出会うことの驚きに満ちた長編小説。

新釈　走れメロス　他四篇　森見登美彦

芽野史郎は全力で京都を疾走した――。無二の親友との約束を守「らない」ために！　表題作他、近代文学の傑作四篇が、全く違う魅力で現代京都で生まれ変わる！　滑稽の頂点をきわめた、歴史的短篇集！

ぼぎわんが、来る　澤村伊智

幸せな新婚生活を送る田原秀樹のもとにやってきた、とある来訪者。それから秀樹の周辺で様々な怪異――後輩の不審死、不気味な電話――が起こる。愛する家族を守るため秀樹は比嘉真琴という霊能者を頼るが⁉

角川文庫ベストセラー

ずうのめ人形　澤村伊智

オカルト雑誌で働く藤間が受け取った、とある原稿。読み進めていくと、作中に登場する人形が現実にも現れるようになり……迫りくる死を防ぐために、呪いの原稿の謎を解け。新鋭が放つ最恐ミステリ！

などらきの首　澤村伊智

父の遺した不動産で夜になると聞こえる「痛い、痛い」という謎の声。貸事務所の問題を解決するために、私は「ヒガマコト」という霊能者に依頼をするが……比嘉姉妹シリーズ初の短編集！

ししりばの家　澤村伊智

夫の転勤先の東京で、幼馴染の平岩と再会した果歩。しかし招かれた平岩邸は不気味な砂が室内に散っていた。怪異の存在を訴える果歩に異常はないと断言する平岩。おかしいのはこの家か、それとも、わたしか――？

ぜんしゅの跫《あしおと》　澤村伊智

真琴と野崎の結婚式。姉の比嘉琴子は祝いに駆け付けるが、誤って真琴に怪我をさせてしまう。猛省する琴子は、真琴に代わり「見えない通り魔」事件の調査に乗り出すが……ホラー界の新旗手が放つ短編集。

予言の島　澤村伊智

幼馴染たちと共に、霊能者・宇津木幽子が最後の予言を残した霧久井島を訪れた淳。しかし旅館は「怨霊が下りてくる」という意味不明な理由でキャンセルされていた。そして翌朝、滞在客の1人が遺体で見つかり……。